지난지난 세기의 표정으로

이 도서의 국립중앙도서관 출판예정도서목록(CIP)은 서지정보유통지원시스템 홈페이지(http://seoji.nl.go.kr)와
국가자료공동목록시스템(http://www.nl.go.kr/kolisnet)에서 이용하실 수 있습니다.(CIP제어번호: CIP2015032309)

숙맥
9

지난지난 세기의 표정으로

곽광수, 이익섭, 김경동, 김명렬, 김상태, 김학주,
김용직, 김재은, 김창진, 이상옥, 정진홍

 푸른사상
PRUNSASANG

조금은 망설였습니다. "지난지난 세기의 표정으로"라는 제목을 이번 남풍회 숙맥 동인의 아홉 번째 문집 제목으로 달면서 그랬습니다.

글을 쓰는 일이 이미 그렇거니와 이를 책으로 엮어 내는 것은 쓴 글이 널리 읽는 이들에게 가 닿아 글의 뜻이 잘 전해지기를 바라는 일입니다. 따라서 읽는 이가 자연스럽지 않다거나 억지스럽다고 여길 법한 제목은 피해야 합니다.

그렇다면 우리의 표제는 '지난 세기의⋯⋯'로 바로잡아야 마땅합니다. '지난'을 그리 거듭 강조하고 싶다면 '지난, 지난 세기의⋯⋯'로 다듬을 수도 있습니다. 그런데 그런 줄 모르지 않으면서 그렇게 하지 않았습니다. '지난지난'을 그대로 우리의 표제에서 유지했습니다.

이 의도적인 작위성이 앞서 말씀드린 것처럼 읽는 이들을 불편하게 해 드릴 수 있겠다는 것을 충분히 짐작합니다. 그런데도 군이 그렇게 했습니다. 여기 글을 쓴 우리 거개(擧皆)가 이 표제에서 어쩌면 예사롭지 않다고 해도 좋을 짙은 공감을 느끼기 때문입니다.

이 표제는 남정(南汀)의 글에서 뽑았습니다.

······ 어제 밤새 마음 설레며 쓴 편지의 봉투를 창구에 내밀며 우표를 붙
여 달라면 나는 지난지난 세기의 표정으로 돌아가야 합니다 ······

그의 글 앞뒤를 다 읽으면 왜 남정이 이곳에서 하필 '지난지난'이라고
했는지를 좇아 느끼지 않을 수 없습니다. 우리의 경험이 거기 그런 겹친
'지난'에 고이 서려 있기 때문입니다. 그렇다고 하는 것을 조금 그 글의 맥
락을 벗어나 살핀다면 이 공감은 늙은이들의 '시제(時制) 겪음'에서 비롯
한 달리 어찌하지 못할 진술이라고 해도 좋을지 모르겠습니다.

삶을 늙음의 깊은 자리에서 거닐다 보면 시제가 제각기 혼란스러워집
니다. 지난 긴 세월이 다 사라진 양 쓸쓸하기 그지없는데, 현재를 부닥치
다 보면 아직 나는 과거의 한복판에서 미적거리고 있습니다. 과거가 아직
도 현재입니다. 미래는 분명히 오지 않은 시간인데 늙은이들은 벌써 오지
않은 그 미래의 끝에 가 있습니다. 그 끝은 이미 현재입니다. 늙은이의 시
제는 뒤처진 과거와 이미 내게 안긴 미래를 지금 여기서 삽니다. 현재가
혼란스러울 수밖에 없습니다. 과거도 그러하고 미래도 다르지 않게 그리
뒤섞여 혼미스러울 수밖에 없습니다. 시제의 뒤엉킴은 늙음의 현실입니
다. 그러니 우리는 현재를 살기 위해 불가피하게 '지난지난 세기의 표정
으로 돌아가야' 할 수밖에 없고, 우리가 드러내는 삶의 표정은 그렇듯 다

른 이들에게 '지난지난 세기의 표정'으로 읽힐 수밖에 없습니다.

이 책을 읽는 이들은 여기 모인 글들에서 그렇게 '지난지난 세기의 표정'을 읽을 것입니다. 우리가 짐짓 그런 표정을 지어서가 아닙니다. 늙은 이의 현존, 그것이 지닌 표정이 그러하기 때문입니다. 그러므로 그런 읽음은 당연합니다. 우리의 모습이 그렇게 되는 것도 당연합니다.

이 당연함을, 이 시제의 혼란을, 우리는 어쩌면 누리고 있는지도 모릅니다. 숙맥 동인들의 삶이 그러합니다. 그 누림이 우리가 책을 내는 까닭일지도 모릅니다. 이렇게 글을 쓰면서 '지난지난 세기의 표정으로 돌아가' 사라진 과거를 고즈넉이 지니면서 이미 닥친 미래의 끝을 숨 쉬며 낯선 현재를 그래도 따뜻하게 품을 수 있기 때문입니다.

이번에는 열한 분이 글을 주셨습니다. 삽화는 호산(浩山)의 작품입니다.

푸른사상사가 올해에도 우리를 위해 짐을 지셨습니다. 감사합니다.

2015년
엮은이

차례

김상태

김학주

김용직

김재은

김창진

이상옥

정진홍

곽광수

프랑스 유감 Ⅳ(계속)

프랑스 유감 Ⅳ(계속)

나는 그 편지를 프로방스대학교 문과대학 심리학과로, 프랑스국립과학연구센터(CNRS) 책임연구원 조엘 팽트를 수신인으로 하여 등기우편으로 보냈는데, 그 후 한 달이 지나가도 회신을 받지 못했다. 나는 이번 경험을 통해, 내가 공부하던 때만 해도 이미 '옛날 좋던 시절의 프랑스'로 들어가 버린 게 아닌가 하는 씁쓸함을 느꼈다. 그때에는 등기가 아니어도 우편물이 목적지에 가 닿지 않는 법이 없었다. 수신인이 주소지를 옮겨 갈 경우에는, 옛 주소지에 새 주소를 반드시 남기게 되고, 그의 우편물은 옛 주소지의 새 점유자가 추적 서비스 요청문(A faire suivre)과 수신인의 새 주소를 그 겉봉에 써서 배달부에게 되돌려준다. 그리하여 그것은 반드시 수신인에게 전달되는 것이다. 하물며 등기로 보낸 편지를 발신인에게 되돌려주기라도 해야 하지 않겠는가? 짐작건대 학과에서 등기우편 인수 절차를 밟고는 본인이 없으니, 내팽개친 게 틀림없었다.

그 후, 앞선 어느 글에 언급된 적이 있는 엑스 시절 친구 J—서울과 파리를 오가며 일하는 그 친구—가 서울에 왔을 때, 나는 그에게 이 이야기를 하고, 혹시라도 가까운 장래에 엑스에 갈 일이 없느냐고 물어보았다. 없다고 한다면, 내가 여비와 숙박비를 대서라도 엑스에 한번 다녀와 주기를 요청할 생각이었다. 마침 12월 초에 마르세유에서 알제리 사업가를 만나야 하는데, 그에게 엑스로 오라고 하면 되겠다는 것이었다. 프랑스로 돌아간 J에게서 12월 초, 방금 엑스에서 파리에 올라온 참이라며 서울로 전화가 왔다 : 문과대학 심리학과에 찾아갔더니, CNRS 엑스 지부에 가보라고 하더란다. 이젠 엑스에 CNRS 지부가 있다는 것이다. 쿠르 미라보 위쪽 끝 근방에 독립된 건물을 가지고 있는 엑스 CNRS에서 인지심리연구센터 담당 행정 직원인 마담 셰레르가 맞아 주었는데, 머시외 조엘 팽트는 은퇴했으며, 은퇴 후의 행방은 모른다고 하더라는 것이다. 컴퓨터에서 상당한 시간 여기저기 조회해 보더니, 은퇴 전 몇 년 동안, 그는 리용대학교, 툴루즈대학교, 파리4대학교 등에서 한 학기씩 초빙되어 강의를 하기도 했지만, 은퇴 후에는 일절 연구 활동이 나타나 있지 않다는 것이다. 나는 그것만으로도 J에게 고마워해야만 했으므로, 고맙다고 하고 통화를 마쳤지만, 마음속으로는 아쉬움이 남았다 : 혹시 J가 인지심리연구센터에 조엘과 함께 근무한 연구원들이 아직 몇몇 남아 있는지 물어보았다면, 그 가운데 그와 아직 연락이 있는 사람이 있는지 알아봐 달라고 했다면?…… J로서는 마담 셰레르가 이미 충분히 친절했다고 여겼을 것이고, 더 이상은 그녀에게 폐가 된다고 생각했을 것이다. 우리나라 사람들이라면, 누구나 이 일을 도저히 이해하지 못할 것이다 : 상당한 직위에서 오랫동안 일하다가 은퇴한 직장에서 그 사람의 행방을 모른다는 것이 가능하겠는가?…… 이것도 프랑스인들의 개인주의적인 성향으로 치부해야 하는지, 나도 이해할 수가 없다. 그러나 나는 여전히, 조엘과 아직도 연락이 있을, 그와 가까웠던 연구원들이 있으리라고 생각한다. 그래 나는 마담 셰레르에게 그 점을 강조하고 그런 연구원을 알아봐 달라는 편지를 쓸 생각으로 인터넷에 들어가 구글 프랑스에서 CNRS를 찾아보니, 엑스 지부는 나오지 않고 마르세유-코르스(코르시카) 지부가 나온다. 엑스 지부는 독립된 것이 아니라, 마르세유-코르스 지부에 속해 있는 것으로 보인다. 그래 나는 마담 셰레르는 포기하고 생각을 바꾸어, 거기에서 얻은 마르세유-코르스 지부의 주소로 그 지부장이라는 유니스 에르메스 씨에게 편지를 썼다 : 당신이 엑스 지부도 관장할 것인즉, 조엘 팽트의 행방을 알아봐 주시라. 지금도 틀림없이, 그와 함께 일했고 그의 소식을 알고 있을 연구원이 있을 것이다……. 그러나 필경 회신은 없었는데, 좋게 생각하면, 그로서는 알아보기는 했지만, 결과가 부정적이니 회신할 생각은 버린 것인지 모른다……. 어쨌든 나는 다음에 엑스에 가면, CNRS 엑스 지부를 직접 찾아가 보려고 한다.

조엘 이야기는 여기서 잠정적으로 멈출 수밖에 없다.

둘째 번 프랑스인 친구, 장 피에르 마티아스를 내가 알게 된 것은 조엘에게 보낸 편지에서 말한 것처럼 조엘을 통해서였다. 나는 그에게도 조엘에게와 마찬가지로 편지를 보냈다. 조엘에게 보낸 편지와 겹치는 부분들은 생략하고, 그렇지 않은 부분들만 다음에 옮긴다.

> 내 친애하는 장 피에르,
> 어떻게 지내나? 자네 헌책 상점은 여전히 잘돼 가겠지? 그리고 자네 두 아기들은? 이젠 아기들이 아니겠고, 많이 자라 유치원에 다니지 않나, 상상되네.
> (……)
> 동봉한 「프랑스인들의 추억」에서 쓴 것처럼, 자네는 언젠가 여름 바캉스 철에 한번 마르세유의 자네 부모님 댁에 나를 초대했었지. 자네 부모님과 누이동생 그리고 자네와 나, 이렇게 다섯 사람이 자네 어머님이 요리하

신 저녁을 맛있게 함께 들었고, 그날 밤 나는 자네 방에서 자네와 함께 잤어. 이튿날 새벽에 자네와 나는 부모님을 깨우게 될까 봐 소리 죽인 발걸음으로 집에서 빠져나왔지. 자네는 자네 오토바이로 나를 칼랑크라는, 마르세유 근방에 있는 지중해 연안의 유명 피서지로 데려가려고 했던 거야. 우리들은 칼랑크의 더할 수 없이 맑은 물에 몸을 담그며, 지중해의 찬연한 여름 하루를 보냈지.

(……)

내 기억에 자네 부모님 댁은 마르세유 교외에 있는 2층의 연립주택이었던 것 같은데, 맞는가? (1)

자네 아버님의 직업이 무엇이었는지 모르겠는데, 알려주게나. (2)

칼랑크로 가면서 자네는 까마득히 높은 절벽이 보이는 곳에서 오토바이를 세우고, 그 절벽이 영화 〈공포의 보수〉에서 트럭이 절벽 꼭대기에서 아래로 추락할 뻔하는 장면을 찍은 장소라고 말해 주었다네. 그 장소 이름이 무엇인지 알고 싶네. (3)

자네하고 나하고 엑스에서 어떻게 알게 되었는지, 그 상황이 이제 내게는 기억나지 않아. 자네는 기억하나? (4)

내가 자네 논문 발표를 참관한 것이 기억나는데, 내 생각에 그것은 자네 석사학위 논문 발표였던 것 같아. 그러니 자네가 박사학위를 취득한 것은 내가 한국으로 떠난 뒤겠지, 안 그런가? (5)

내가 한국으로 출발하기 전에 내 모든 책들을 담은 큰 철제 상자를 해운회사를 통해 한국으로 부치려고 마르세유로 갔을 때, 자네를 포함한 몇몇 친구들이 그들 가운데 한 사람의 자동차로 나를 도와주었지. 그 자동차가 누구 것이었는지, 기억하나? (6)

나는 한국으로 돌아간 지 몇 년 후, 한국의 문예진흥원이라는 기관이 내게 부과한 임무를 수행하러 프랑스에 가는 첫 기회를 얻었었지. 그런데 그때 파리에서 나는 자네를, 어떻게 만났는지 모르지만 만났어. 자네는 우리들이 어떻게 만났는지 기억하나? (7)

우리 친구 조엘 팽트에게도 편지를 쓰려고 하는데, 자네 그 친구 연락처를 아나? (8)

(……)

자네 부인께 안부 인사 전해 드리면, 고맙겠네.

곧 자네 답신을 받기를 희망하네.

곽광수

(8)번 의문 사항으로 알 수 있듯이, 나는 이 편지를 조엘에게 보내는 편지보다 먼저 보냈는데, 내 컴퓨터에 남아 있는 그 편지 글에 발신일이 빠트려져 있지만, 석 달 반쯤 전이었을 것이다. 장 피에르의 경우에는 내가 파리에 갈 때마다 그를 쉽게 만났으므로, 그의 이메일 주소까지 알고 있지만, 「프랑스인들의 추억」을 함께 보내느라 역시 우편으로 편지를 부쳤다.

상당한 시간이 지난 다음에야 답신이 왔는데, 이메일이 아니라 우편으로 온 종이 편지였다. 그는 아마 무척 바빴던 모양으로, 상상컨대 헌책 가판대 옆에서 틈을 내어 편지를 쓴 것 같다.

파리, 2014년 6월 25일

살뤼(안녕), 광수!

이토록 너무 늦어져서 미안, 미안. 하지만 일들이 넘쳤다네.

자네가 내게 물은 여러 의문점들에 대한 답은 다음과 같네.

우리 부모님 댁은 마르세유 동쪽 교외의 트루아 뤼크 지역에 있었지. 옛날 역참(驛站)이었던 집으로 라 데지레(탐나는 집)라고 불리었어. 주위에 6000제곱미터의 솔밭과 조그만 연못 두 개, 그리고 오래된 플라타너스가 늘어선 멋진 산책로가 있었어. 멀지 않은 곳에, 마르셀 파뇰(Marcel Pagnol)이 자기 희곡들을 영화로 만든 작품들에 출연한 전설적인 배우요 가수인 페르낭델(Fernandel)의 빌라가 있었다네. 그 근방의 모든 아이들이 우리 집에 놀러와 공놀이를 하곤 했었지. (1)

우리 아버지 로제 마티아스 씨는 마르세유 경찰의 형사셨네. 어느 날 근무를 마치고 귀가하시다가 큰 교통사고를 당하셨어(십중팔구 마르세유 갱들이 의도적으로 일으킨 사고였을 거야). (2)

이브 몽탕이 주연으로 나온 영화 〈공포의 보수〉의 그 장면을 찍은 장소는 카시스(Cassis)에 있는 카프 카나유(Cap Canaille)라는 곳이야. 유럽에서는 가장 높다는, 300미터 이상 높이의 절벽이지. (3)

나는 우리들이 엑스에서 처음 만난 상황을 완벽히 기억하고 있다네. 자네는 조엘 팽트의 기숙사 방에서 그 친구와 체스를 두고 있었어. 나는 조엘

을 자네와 동시에 알게 되었지. (4)

내 석사학위 논문 발표에 자네가 참관하지는 않았다고 생각되네. 그리고 나는 헤겔에 관한 내 박사학위 논문을 발표하지는 못했어. (5)

이젠 잘 기억나지 않는데, 나와 함께 철학과에 다니던 미셸 부르들랭이 아니었나 싶네. 나는 그 친구와 그 당시 모로코에 여행했었는데, 14000킬로 미터나 돌아다녔지. 미셸은 비상한 수재였고, 시를 많이 썼지. 고등학교 때 전국 문학 콩쿠르에서 일등을 했었다네. 그런데 그 친구, 아르데슈 강에 몸을 던져 자살했어. 그 앞서도 몇 번 자살 시도를 했었다네. (6)

자네는 나를 센 강변의 내 헌책 가판대에서 우연히 만났어. 내가 30여 년 전부터 지금까지 헌책을 팔고 있는 거기에서 말이야. (7)

조엘의 소식을 얻기 위해서는 엑스의 문과대학 심리학과로 편지를 보내야 할 거야. 그 친구, CNRS의 책임연구원이 되었어. (8)

잘 있어, 광수. 자네 편지, 나를 기쁘게 했네. 다른 알고 싶은 사항들에 대해서도 언제나 물어보게나.

장 피에르 마티아스

우리들이 주고받은 두 편지로 알 수 있겠지만, 장 피에르는 마르세예(마르세유 사람)였다. 우리들이 처음 만난 상황에 대한 그의 답변이 내게 생생히 환기시키지는 못하지만, 여름날 방문을 열어 놓은 조엘 방에 조엘과 내가 함께 있었던 것 같고, 그가 복도를 지나가다가 자기와 같은 복도에 있는 한 방의 문이 열려 있으니 시선을 던졌겠고, 두 학생이 있으니 친근하게 다가와 뭐라고 한마디 던졌던 모양이다. 조엘이 말더듬 때문에 내성적이었던 반면, 장 피에르는 마르세예답게 붙임성 있고 활달했다. 내가 간직하고 있는 그의 편지들은 예외 없이, "내 친애하는 광수(Mon cher Kwangsou : Dear my Kwangsou)"가 아니라 "살뤼(Salut), 광수!"(감탄부호를 붙여서)로 시작된다. 우리말로는 "안녕"이라고밖에 옮길 수 없지만, 사실 "안녕"은 일상생활에서 친구들 사이에서도 잘 안 쓰이지만, "Salut"는 특히 친구들인 젊은이들 사이에서, 만날 때에나 헤어질 때에나 흔히 쓰이는 말이다. 그래 이런 뜻의 "salut"에 불한사전들은 '구어'라든가 심지어 '속어'라고도 표시해 놓고 있다. 센 강변 그의 헌책 상점에서 책들을 훑어보는 사람이 동양인이고 그 동양인이 한국인인 것 같은 감이 들면, 그는 어김없이 한국인이냐고 물어본 후 머시외 곽광수를 아느냐고 지금도 물어보는 모양이다!…… 내 제자들 가운데서도 그 질문을 받고 깜짝 놀라 그와 이야기를 나누었다는 사람들이 있다. 일반적으로 남불 사람들이 여느 프랑스인들보다 친절한 편이지만, 같은 남불이라도 다른 하나의 대학 도시인—유럽의 가장 오래된 의과대학교를 가지고 있는 폴 발레리대학교의 소재지—몽플리에는 그렇지 않다고들 한다. 마르세유 사람들의 호감적인 태도를 짐작하기에는 장 피에르의 편지에 언급된 마르셀 파뇰의, 우리나라에서도 공연된 적이 있는, 마르세유를 무대로 한 희곡들의 선의에 찬 인물들을 연상하기만 하면 될 것이다. 장 피에르의 편지에도 언급되어 있는 마르세유 갱들, 마르세유를 무대로 한 범죄 영화들이 이런 마르세유 사람들의 이미지에 손해를 끼치기는 하지만. 그러나 체스 이야기는 그의 착오이다. 나는 체스를 둘 줄 모르기 때문이다.

그러므로 장 피에르는 첫인상부터 대하기 편하다는 느낌이었는데, 큰키와 말라 보이는 몸피, 그리고 약간 빠른 말씨와 말을 할 때에 몸짓을 어설프게 하는 것, 이런 것들이 그런 느낌을 더하게 하는 것 같았다. 조엘보다는 더 짙은 갈색 머리가 반 곱슬인데, 그 아래로 갈색 뿔테 안경을 쓰고 있었다.

그의 부모님 댁(표현이 그런 것이지, 기실 그의 "우리 집")에 초대되어 간 것이 저녁 가까이 어둑한 때였던가? 이렇게 자문하는 것은, 그의 답변에 나오는 그 집의 묘사로 지금 내게 환기되는 것이 아무것도 없기 때문이다. 그날 저녁 우리들 다섯 사람이 저녁을 든, 부엌에 딸린 식당과, 책들이 거의 찬 상당한 크기의 책꽂이 앞에서 그가 내게, 내 관심을 끌 만한 이런저런 책들을 꺼내어 보이며 이야기하던, 이층의 그의 방밖에 떠오르지 않는다. 지금, 내 기억에 남아 있는 그 집의 인상이 연립주택 같은 것이고, 그것이 옛날 역참이었던 집이라는 것, 등으로 미루어 상상하면, 주위의 풍광은 아름답지만, 집 자체는 고위직이 아닌 경찰 공무원 가족이 살 만한 그런 평범한 집이었던 것 같다.

아들만큼 키가 크지만 아들보다 차분하고 그다지 말수가 없는 그의 아버지는 식탁의 내 맞은편에 꼿꼿이 앉아, 내 이야기를 관심 깊게 듣고 있었는데, 그 꼿꼿한 모습이 인상적이었다. 모든 점에서 범상해 보이는 어머니는 남편 옆에서 머리 하나는 작아 보였다. 나중에 파리에서 장 피에르 집에 초대되어 갔을 때에 다시 만나 보았던 그의 누이동생은 오빠와 터울이 많이 져, 당시 리세(중고등학교에 해당)의 하급반에 다니고 있었고, 당연히 그 나이 또래의 호기심에 차서, 거의 들어보지 못한 한국이라는 나라에서 왔다는 오빠 친구에게 눈과 귀가 사로잡힌 것 같았다. 대학에 진학할 때에 오빠처럼 철학과에 들어가겠노라고 하기에, 내가 시몬 베유 같은 철학자가 되라고 말했던 것이 기억난다. 프랑스 유학에서 귀국한 1973년 말에 「프랑스인들의 추억」에 언급된 선생님들과 친구들에게 연말 인사 카드를 보냈는데, 장 피에르에게는 아버지께 보내는 카드도 동봉하고 전해 드리라고 했다. 그런데 그에 대한 마티아스 씨의 회신 카드가 날아왔던 것이다. 전혀 생각하지 않았던 그 카드는, 구교에서 유명한 성인인 성 조르주가 용을 무찌르는 일화를 이름 모르는 화가가 그린 작품─그 일화를 여러 다른 화가들이 그린 작품들이 있다─의 사진판을 담고 있었다. 용에게 희생되게 되어 있는 왕녀를 조르주 성인이 구하는 것이다. 찾아낸 그 카드 안 편지지에 마티아스 씨가 쓴 길지 않은 내용은 다음과 같다.

친애하는 광수 군,

우리들은 장 피에르를 통해 군의 카드와 주소를 받아 기뻐합니다. 우리들은 오래전부터 박사학위 과정에서의 군의 훌륭한 성공을 축하하고자 했습니다. 우리들은 1974년을 맞아 건강과 평화와 기쁨뿐만 아니라 군의 교수직에서 성공과 만개(滿開)를 기원합니다.

우리들은 군에 대해 우의와 좋은 추억을 언제까지나 간직할 것입니다. 모든 한국인들이 군처럼 예절 바른가요? 우리 유럽 문명은 나에게는 퇴폐적으로 보입니다 : 파렴치하고 이기적이며 물질주의적으로 보입니다. 사실이지 우리에게는 힘든 시대가 예언된 바 있습니다. 이에 대해 너무 생각하지 않기로 합니다.

군이 프랑스에서 보낸 나날들의 미소로써 우리들의 연말 인사를 받아 주기 바랍니다.

이렇게 끝난 다음에 내외와 딸, 세 명의 서명이 나와 있다.

마티아스 씨가 형사였다는 사실은 그 당시 내가 들었다면, 아무래도 그 직업의 약간은 범상하지 않은 성격 때문에 내가 기억하고 있지 못할 가능성이 거의 없으므로, 개인사에 대한 관심을 싫어하는 프랑스인들식으로 내가 장 피에르에게 그것을 물어보지 않았기에 이제야 알게 된 것이라고 생각한다(사실 조엘이나 미셸 부르들랭이나 미셸 레의 경우에는, 가족 상황을 아무것도 모른다). 더욱이 그가 거의 틀림없이 마르세유 갱들이 의도적으로 일으킨 큰 교통사고를 당했다는 것은, 새롭게 알게 된 너무나 충격적인 사실이다. 그 사고로 그가 어떻게 되었는지, 그때 바로 별세했는지, 그렇지는 않더라도 그 후유증으로 힘들게 연명하다가 별세했는지, 장 피에르가 편지에 더 이상 적어 놓지 않았으니 궁금하지만, 지금은 그가 생존해 있지 않다는 추측이 자연스럽게 여겨진다. 그간 파리에 들를 때마다 장 피에르를 만났지만, 아무렴 그렇지, 부모님 어떻게 지내시느냐고 한 번쯤 물어보았으면 좋았을걸……. 장 피에르의 답신을 받고, 바로 이메일로 마티아스 씨의 사고 이후의 소식을 물어볼 수도 있었으나, 별세 추측이 자연스러워지니, 사고 이야기로 괜히 그의 상처를 건드릴 것 같아 그만두었다. 지금 나는 마티아스 씨의 영전에 애도하는 마음으로 있다.

　내가 마티아스 씨를 단 한 번 만났고, 단 한 번 받은 그의 편지도 짤막한 것이지만, 그에 대한 내 인상과, 그 카드의 그림 및 편지 내용과, 그의 사망 정황을 나란히 두고 보면, 그의 이미지가 희미하게나마 그려지는 듯하다 : 약간은 보수적이지만 청렴하고 강직하며 비타협적이어서 자신의 직업을 통해 범죄자들의 미움을 산 경찰 공무원…….

　그러므로, 유신 이래 민주화에 이르기까지 운동권 학생을 자녀로 둔 우리나라 공무원들의 어려운 상황을 신문들도 더러 보도한 바 있지만, 거기에 똑같이 유추되는 것은 아니나, 마티아스 씨가 그런 경찰 공무원이었다는 사실을 안 지금, 나는 그가 아들 때문에 곤혹스러웠을 때가 없었을까, 궁금해지는 것이다. 우리 친구들이 오월혁명 때에 어떻게 행동했는지, 지금 생각하면 이상하게도 물어본 적이 없지만, 적어도 장 피에르는 상당히 적극적으로 행동하지 않았을까 하고 상상된다. 그는 자칭 마오이스트였다. 마르세유 집에서 기르는 삽살개 이름을 자기 고집으로 마오라고 지었다고 하면서 낄낄대고 웃는 것이었다. 아닌 게 아니라 그날 저녁 식사 때에 부엌과 식당에 돌아다니는 그 개를 모두들 마오라고 부르던 것이었다……. 그가 프랑스의 제국주의를 비판하는 것은 당연히 이해되었다. 어느 날 저녁 우리 둘이 쿠르 미라보의 카페에 앉았다가 기숙사로 돌아오는데, 사람들이 뜸한 작은 길에서 그는 비밀스런 이야기를 한다는 듯이, 우정 내 머리 위에 있는 그의 머리를 내 귀 가까이 가져오고 말소리를 낮추며 :

"광수, 너 국제공산당가를 아니?" 하고 묻고선 장난스레 웃었다.

"아니. 남한에서 온 내가 그걸 어떻게 알겠니?"

"내가 가르쳐 줄까?" 이렇게 말하면서도 그는 낄낄댔다.

나는 잠시 망설였다. 당시는 우리나라 사람들에게는 외국에서도 무서운 시기여서, 북한의 한국인 납치 사건은 드물게 일어나는 것이라고 해도, 매년 새해가 되면 기숙사 내 우편함에 북한 측이 보낸 달력—이발소 그림처럼 유치하게 그려진 김일성의 상반신이, 열두 장 달력이 하반부를 차지한 판지 상반부에 커다랗게 자리 잡고 있는—이 배달되곤 했다. 그런가 하면, 동백림 사건이 어떤 것이었으며 어떻게 처리되었는지, 소문으로 들은 바도 있었다. 그래, 나는 북한 측이 보낸 달력 이야기를 동포 친구 K에게 그냥, 본능적으로 말하지 않았다. 아마 K에게도 사정은 마찬가지였으리라. 그러나 내가 프랑스 친구에게서 국제공산당가를 배웠다는 것을 누가 알랴 싶어, 호기심이 내 망설임을 눌러 버렸다. 그날 장 피에르가 가르쳐 준 〈L'Internationale(국제공산당가)〉는 행진곡으로는 정녕 힘 있고 멋있는 곡인데, 그에 비견할 만한 것으로는 프랑스 국가가 있다. 하기야 프랑스 국가도 프랑스 혁명가로 작곡된 게 아니었던가? 전자가 남성적이라고 한다면, 후자는 여성적이라고 할까? 그 가사의 원 텍스트가 어느 나라 말로 되어 있는지 모르지만, 적어도 불어 텍스트는 그 선동성과 투쟁성이 겁날 정도이다. 장 피에르가 다시 말했다 :

"난 공산주의자가 아니야. 세포 조직이니 뭐니 해서 귀찮거든."

하기야 프랑스인들 같은 개인주의자들이 공산주의자가 되기는 힘들 것이라는 게 내 생각이다. 과학성이라는 미명이 숨기고 있는 강제성과 그에 따른 조직성 속에서 프랑스인들의 개인주의가 어떻게 버텨 내겠는가? 철 지난 이야기이지만, 한때 프랑스 공산당(PCF) 당원이었다가 탈당한 알베르 카뮈가 『반항인』에서 공산주의에 대해 비판한 것도 그런 사이비 과학성이었던 것이다. 장 피에르의 같은 비판이 위의 말을 뒤이었다 :

"역사발전이 과학적이라는 것도 우습고. 차라리 마오이즘이 그럴듯하지. 그건 일종의 의지주의(volontarisme)이니까."

잘은 모르겠으나, 내 피상적인 이해로는 역사 발전이란 과학적으로가 아니라, 인간의 의지적인 노력으로 이루어진다는 것인 듯하다. 그러나 마오이스트 장 피에르도 집의 개 이름을 마오라고 지었다며 낄낄거리고 웃는 모습에 그만 흐릿해지는 것이다 : "차라리"라는 비교어가 이해된다…….

어쨌든 그 당시 일반적으로 프랑스 지식인들과 대학생들은 마르크시스트나 공산주의자는 아니어도 좌경(gauchisant)이었고, 마르크스에 대한 교양은 기본적인 것으로 여겨졌다. 하기야 프로이트의 경우도 사정은 마찬가지였다. 당시 프랑스 지식인들과 대학생들에 대한 그 두 사상가의 영향은 거의 일반적이었다. 그들은 자본주의는 인간을 억압하는 데에 공산주의와 진배없다고 생각했다. 최근 어느 신문에 보도된 자료에 의하면, 프랑스의 사회보장 지수가 세계에서 가장, 북구나 독일보다도 높다고 하는데, 거기에 가장 크게 기여한 것이 프랑스 지식인 사회의 이러한 좌경적인 태도라고 할 수 있을지 모른다…….

(계속)

이익섭

삶은 계란 두 개 그리고 소금 봉지

선모와 선외가

까치놀

삶은 계란 두 개 그리고 소금 봉지

할아버지가 조끼 주머니에서 주섬주섬 밤톨 몇 개를 꺼내서는 내 앞에 내놓는다. 집을 나오다 집 앞에서 주웠다고 하였다. 추석 무렵이니 '아레기'가 떨어져 있었던 모양이다. 우리 고향에서는 밤이 다 익어 밤송이가 벌어지면서 저절로 떨어지는 밤톨을, 표준어로는 '아람'이라 하는 것을, '아레기'라 한다. 거기는 야간 비탈길이고 한쪽은 논이어서 아래로 푹 꺼져 있는데 아레기가 그쪽으로도 굴러간 놈이 있었던 모양이다. 그 아래도 더러 있었는데 그건 주울 수 없었다는 말도 하였다.

이 할아버지를 만난 것은 그때가 반년쯤 되었을 것이다. 어쩌다 소문이 들려 왔다. 백 살이 넘은 분이 아직도 논을 보살피러 다니는데, 지팡이는 들고만 다니지 짚지는 않는다는 것이다. 사람들이 백 살이 넘은 분이 지팡이도 안 짚고 다닌다고 흉을 보겠어서 마지못해 가지고 다니기는 하나 짚지는 않는다는 것이다.

사투리 조사가 이제 웬만큼 마무리 단계에 이르니 처음의 급하던 마음에도 여유가 생기면서 어느 날 불현듯 그 할아버지도 한 번쯤 만나고 싶었다. 백 살이 넘은 분한테서 무엇을 조사할 수 있으랴 싶어 사실 그동안 조금도 관심이 가지 않던 분인데, 이상하게 혹시 한두 개라도 어떤 특별한 자료를 만날지도 모른다는 생각이 들었던 것이다.

중간에서 다리를 놓아 줄 만한 분에게 전화를 걸었다. 나보다 대여섯 살 위이지만 같은 동네에 살면서, 특히 6·25 때 적 치하에서 가장 마음을 터놓고 지낼 수 있는 사이로 가까이 지냈던 분이다. 면장을 하셨고 또 지금은 면소 소재지로 나가 살고 있으니 그쪽 사정을 좀 알 것 같았다. 역시 그랬다. 그 할아버지 이야기를 꺼내니 마침 이웃에 살고 있다면서 자주 만난다고 하였다. 그러나 내 계획을 듣고는 걱정부터 했다. "뭐 입을 열어야지 얘기를 듣든지 어째든지 하지." 할아버지가 도무지 얘기를 하지 않는다는 것이다. 그러면서 한다는 얘기가 그 아우 되는 분이 귀가 멀어 이쪽 얘기는 못 듣지만, 워낙 얘기를 좋아해서 옛날 역사 얘기며 얘기 보따리를 풀어 놓으면 끝이 없으니, 혹시 그분이나 만나겠으면 와 보라고 한다. 마음이 썩 당기는 것은 아니었으나 애초 큰 기대를 했던 게 아닌 터라, 일단 두 형제분을 한자리에서 만나 보자고 하였다.

노인회관에서 두 분을 만났다. 대개 오후엔 그리로 온다는 분들을 오전에 오시게 해서 만났다. 큰절로 인사를 올렸다. 큰절을 해 본 것이 얼마 만인지. 그런데 곧 알게 된 사실이지만 큰절로 인사를 올리기를 잘했다. 그분은 그때 103세로 내 선친보다 두 살이나 위이셨는데 놀랍게도 우리 집안을 잘 알고 계셨던 것이다. 당신 장남의 주례를 우리 선친이 섰을 정도인가 하면 우리 할아버지의 별호까지 알고, 우리 시골집에도 몇 번 와 보았다고 한다. 이런 아들이 있는지 전혀 몰랐다면서 이 뜻하지 않은 나의 출현을 무척이나 기특하게 여겼다. 만일 큰절을 올리지 않았으면 두고두고 죄스러웠을 뻔하였다.

얘기는 끝없이 이어졌다. 서당 훈장을 하던 부친을 열여섯 살에 여의고 농토 하나 없는 형편에 남의 논을 얻어 농사를 시작하던 일부터 시작하여 얘기는 어느새 내 사투리 조사에서 으레 등장하는 먼먼 옛날 무대로 흘러 갔다. 내가 묻는다. 그때 심던 벼의 품종은 어떤 것이었느냐고. '녹두벼'니 '일출'이니 지금까지 어디서도 듣지 못하던 이름이 나온다. 내가 또 묻는다. '짱'이라는 걸 해 보았느냐고. 아마 '짱' 이야기만 반 시간은 하였을 것이다. 이것은 다른 곳에서도 듣기는 하였다. 그러나 일종의 필드하키인 점은 비슷하나 놀이 방식이 조금씩 다르더니 여기선 또 달라진다.

이 세상에서 자기밖에 모르는 얘기, 그것은 얼마나 신명을 내며 하고 싶은 이야기인가. 할아버지는 얘기로 꽉 차 있는 분이었다. 오전 얘기를 마치고 몇 분을 모시고 점심 대접을 하였는데, 점심을 다 들고 나더니 "나 옛날 얘기 하나 할까" 그러신다. 회관에 가서 하시자고 해서 노인회관에 돌아와 들었는데 이것은 우리가 흔히 들을 수 있는 종류의 그저 그런 이야기가 아니었다. 반 시간 가까이 이어지는 한 편의 장편 설화(說話)였다. 그런 것을 조금 있더니 "나 얘기 하나 더 할까" 그러신다. 그날만도 이런 얘기를 몇 개나 들려주었다. 한결같이 수작(秀作)이요 명품(名品)이었다. 얘기를 더 잘한다던 아우분은 정감록 얘기를 한 꼭지 하긴 하였으나, 형님의 화려한 무대에 묻혀 다시 어찌 얘기할 기회를 잡지 못하였다.

한국정신문화연구원에서 여러 해에 걸쳐 전국적으로 민요며 설화 등을 수집하여 『한국구비문학대계(韓國口碑文學大系)』라는 전집을 낸 것이 있다. 혹시 해서 거기를 뒤져 보았으나 그 어느것도 구성의 탄탄함이나 극적(劇的)인 요소 면에서 이 할아버지의 것만 한 것을 찾아보기 어려웠다. 어디에서 이런 얘기를 들었느냐고 했더니 당신이 열일곱 열여덟 그 무렵에 동네 어른들이, 누구누구 성함까지 대면서 아주 얘기를 좋아하고 또 잘하는 분들이 있어 저녁으로 모이면 밤늦도록 얘기판이 벌어져 그때 들었다는 것이다. 기억력이 좋아 그것들을 세세히 재현할 뿐 아니라 할아버지 스스로 각색을 하였는지 일인다역(一人多役)으로 이야기를 어떻게나 재미있게 꾸려 나가는지 나는 조사자로서의 냉철도 잃고 그냥 빠져들어 갔다. 얘기꾼이되 특급 얘기꾼이었던 것이다.

할아버지의 표정은 평소엔 매우 근엄한 편이다. 풍채가 좋으신 데다 한복에 하얀 수염까지 기르고 계셔서도 그렇지만 전체적으로 표정이 무거운 편이다. 그런데 미소를 띠면 아주 다른 사람이 된다. 얘기 사이사이에서도 그런 미소가 나올 때가 있지만 특히 얘기 하나를 마치고 스스로 그 얘기의 재미에 도취된 듯이 얼굴 하나 가득 활짝 퍼지는 웃음은 얼마나 천진하고 티 없이 맑은 것인지. 그래 카메라에 그걸 담아 보려고 몇 번 시도하였으나 번번이 실패하였다. 내가 카메라만 들이대면 곧장 긴장하시고 근엄해지시기 때문이다. 언제 내 자리에서 나 대신 얘기를 열심히 들어 줄 사람이 있으면 그 장면만은 꼭 잡아 두고 싶거니와 이 미소는 할아버지가 얘기를 그만큼 즐긴다는 뜻도 된다.

그래서 이런 좋은 얘기를 자식들한테나 누구한테 해 주곤 하느냐고 했더니 "누가 듣나?" 그러셨다. 80년대에 노인회관이 생겼을 때만 해도 노인들이 모이면 으레 얘기를 했다고 한다. 그러더니 언제부터인가 얘기는 안 하고 골패만 하더니, 또 언제부터는 장기만 두다가, 지금은 저렇게 화투만 가지고 놀지 도무지 얘기는 안 한다는 것이다. 오후가 되면 노인들이 하나씩 둘씩 모이는데 이 할아버지의 얘기가 그렇게 재미가 있어도, 나는 얘기 하나가 끝날 때마다 나도 모르게 박수를 칠 만큼 그렇게 재미가 있는데도, 어쩌다 한두 분이 잠깐씩 관심을 보일 뿐 그저 고도리에만 정신을 쏟는다. 자식들이라고 해도 그렇지 않은가. 다 제 일에 바쁘고, 특히 어른들하고 얘기하는 자리는 되도록 피하려고 하지 않는가. 신명을 내고 싶은 얘기가 넘치고 넘쳐도 입을 다물 수밖에 없었을 것이다.

그 후 한 달에 한 번 정도 이 할아버지를 만나러 갔다. 헤어질 때, 내 차로 그 할아버지 댁 부근에 내려 드리면 "또 와, 나 얘기 또 할게" 그러신다. 그 말씀이 아니어도 안 갈 수가 없었다. 이분한테서 들은 설화만 한 스무 편 된다. 기회가 되면 한쪽은 강릉 사투리 그대로 싣고 다른 한쪽은 표준어로 바꾼 형태로 책을 만들어 내고 싶은데, 내가 안 가면 영원히 사장(死藏)되고 말 그 보배를 두고 어찌 안 갈 수 있었겠는가. 가면 자연히 점심 대접을 하게 되고, 또 꽃철이나 단풍철이면 경치 좋은 곳으로 모시고 한 바퀴 돌게도 된다.

할아버지는 그걸 늘 미안해하셨다. 수중에 용돈이 좀 있으면 조금씩이라도 갚으며 살아야 하는데, 문중에서도 그렇고 여기저기서 나이가 많다고 대접을 받으면서도 그걸 하나도 못 갚고 산다고, 사람이 사람 노릇을 못 하고 산다고 언젠가 한탄을 하시기도 하였다. 그날 '아레기' 몇 톨은 말하자면 그 미안스러움을 그렇게라도 좀 더는 일이었을 것이다. 논 쪽으로 떨어진 건 주울 수가 없었다는 얘기도 그거라도 마저 주워 왔으면 미안스러움이 덜하겠는데, 그런 말로 들렸다.

그런데 언젠가는 댁으로 내 차를 가지고 모시러 갔더니 슬그머니 무엇을 건네신다. 조그만 비닐 봉지였다. 열어 보니 삶은 계란이 두 개 들어 있었다. 그리고 신문 종이에 싼 소금 봉지도 있었다.

쿵, 무엇이 무겁게 가슴을 흔들었다. 아무 말도 할 수 없었다.

예전에 내가 인사를 가면 날계란 하나를 먹으라고 내주시던 할머니가 계셨다. 우리 시골 마을에 우리가 작은댁이라고 부르던 집이 세 집 있었다. 우리 증조가 그 댁에서 양자를 오셔 그 작은댁 할아버지들과 우리 할

아버지가 족보상으로는 촌수가 멀었지만 실제로는 사촌 간이었고, 또 그 삼형제가 다 한마을에 살아서 매우 가까이 지내는 친척이었다. 학생 때고 나중 어른이 된 후에고 방학에 가면 그 세 집을 한 바퀴 쭉 돌게 되는데, 그 마지막 작은댁에 가면 할머니가, 유난히 사람을 반가워하는 그 맑은 웃음을 띠고 달려 나와서는, 가난한 살림에 뭘 대접할 것이 없어 쩔쩔매다가 계란 하나를 찾아 내오신다. 그러곤 꼭 그 자리에서 깨어 먹으라고 권한다. 날계란이 뭐 맛이 있는가. 특히 학생 때는 그걸 그 자리에서 깨 먹는 것이 어색하기만 하였다. 그런데 그것이 지금껏 늘 좋은 기억으로 떠오른다. 그 계란 하나에 담긴 마음이 시간이 지날수록 진하게 다가오는 것이다.

할아버지는 궁리를 하셨을 것이다. 뭐 좀 없을까 하고. 그러곤 며느리에게 부탁하였을 것이다. 그것 좀 어떻게 삶아 보라고. 그런데 계면쩍으셨을까. 한마디 말씀도 없이 그저 슬그머니 내미셨다. 깨끗한 한복에 풍채도 좋으신 이 어르신이 삶은 계란이라니. 아니 소금까지. 이때는 할아버지가 104세가 되어 있을 때였다. 나도 70대에서 한참 후반으로 가 있지 않은가. 두 노인 사이에서 오가는 삶은 계란과 소금 봉지. 작은댁 할머니의 날계란 하나의 울림이, 아니 그 이상의 야릇한, 무슨 슬픔과도 같은 물결이 가슴으로 밀려왔다.

할아버지가 나를 떠나보낼 때의 장면이야말로 슬픔 같음이다. 한 손으로, 손등을 내 쪽으로 보이면서 내젓는다. 어서 가라는 뜻이다. 친정을 다녀가는 딸을 보낼 때의 어머니의 손짓이다. 괜히 마음 아프게 뒤돌아보지 말고 어서 가라는 손짓이다. 모퉁이를 돌며 차창 밖으로 내다보면 그 자리에서 그대로 계시다가 다시 손을 흔드신다. 언젠가는 다시 못 볼 것 같애 하셔서 가슴이 멘 적이 있었는데 정말 다시 못 볼지도 모르겠다는 그런 표정으로, 그런 눈빛으로 그렇게 서 계신다.

인간은 말을 할 줄 안다는 것으로 다른 동물보다 우월하다는 걸 내세우며 우쭐거린다. 그런데 말은 실상 얼마나 부족한가. 말로는, 필설(筆舌)로는 표현할 수 없다고 실토도 하지 않는가. 나는 눈빛 하나를 기억한다. 제대를 하고 옛 직장에 들러 인사를 하는데 교무실 이 책상 저 책상 앞으로 도는 동안 내내 나에게서 눈을 떼지 않던 눈빛이 있었다. 그 친구는 그때도 그전에도 그 후에도 나를 어떻게 생각한다는 말을 한 적이 없다. 그러나 그날의 눈빛 말고도 지금껏 기억되는 몇 번의 눈빛이 있다. 말이 되면 이미 시(詩)가 아니라고 했던가. 눈빛은, 또 손짓은 말보다 얼마나 더 깊고 얼마나 더 진실한가.

할어버지를 만난 것은 우연이었을까. 아니면 내가 자주 얘기하는 사주팔자에 있는 일이었을까. 지금 생각하면 이분을 만나지 않았다면 내 방언사전의 모습이 어딘가 한구석 비는 허술한 모습이 되었을 것이다. 많고 많은 것을 방언 조사 마지막 단계에서 얻었다. 우연이기엔 너무 엄청난 선물이 아닐 수 없다. 사람이 살다가 이런 복을 만나는 수도 있구나 싶어 숙연해지기조차 한다. 그러나 그 어느 것보다 진하게 가슴에 묻히는 것은 따로 있다. 손짓과 눈빛, 그리고 삶은 계란 두 개와 소금 봉지, 그리고 아레기 몇 알.

선모와 선외가

우리 고향에는 '선모'라는 단어가 있다. 본처가 죽고 후실이 들어왔을 때 그 본처를 가리키는 말이다. 후실의 자식들도 우리 선모라 부르고 남들도 누구의 선모라고 한다. 후실 스스로도 죽은 본처를 선모라 하는데, 이것은 가령 자기 시누이를 자기 자식들이 부르는 말을 따라 '고모'라 하듯이 이른바 종자명(從子名, teknonymy)일 것이다. 그러니까 '선모'는 先母일 것이다. 국어사전에 이 단어는 올라 있지 않다. 방언인 셈이다.

방언에는 표준어에, 또는 서울말에 없는 단어들이 꽤 있다. 표준어로 전혀 번역이 안 되는 것들이 있는 것이다. 번역을 두고 좀 엄격하게 말하는 사람은 어떤 두 언어 사이에서도 완전하게 번역되는 단어는 단 하나도 없다고 하는 모양이다. 쉬운 예로 '얼굴'은 서슴없이 'face'로 번역하지만 두 단어가 거느리는 영역이 얼마간 달라도 다르다는 것이다. '파랑'이니 '보라'니 하는 색깔 이름에서는 더할 것이며, '가냘프다'나 '아련히'와 같은 형용사 및 부사에 가면 더욱 그럴 것이다. 그러나 이런 것은 어떻게 욱여넣든 짝을 맞출 수 있는데, 어떤 한 단어로는 도저히 짝을 맞출 수 없는 것들이 방언에 제법 있다.

내가 즐겨 드는 예인 '지두룸'만 하여도 그렇다. 그것은 외지에 나간 가족을 위해 따지 않고 남겨 두는 사과나 감일 수도 있고, 봄에 모심을 때 큰 가마에서 긁어 둔 누룽지를 여름방학에 오는 아들을 위해 간직해 둔 것일 수도 있다. 그 누구를 위해 '지두르는' 그러니까 '기다리는' 그 물건이 바로 '지두룸'이다. 그 '지두룸'은 지금 내가 여기에서 하듯 이렇게 길게 풀어 설명하는 도리밖에 없다. 어떤 한 단어로 번역이 되지 않는다. 형태적으로는 '기다림'이 짝이 되겠으나 '기다림'은 추상명사로서 구상명사인 '지두룸'과는 겹치는 부분이 거의 없다.

'선모'도 말하자면 그런 단어다. 짝이 되는 표준어가 없으니 '선모'뿐만 아니라 이와 같은 뜻을 가진 단어, 즉 표준어가 국어사전에 있을 리 만무하다. 그것은 한편으로는 '선모'가 일반적으로 그리 필요한 단어가 아니라는 뜻도 된다. 그런 것까지 개념화하여 단어를 따로 만들어 쓸 필요를 느끼지 않은 것이다. 그만큼 선모는 그냥 가볍게 흘려보낼 수 있는, 가볍고 가벼운 존재일 수 있다.

무엇에 이름을 붙이는 걸 보면 흥미로운 면이 많다. 우리 고향에서 '민들레'에 대한 사투리를 찾느라 애를 먹었다. 으레 있을 법한데 대개 모르고 있었다. 아니 없다는 것이다. 일본말로는 '담뽀뽀'라 했는데 하면서도 우리 이름은 대지 못하였다. '씨괭이' '고들빼기'는 척척 대면서 민들레 사투리는 아예 없다는 반응이었다. 왜일까 생각해 보니 씀바귀나 고들빼기는 나물로 요긴하였는데 민들레는 전에는 나물로 먹는 법이 없어 굳이 따로 챙길 것이 없었던 것이다.

선모도 따지고 보면 민들레보다 못하면 못하지 나을 것이 없다. 그럼에도 '선모'라는 단어를 따로 만들어 쓴다는 것은 무엇이겠는가. 그 존재를 인정한다는 뜻일 것이다. 소중하게 여긴다는 뜻일 것이다. '지두룸'이라는 단어도 그러한 풍습을 소중히 하기 때문에 따로 생겼듯이 '선모'도 그런 배경이 있어서 생겼을 것이다.

과연 고향에서는 선모를 꽤 극진히 모신다. 제사를 극진히 지내 주는 것이 무엇보다 그러하다. 선모 슬하에 자식이 있을 경우는 물론 그 자식들이 제사를 지낼 수 있을 것이다. 그러나 그 경우에도 후실이 마다하면 성사되기 어렵지 않겠는가. 더욱이 그 슬하에 아들이 없고 딸들이 다 출가하였다면 그야말로 제사 받아먹는 일을 기대하기 어려울 것이 뻔하다. 그런데 이 경우에도 후실 아들이 선모의 제사를 극진히 모셨다. 시골집에 갔다가 우연히 그 제사에 참여한 일이 있는데 선모의 두 딸들도 참여하고, 또 제주(祭主)의 사촌들, 그러니까 망인(亡人)을 백모로 부르는 조카들도 먼 시내에서 지성스레 몰려왔다.

내가 정말 놀랐던 것은 선모가 전혀 출산을 하지 못한 경우에도 제사를 지내 준다는 것이었다. 90세가 넘은 할머니가 들려준 얘기로는, 당신이 시집을 와 보니 선모가 5년이나 살면서도 자식이 없이 세상을 떠났더라는 것이다. 그래서 그 선모의 제사도 지내냐니까 물론 지낸다고 하였다. 자기 자식들이 모신다는 것이다. 그러면서 지금 산소가 남편 산소와 떨어져 좀 초라한 모습으로 있는 게 늘 마음에 걸려 자기가 죽으면 셋을 나란히 한자리에 묻어 달라고 자식들에게 일러 두었다고 하였다.

'선모'라는 단어가 있다는 것이 벌써 많은 이야기를 함축하고 있지만 선모가 이렇듯 대접을 받고 있다는 것은 참으로 많은 생각을 하게 한다. 이들은 조상을 받들어 잘못되는 일은 없다고 하였다. 어찌 조상뿐이겠는가. 사람을 귀히 알고, 인연을 소중히 여기는 일이 어찌 나쁜 일일 수 있겠는가. 그 심성이 어찌 나쁜 것일 수 있겠는가.

그런데 나를 다시 한 번 놀라게 한 것은 '선외가'라는 단어였다. '진외가'니 '외외가'니 하는 말도 사실 쓸 일이 별로 없고, 특히 '외외가'는 낯설기까지 하다. '선외가'란 말을 방언 조사 중에 처음 들었을 때 도무지 감이 잡히지 않아 현장에서 당장 캐물으니 선모의 친정, 그러니까 선모 쪽으로 따졌을 때의 외가를 뜻하는 것이었다. '先外家'이겠는데 국어사전에 올라 있는 '선외가'는 "선대(先代)의 외가"로 풀이되어 있어 전혀 다른 뜻의 단어였다. '선모'가 없는데 이런 뜻의 '선외가'가 올라 있을 턱이 없다.

진외가나 외외가에 갈 일도 없는데 선외가를 일부러 찾아다니는 일이란 없을 것이다. 그래도 어쩌다 그 동네라도 가는 기회가 있으면 들러 인사를 하는 일은 있었던 모양이다. 그러면 귀한 손님으로 맞아 주었다고 한다. 따져 보아야 기껏 한때 사위였던 사람의 자식일 뿐 자기 딸과는 전혀 무관한데도, 그 인연도 소중하게 여겼다는 얘기일 것이다.

세상이 자꾸 가벼워져 간다는 생각이 들 때가 많다. 나는 초등학교 4학년 2학기에 강릉 시내로 전학을 왔는데, 주말이면 시골집으로 할아버지를 뵈러 가곤 했다. 아버지가 그렇게 시켰던 것이다. 20리를 걸어서 토요일에 가서 자고 일요일에 나오곤 했다. 언젠가 한번은 그 일요일이 손이 있는 날이라고 못 가게 해 월요일 아침 일찍 나온 일도 있다. 그날 서둘러 왔지만 등교 시간에 너무 늦어 결석을 하고 말았는데 다음 날 결석 사유를 말하니 담임선생이 늦었어도 결석은 하지 말아야 한다고 한 말이 늘 기억에 남는다. 어떻든 꼬마를 그 먼 데를 걸어 할아버지를 뵈러 가게 했다. 그것을 한 번도 불평 없이 따랐다. 무겁게 산 것이다.

손이 있는 날이라고 못 가게 한 것도 세상을 두려워하며 무겁게 산 한 증거다. 노인회관의 노인들이 하는 한탄 중에 예전엔 법이 참 많았는데 시방은 법이 없다는 한탄이 많다. 이때 법이란 우리가 지켜야 할 어떤 범

절일 것이다. 금기(禁忌)라 해도 좋을 것이다. 옛날엔 정말 법이 많았다. 강릉에서 '안택(安宅)'이라고 부르는 것 하나만 보아도 음력 11월에 날이 나면 11월에 하고, 그러지 않으면 다음 해 정월에 해야 한다. 12월은 못 하게 되어 있다. 2월도 '남의 달'이라고 하여 하지 못한다. 며칠 전부터 대문에 금줄을 치고 붉은 흙도 문밖 양쪽으로 놓는다. 부엌에서도 기도를 올리고 마구간에서도 올리고 안방에서도 올리는 데 다 순서가 있다. 그야 말로 법이 많았는데 이제는 거의 다 사라졌다. 부모가 돌아갔을 때 곡을 하며 짚는 지팡이가 아버지 때와 어머니 때가 달랐다. 그것도 다 사라지고 없다. 문상을 가 보니 곡(哭)도 안 하더라고 한탄들을 하는데 그 한탄조차 곧 없어질 것이다.

　세상이 참 많이 바뀌고 참 많이 가벼워졌다. 잠깐 사이에 아주 딴 세상이 되었다. 무겁게 살면서 두려움을 알고 낮추며 낮추며 살아야 되는 줄 알았는데, 모든 걸 훌훌 벗어던지고 초미니를 입고 가볍게 가볍게 살려고 한다. 이 가벼운 세상에 선모의 제사를 지내다니. 선외가는 또 무슨 소리인가. 지금 내 옷매무새가 너무 흐트러져 있지는 않은지 스스로 둘러보게 된다.

까치놀

우리 옛시조에 '가치노을'이라는 말이 나오는 시조가 있다. 작자 미상의 시조로 3행의 정형 시조가 아니고, 중장이 길어진 이른바 사설시조(辭說時調)다. 임을 여읜 자기 마음의 아픔을 노래한 것으로, 그 절박함을 그 어디엔들 비교할 수 있겠느냐며 초장과 중장에 그 비교의 대상을 제시한 형식을 취하였는데, 표기법을 얼마간 현대식으로 바꾸어 옮겨 보면 이렇다.

> 나모도 바히돌도 업슨 뫼헤 매게 쫓친 가토리 안과
> 大川 바다 한가온대 一千石 실은 배에, 노도 잃고 닻도 잃고 농총도 긏고 돗대도 꺾어지고 빠지고, 바람 불어 물결치고 안개 뒤섞여 자욱한 날에 갈길은 천리만리 남았는데, 四面이 거머어득 저물었고 天地 寂寞 가치노을 떴는데 水賊 만난 都沙工 안과
> 엊그제 님 여읜 내 안이야 어디다가 가을하리오

여기에서 '가치노을'이 무엇을 뜻하는지 쉽게 풀리지 않아 학계의 한 숙제가 되어 있었던 모양이다. '가치노을'이 판본에 따라서는 '가티놀'로 나오기도 한다. 즉 『청구영언(青丘永言)』에는 앞에서처럼 '가치노을'로 나오

는 것이 『가곡원류(歌曲源流)』에서는 '가티놀'로 되어 있다. 형태적으로 보면 '가티놀'이 더 고형으로 보이지만 이미 용비어천가에 '가치'가 보이는 만큼 '가티'는 의고형(擬古形)이기가 쉽다. 그러니까 현대어로는 '까치노을/까치놀'이 되겠는데 여기서 특히 '노을/놀'이 무엇일까를 놓고 고생들을 하고 있었던 모양이다. 대학교 3학년 때, 그러니까 1958년, 서울대학교 문리대에서 서해 백령도를 위시해 대청도, 소청도, 연평도 일대로 해군에서 내어준 LSM이라는 큰 함정을 타고 생물반, 사회반, 역사반, 민요반 등 대부대가 학술 답사를 갔었는데 그때 어학반(방언반)으로 따라가는 나에게 정병욱 선생이 '까치놀'이 혹시 있는지 조사해 보라고 부탁하였다.

그때 그 숙제를 구체적으로 어떻게 풀었는지 지금은 기억이 없다. 다만 그 답사의 종합 보고서가 『문리대학보(文理大學報)』 6권 2호(1958)에 실렸는데 거기를 보면 얼마간의 기록이 있다. 즉 내가 쓴, 내가 썼다고 하나 글 앞에 버젓이 이름이 나와 있는 것도 아니고 글 맨 끝 괄호 속에 보일락 말락하게 작은 글씨로 '李翊燮 記'라고 되어 있는, 「語學班 調査報告 ― 延坪島 中心의 西海 島嶼 方言調査」라는 보고서 말미에 이에 대한 보고가 꽤나 짧고 엉성하게지만(학부 3학년의 글이 오죽하겠는가. 그땐 대학원생은 혹시 있다 해도 전부 직장에 나가 있던 때라 병아리들이 이런 일도 도맡아, 그것도 누구의 지도 한 번 받는 일 없이 그저 혼자 끙끙거리며 했던 것이다) 따로 베풀어져 있다. '깐치뉘(깐치놀)과 뭉글뉘'라는 소제목을 따로 달고, '뭉글뉘'는 완만하게 둥글둥글 이는 파도를 가리키고, '깐치뉘'는 물결이 거세어 높아졌다 꺾이면서 하얗게 거품이 이는 파도를 가리킨다는 것이 그 주된 내용이다. 그리고 '깐치'는 'ㄴ'이 들어가 있지만 이런 일은 흔히 있는 일로 '까치'를 가리키는 말이라는 것과, 이들 복합어에서는 '뉘'가 쓰였지만 '물결'을 가리키는 말로 '놀'이 따로 쓰인다는 것 등 숙제를 하느라 애를 쓴 흔적이 보인다. 그러면서 학계의 여러 이견 중 가람 이병기 선생이 '놀'을 '물결'로 해석하였다는데 이번 조사에서 그게 입증된 것이 반가웠다는 말도 덧붙여 놓았다. 정병욱 선생이 낸 숙제는 결국 가람 선생의 해석을 현지에서 확인해 보라는 것이었던 모양인데 서툰 솜씨로나마 그 숙제는 푼 것으로 되어 있다.

이 일이 있은 후 '까치놀'은 어느새 내 숙제가 되어 있었던지 그 후 동해안 일대의 방언을 조사할 때에도 그것을 물었던 모양이다. 먼저 강릉 쪽에서 '까차놀'이 나왔다. 바다에서 파도가 어떤 날은 보통 때와 달리 저 안쪽에서부터 희끗희끗 그리 높지는 않으나 좀 급한 율동을 일으키며 치는 날이 있다. 심할 때는 온 바다가 그 희끗거리는 물결로 꽉 차며 장관을 연출한다. 대개 바람이 육지 쪽에서 바다 쪽으로 불 때 생기는데(한 어민은 샛바람이 불 때 생긴다고 설명했는데) 어떻든 그 드넓게 생동감 넘치게 펼쳐지는 모습은 따로 이름을 받을 만했겠다는 생각을 일으킨다. 그것을 '까차놀'이라 한다는 것이다. '까차'는 '까치'에 속격조사가 결합한 형태일 것이다. 강릉에서는 속격조사로 대개 '어'가 쓰여 '남어 집'식으로 말하는데, 그렇다면 '까처놀'이 더 그럴듯한데 '까치'의 경우는 '까차구영' '까차밥' '까차보름날'처럼 대개 '까차'가 된다. 그 파도의 모습이 까치의 모습을 닮지 않았느냐고 그들도 말했고, 또 삼척과 울진 쪽에서도, 그 당시는 울진도 강원도 땅이어서 거기도 조사했는데, 바로 이 파도를 각각 '까치바당', '까치바리'라고 해서 '까치'를 넣어서 불렀다. 서해에서 좀 막연하게 떠올랐던 '까치'가 이번엔 아주 분명한 모습을 띠고 나타났다.

이 강릉 쪽의 조사 내용까지 정병욱 선생께 보고를 드렸던지 어쩐지는 기억이 없다. 선생께서 나중 출간하신 『시조문학사전(時調文學事典)』(1966)에서 앞 시조의 '가치노을'을 '사나운 파도'로 풀이하여 놓은 것을 보면 내 보고가 반영된 것 같기도 하고 그렇지 않은 것도 같다. 파도 쪽으로 풀이하긴 하였으나 까치와의 연관은 따로 부각시키지 않았기 때문이다. '사나운 파도'는 사실 다른 쪽에서도 쉽게 가져올 수 있었을지 모른다.

18세기 말~19세기 초의 것으로 보이는 『物譜』에 '가티노을'이 나오는데 그 풀이를 '白頭波'로 해 놓은 것이 있다. 이것이 이 단어의 의미와 관련된 유일한 기록이 아닐까 싶은데 그것이 류창돈(劉昌惇)의 『이조어사전(李朝語辭典)』(1964)에 올라 있다. 이 사전에서는 앞의 시조에 나오는 '가치노을' 및 '가티놀'이 바로 『物譜』의 '가티노을'과 같은 단어라고 보고는(그렇게 보는 게 맞을 것이다) 모두 '白頭波'로 풀이해 놓았다. 이 사전을 보았다면 '사나운 파도'는 거기에서 가져온 것일 수도 있을 것이다.

그런데 '白頭波'란 무슨 뜻일까? 고어사전(古語辭典)에서 '가치노을'을 '白頭波'라고만 해 놓으면 사람들이 그것으로 '가치노을'의 뜻을 알았노라고 고개를 끄덕이게 되는, 그렇게 널리 알려진 단어일까? 국어사전에는 이 단어가 올라 있지 않다. 단국대학교 동양학연구소에서 간행한 열다섯 권짜리의 큰 옥편인 『한한대사전(漢韓大辭典)』(2008)에도 나오지 않는다. 그만큼 낯선 말이다. 그런데 '白頭波'라고만 해 놓고 더 이상 아무 풀이도 해 놓지 않았다. 『物譜』는 우리말의 뜻을 한문으로 풀이하는 체제이니 그렇다 하더라도 고어사전도 그것을 그저 옮겨 놓기만 하였다. 그 이상 아는 바가 없었다는 이야기일 것이다. 나중 남광우(南廣祐)의 『고어사전(古語辭典)』(1997)에서도 제자리걸음이다. 여기서는 '白頭波' 외에 '까치놀'을 하나 더 병기해 놓긴 하였으나 지금 두 가지를 다 잘 모르는 상태에서 그것은 도움이 될 것이 없다.

'白頭波'를 중국 쪽에 부탁하여 좀 알아보아 달라고 하였더니, 거기에서도 현대어에서는 안 쓰이고 사전에도 올라 있지 않다고 한다. 다만 고

전의 시에서나 더러 보이는 것이라고 하면서 몇 편의 시를 보내 주었는데 그중 당나라 정곡(鄭谷)의 「회상어자(淮上漁者)」라는 시는 이렇다. "白頭波上白頭翁, 家逐船移浦浦風。一尺鱸魚新釣得, 兒孫吹火荻花中。" 여기 첫머리에 '白頭波'가 보인다. 여기서도 그렇고 다른 시 「추강욕기백두파(秋江欲起白頭波)」에서도 보면 '白頭波'는 어떤 특별한 모양의 파도에 붙인 이름으로는 보이지 않는다. 앞의 시에서 보이는 '白頭翁'이나 우리가 잘 아는 '白頭山'이나 머리 쪽이 흰 것을 가리킬 때 '白頭'가 두루 쓰이는 것처럼 '白頭波'도 머리가 흰, 그러니까 흰 포말을 일으키는 파도라는 말일 것이다. 그런데 파도가 흰 포말을 보이려면 너무 잔잔해서는 안 되고 어느 정도 파도가 높아야 한다. '사나운 파도'는 그렇게 추출된 풀이일 것이다. 그러나 앞의 시에서도 배를 띄우고 낚시를 하고 있는 걸 보면, 더욱이 강에서 이는 파도까지 가리키는 것을 보면 그 파도가 반드시 사나워야 되는 것은 아닌 것으로 보인다.

그러니까 지금 우리가 유일하게 근거로 삼는 『物譜』의 '가티노을=白頭波'라는 풀이만으로는 '가치노을'의 정밀한 뜻을 추출해 내기가 쉽지 않다. 앞 시조의 '가치노을'은 그 장면이 절박한 것인 만큼 작자가 '사나운 파도'의 뜻으로 썼을 수도 있을 것이며, 또 동해안에서처럼 어떤 특정 기후 조건에서만 볼 수 있는 특별난 파도를 가리켰을 수도 있을지 모른다. '가치노을'은 아직 정확한 의미가 규정되지 않은 상태로 있다고 보아야 할 것이다.

그러면서도 지금껏 우리는 이 단어가 적어도 파도의 일종을 가리키는 이름이라는 테두리 안에서 이야기를 해 왔다. 파도의 일종이되 푸르거나 검기만 하지 않고 흰색을 띠는 파도라는 것까지도 결론을 내린 셈이다. 이에 일말의 의문도 달지 않았다. 그것은 '까치'와 '흰색'이 그대로 잘 들

이익섭 까치놀   45

어맞기 때문이 아니었을까 싶다. 까치는 대개 까마귀와 대립되어 인식된다. 하나는 아침에 울면 반가운 손님이 온다고 반기면서 하나는 그 반대쪽으로 푸대접을 받는다. 이 가름에 결정적으로 작용한 것도 까치가 까마귀에 비해 희다는 것이 아니었을까 싶다. 아니 까마귀와의 비교가 아니더라도 까치만큼 흰빛을 희끗희끗 시원스럽게 띤 새가 우리 주변에 달리 없다. 희끗희끗 넘실대는 흰 파도를 '까치'를 동원하여 이름을 지은 것은 너무나 자연스럽게 다가온다. 거기다가 무엇보다 '白頭波'라는 소략하지만 엄연한 증언이 있다. 의문이 비집고 들어갈 틈이 없었던 것이다.

그런데 세상은 단순하지 않아서 모든 사람이 같은 생각을 하는 법이 없다는 것일까. 국립국어원에서 펴낸 『표준국어대사전』(1999)의 '까치놀' 풀이를 보면 전혀 다른 생각을 보이고 있다. 여기 '까치놀'은 말할 것도 없이 앞의 '가치노을/가티놀/가티노을'을 이어받은 현대어로 등재되었을 것이다. 앞에서 보았듯이 남광우(南廣祐)의 『고어사전(古語辭典)』(1997)에서는 그 '가치노을/가티놀/가티노을'의 뜻풀이에 "백두파(白頭波)" 외에 '까치놀'도 병기해 놓았다. '가치노을/가티놀/가티노을'이 곧 '까치놀'의 고어(古語)요 '까치놀'이 곧 그들의 현대어라는 뜻이다. 이들의 뜻풀이가 달라질 까닭이 없다. 달라지면 이상한 것이다. 그런데 아래 풀이를 보면 지금껏 우리가 추적해 왔던 풀이, 그것은 곧 두 고어사전이 보인 풀이이기도 하였는데, 그것과 전혀 다른 방향으로 되어 있다.

까치-놀 [까ː--] 명
① 석양을 받은 먼바다의 수평선에서 번득거리는 노을.
¶ 먼바다의 까치놀을 등지고 서 있는 그녀의 모습과 그녀의 그늘진 얼굴 속에서 눈망울이 빛나고 있었다. ─한승원, 『해일』
② 울긋불긋한 노을.

흔히 하늘과 땅만큼의 차이라 하는데 이는 꼭 그 꼴이다. 우리는 땅을 바라보고 있는데, 여기서는 하늘을 바라보고 있다. 왜 눈길을 하늘로 돌렸을까? 왜 바다가 아니고 하늘일까?

이 궁금증을 풀기 위해 이희승의 『국어대사전』(1961, 증보판 1982)을 찾아보았다. 국어사전들은 으레 앞의 사전들을 베끼는 수가 많으니 거기에 어떤 단서가 있을지 모른다고 생각되었기 때문이다. 아니나 다를까 『표준국어대사전』의 풀이는 바로 이 『국어대사전』의 것을 거의 그대로 옮겨온 것이었다.

> 까:치-놀: 圀 석양에 멀리 바라다보이는 바다의 수평선에서 희번덕거리
> 는 놀.

그런데 거의 그대로 옮긴 듯하면서도 중대한 변개(變改)도 있다. '놀'을 '노을'로 고친 것이 그것이다. 그게 그것이 아니냐고 볼 수도 있으나 그렇지 않다. 어느 사전에나 '노을'의 준말로 '놀'을 올리고 있어 그것만으로 보면 '놀'을 '노을'로 고친 것은 표기의 차이일 뿐 결국 같은 뜻의 단어를 쓴 것이라 볼 수 있다. 그러나 '놀'은 '노을'의 준말만은 아니어서, 동음이의어(同音異議語)로 파도를 가리키는 말이기도 하다. 당장 이희승의 사전에 '놀'은 저녁놀과 같은 하늘의 '놀'로도 풀이되어 있지만, "바다의 사나운 큰 물결(뱃사람의 말)"로도 풀이되어 있다. 그러니까 이희승 사전의 '놀'은 어느 쪽의 '놀'인지 단정할 수 없다. 이 사전의 구판(1961)에서는 '상태'로 하였던 것을 증보판에서 '놀'로 고쳤는데, '상태'라고 하였을 때는 무엇을 염두에 두었다가, 그것이 무엇이 미흡하게 느껴져 '놀'로 고치고, 또 이때의 '놀'은 구체적으로 어느 쪽 것을 염두에 둔 것인지 예문도 없고 해서 명확하게 집어내기 어렵지만, 어떻든 여기의 '놀'은 아직 바다

의 것일 수도 있는 여지가 있다. 뒤에서 곧 보게 되듯이, 실제로 이 '놀'을 '물결'로 바꾸어 이 사전의 정의를 활용한 작가도 있다.

그것을 국어원 사전에서 '노을'로 고쳤다. 이제는 더 이상 '까치놀'이 바다의 것일 수 없게 된 것이다. '노을'은 '놀'과 달리 하늘의 것이기만 하지 바다의 것일 수는 없기 때문이다. 두 번째 풀이 "울긋불긋한 노을"은 더욱이나 하늘의 노을일 수밖에 없지 않은가.

결과적으로 '까치놀'을 둘러싸고 벌어진 여러 일 중 가장 엉뚱한 곳으로 간 것이 『표준국어대사전』으로 보인다. 그런데 안타깝게도 이런 실수는 거기에서 끝나지 않고, 고려대학교 민족문화연구소에서 간행한 『고려대한국어사전』(2011)로도 이어졌다. "바다의 수평선에서 석양을 받아 번득거리는 빛"이라고 앞의 잘못을 그대로 따르고 있는 것이다. 거기다가 '노을'을 살짝 '빛'으로 바꾸어 놓았는데 이것은 '노을'과 '빛'이 같은 뜻이라는 걸 설명해야 하는 부담만 늘려 놓아 일을 더 악화시킨 것으로 보인다.

이들 두 사전에는 각각 예문이 하나씩 들어 있다. 최근의 국어사전들이 예문을 적극적으로 싣는 방향으로 바뀐 것은 고무적인 일이거니와 이 희귀한 단어에 예문이 들어 있다는 것은 반가운 일이 아닐 수 없다. 예문이 있어야 그 단어가 생동감을 가지고 제대로 자기 모습을 보여 주지 않는가. 그런데 이 두 사전의 예문은 어느것이나 우리의 기대에 미치지 못한다.

먼저 고려대 사전의 예문은 이렇다. "갯벌 너머에서 놀던 까치놀도 어느덧 사라졌다." 자꾸 되읽게 되는데 도무지 머리에 그림이 그려지지 않는다. 까치놀이 놀다니 도대체 어떤 모습으로 논다는 것일까. 출처가 없는 것을 보면 편집자가 만들어 넣은 것이겠는데 무슨 용기로 예문을 만들어 넣을 생각을 했는지 모르겠다. 예문을 만들어 넣을 때는 글에서건 말에서건 사전 편찬자가 그 말에 익숙할 때에만, 그래서 그 예문이 자연스러운 우리말인지 아닌지를 직관적으로 판별할 수 있을 때라야 가능하지 않은가. '까치놀'을 두고 과연 그런 판단력과 직관을 가지고 있는 사람이 우리 주변에 누가 있을까.

『표준국어대사전』의 예문은 앞에서 보았듯이 한승원의 소설 『해일』에서 뽑은 것이 들어 있다. 다시 보면 이렇다. "먼바다의 까치놀을 등지고 서 있는 그녀의 모습과 그녀의 그늘진 얼굴 속에서 눈망울이 빛나고 있었다." 이것은 일단 출전이 있으니 무게가 있다. 그러나 이것도 예문으로 쓰일 문장은 아닌 것으로 보인다. 우선 문장 자체가 제대로 된 문장이 아니지 않은가. '그녀의 모습과'가 뒤에 어디에 가 걸리는 데가 없는, 엄격하게 보면 문법에 어긋나는 문장이요 비문(非文)인 것이다. 더욱이 이 예문만으로는 우리 머릿속에 '까치놀'의 그림이 조금도 더 낫게 그려지는 것이 없다. 당장 그 '까치놀'이 하늘에 떠 있는 것인지, 바다에서 넘실거리는 파도인지조차 가려지지 않는다.

소설가는 과연 '까치놀'을 어떤 뜻으로 썼을까? 예문의 앞뒤를 보면 좀 풀리지 않을까 하여 그 소설을 구해 보았다. 그런데 『해일』(1991)은 3부로 된 세 권짜리 장편소설이어서 그 예문 자리가 쉽게 찾아지지 않았다. 그러던 중 이 소설의 제2권 권말에 '이 소설에 쓰인 어촌 속담과 어려운 말풀이'라는 게 있어 혹시 하고 보니 마침 거기에 '까치놀'이 들어 있고, 그 풀이인 즉 "석양에 멀리 바라다보이는 바다의 수평선에서 희번덕거리는 물결"로 되어 있었다. 오랜 궁금증이 대번에 풀렸다. 이 풀이는 앞의 이희승 사전의 풀이를 그대로 옮기면서 '놀'을 '물결'로 바꾸기만 한 것이다. 앞에서 그 사전의 정의에 보이는 '놀'은 파도로도 읽힐 여지가 있다고 했는데 바로 그 파도로 읽은 것이다. 예문의 '까치놀'을 작가는 바다의 파도로 썼던 것이다.

그렇다면 무엇인가. 사전 편찬자가 큰 실수를 저질렀다는 뜻이 아닌가. 뜻풀이와 완전히 어긋나는 예문을 썼으니 이런 큰 실수가 어디 있는가. 그런데 세상은 그야말로 참으로 복잡해서 이 일도 그렇게 단순치만은 않았다. 이 예문의 작가에게 직접 전화를 걸어 보았다. 무엇보다 혹시 그 소설의 무대가 된 전라도 쪽에서 '까치놀'이란 단어가 쓰이는지가 궁금해서 그것부터 물어보았다. 아니라고 했다. 파도를 '놀'이라고 하는 일은 있느냐고 하니 그것도 아니라고 했다. '놀'은 '노을'일 뿐, 흰 파도가 크게 산등성이처럼 뻗으며 치는 것은 누에 모습이어서 '누엣결'이라 하며 이때 '결'이 물결을 나타내는 것이라 했다. '까치놀'은 자기 혼자 쓰는 것이라 해 어떤 걸 '까치놀'이라 하느냐고 하니 석양 때 불그레해지는 하늘 쪽의 빛깔로 설명하였다. 작가가 붙인 주석에는 '물결'로 되어 있더라고 하니 그랬던가요라고 하였다.

머리가 다시 어지러워졌다. 지금까지 우리는 '까치놀'이 큰 혼돈 속에 갇혀 있음을 보았다. 무엇보다 국어사전들이 우리를 어지럽히고 있었다. 말하자면 나라가 그렇게 어지럽게 돌아가고 있었다. 그 혼돈이 한 개인에게, 한 작가에게도 작용하여, 한때는 '물결'로 입력되었던 것이 어느새 슬그머니 하늘의 '노을'로 바뀌었는지 모른다. 아니, 권말의 주석은 어떤 경위로 그렇게 되었어도 작가는 애초부터 하늘의 노을을 생각하며 그 예문을 썼을지도 모를 일이다.

이렇게 보면 『표준국어대사전』의 편찬자가 해당 예문을 그 자리에 가져다 쓴 것을 잘못이라 할 것도 없다. 그러나 그렇지 않다. 여전히 잘못이다. 작가 스스로도 혼동을 일으킬 정도로 모호한 문장이 좋은 예문일 수는 없다. 아니 예문의 자격이 없다. 사전 편찬자 자리는 유명 작품에 쓰인 것이면 이것저것 가리지 않고 마구 가져다 쓰는 자리가 아니다. 유명한 작가의 글이라도 거친 문장이 얼마나 많은가. 사전 편찬자는 누구보다 위에 서서 온전한 문장을 가릴 줄 아는 능력이 있어야 하고 또 그것을 바로 골라내는 일에 생명을 걸어야 할 것이다. 도움은커녕 혼란이나 일으킬 예문은 안 싣는 것만 못하다. 두 사전의 예문은 바로 그런 예문들이다. 그 두 예문을 보면 마치 '까치놀'이 겪고 있는 혼돈의 한 진면목을 보는 것 같아 마음이 답답하다.

'까치놀'이 왜 이 지경에까지 이르렀을까? 조그만 단어 하나가 왜 이리 세상을 어지럽히는 것일까. 처음 발을 내디딜 때 잘못 내디딘 탓일 것이다. '까치놀'을 하늘의 노을로 해석하는 일은 처음부터 발을 잘못 들여놓은 것이라는 것이 내 생각이다. '까치놀'을 저녁노을로 해 놓으면 이래저래 궁색을 떨지 않을 수 없게 된다. 무엇이 석연치 않다는 걸 느끼면서도 어떻게 좀 그럴듯하게 맞추어 놓아야겠어서 이것저것 끌어들이다 보면 점점 더 균열이 커지고, 무리가 뒤따를 수밖에 없었을 것이다. 사실 '까치놀'에서 '까치'는 이 단어의 개성을 드러내는 결정적 요소인데 '까치'라는 수식어를 얻게 만든 그 특징이 무엇인지 감을 잡을 수 없었으면 빨리 그 자리를 털고 다른 방향을 모색해 보아야 했을 터인데 그러지 않아 일이 꼬이게 된 것이다.

'白頭波'란 주석에 대한 정보가 있었으면 물론 일은 쉽게 풀렸을 것이다. 또 '까치놀'이라는 단어를 주위에서 쉽게 들을 수 있었다면 더욱이 아무 어려움이 없었을 것이다. 이 두 가지가 다 막힌 상태에서 기댈 수 있는 것은 이 단어의 유일한 용례인 앞의 옛시조뿐이어서 그 문맥에서 의미를 추출해 내는 길밖에 없었을 터인데 그 문맥이 도무지 아리송하게 되어 있다. "四面이 거머어득 저물었고 天地 寂寞 가치노을 떴는데"에서 무엇을 뽑아낼 수 있겠는가. '석양에'니 '멀리 바라다보이는 바다의 수평선에서'니 하는 것을 이끌어내 보아야 과연 이것이 '까치놀'을 이루는 기본 요 건이라는 자신이 서지 않았을 것이다. '희번덕거리는'이 그나마 '까치'로 이어지는 특징으로 동원되었지만 구체적으로 어떤 선명한 그림이 그려지 는 것은 아니었을 것이다. 더욱이 "가치노을 떴는데"의 '떴는데'는 무엇이 란 말인가. 파도를 '떴다'고 하는 것은 어색하지 않은가. 하늘의 노을이니 떴다고 한 게 아니겠는가, 거기다가 날은 저물어 어둑어둑한 시각이요 또 수평선이 그 배경이다. 시선을 어쩔 수 없이 하늘 쪽으로 향하게 만들기 도 하였을 것이다.

그런데 이제는 그 미로(迷路)에서 벗어나야 할 것이다. 그럴 때가 되었 다고 생각한다. 그럴 만한 여건이 충분히 되어 있다고 생각한다. 여태껏 거기에 갇혀 있는 것은 게으름의 소산이랄 수밖에 없다. 세상이 이만치 개명천지가 되었는데 그 어두움에 갇혀 허우적거릴 까닭이 없다. 어느 쪽 으로 가나 탄탄대로가 아니긴 마찬가지라 할지라도 좀 더 순탄한 길이 있 다면 우리는 그쪽을 택하야 할 것이다.

이쪽은 그나마 『物譜』의 '白頭波'가 있다. 그리고 일부 지역에서이지만 '까치놀'이 파도의 일종이라는 후원자가 있다. 옛시조의 그 언저리가 불 투명하게 되어 있어도 애초의 시조 작가는 파도를 두고 읊은 것으로 보는 것이 옳을 것이다. '떴는데'는 파도를 두고도 먼 곳의 것이므로 그렇게 묘 사했을 수도 있고, 아니면 작자는 무언가 다른 말로 써 놓은 것을 후대에 그것을 필사(筆寫)하는 사람이 그때 이미 '까치놀'의 뜻을 잘못 알고 '떴는 데'로 고쳤을지도 모른다. 어떤 경우이든 '까치놀'을 파도로 보고 길을 찾 아야 할 것이다.

그런데 한편으로 생각하면 스스로 좀 측은하다는 생각도 든다. '까치놀' 이 앞으로 생명을 이어갈 수나 있을까 하는 생각이 들기 때문이다. 어차

지난지난 세기의 표정으로

피 이내 자취를 감추고 말 것이면, 이런 의미이면 어떻고 저런 의미이면 어떤가.

고향에서 '까차놀'을 다시 확인해 보려고 하니 이제 주위 그 어디에고 그 말을 아는 사람을 만날 수 없었다. 자기 노트에도 나와 같은 내용이 조사되어 있다는 재야 학자도 있었고, '까치파도'로 들은 것으로 기억하고 지금도 자기는 '까치파도'라는 말을 쓴다는 사람은 있으나 '까치놀'은 4, 50년 사이에 사어(死語)가 되어 있었다.

온 바다가 빠른 율동으로 넘실대는 '까차놀'을 만나면, 어디 먼 이국에서 정령들이 몰려와 축제라도 하는 듯 갑자기 온 세상이 생동감이 넘쳐 나는 언제고 덩달아 기쁨에 넘치곤 한다. 그래서 그때 누가 곁에라도 있으면 들떠서 저걸 '까차놀'이라 한다고, 꼭 까치 같지 않느냐고 떠들곤 한다. 혹시 이것이 씨앗이 되어 '까차놀', 아니 '까치놀'이 다시 생명을 얻을 수 있을까. 아니면 멸종된 것으로 알려진 들꽃이 어디선가 발견되었다고 야단을 떠는 일이 '까치놀'에서도 일어날 수 있을까.

만일 기적이라도 일어나 그렇게 된다면 이왕지사 욕심을 하나 더 부리고 싶다. '白頭波'와 같은 밋밋한, 어디서나 쉽게 보는 '흰 파도' 그런 싱거운 뜻이 아니고, 어쩌면 축제와도 같은 우리 고향의 그 드넓은 장관의 파도, 바로 그것을 가리키는 이름으로 살아났으면 하는.

김경동

집을 떠나고 보니 갈 곳이 없구나

집을 떠나고 보니 갈 곳이 없구나

떠남으로 비롯한 우리의 인생은 떠남으로 마감한다. 떠남의 알파와 오메가 사이에도 우리의 삶에는 무수한 떠남이 되풀이한다. 그러한 떠남이 우리에게 어떤 의미가 있으며 떠남 다음에 오는 삶은 과연 어떤 것일지를 미리 아는 상황은 그리 흔하지 않아 보인다. 그래서 어느 날인가 식후 잠시 휴식 중에 우연히 관람한 드라마의 한 장면이 문득 떠올랐다. 주인공은 20대 초반의 여성으로 홀로 살면서 실종한 어머니를 찾아 헤매는 신세인데, 임시로 묵고 있던 어머니 친구의 집을 나와 길가에 서서 사방을 둘러본 순간 내뱉은 말이 "집을 떠나고 보니 갈 곳이 없구나"였다. 이 말이 한숨처럼 무심코 흘러나올 때 그녀의 목소리는 잦아들듯 들릴락 말락 했고 실망과 불안으로 몹시 일그러진 얼굴 표정은 너무도 안쓰러웠다. 어쩌면 우리의 삶은 최초의 떠남에서부터 이미 갈 곳이 없는 운명인지도 모른다.

경험적으로는 전혀 알 길 없지만 상식에 따르면 우리가 맨 처음 떠나온 곳은 참으로 따사롭고 아늑하며 촉촉하게 부드럽고 아무나 함부로 어지럽힐 수 없는 너무나도 평온한 곳이었다고들 한다. 정작 우리 스스로는 그 속에서 수백 일을 보냈으면서도 그런 체험을 의식하지 못한 채 그리도 안온하고 기막힌 공간을 떠나고 말았다니 참으로 유감스럽지 않을 수 없다. 하긴 그처럼 이상적인 환경을 인지하면서 마음껏 즐기며 지낸 사람은 세상 어디에도 존재하지 않는다는 실존적 한계가 어쩔 수 없는 인간의 조건임에랴. 그럼에도 우리는 아마 자신의 의지와는 상관없이 결국 떠나야만 했던 어머니의 아기집을 의식 무의식중에 늘 그리워하며 살아가고 있는지도 모른다. 안타깝게도 그곳은 한번 떠나면 결단코 다시 돌아갈 수 없는 환상의 보금자리일 수밖에 없는데도 말이다.

그렇게 처음으로 어머니의 집을 떠나 인생 최초의 발걸음을 내어 디딘 곳은 어떤 곳인가? 역시 집이다. 집에서 태어나지 않으면 우리는 며칠도 견디지 못하는 취약한 갓난아기로 이 세상과 만난다. 친족이라는 특수한 연고로 맺어진 사람들이 모여 가정(家庭)이라는 사회적 마당에 함께 사는 집단인 가족(家族)이라는 집이다. 가족이라는 벽돌로 쌓아 지은 더 큰 사회적 건조물이 바로 사회다. 인간은 그런 집에서 태어나는 게 정상이고 집에서 자라나야 집을 떠나서 살아갈 때도 사회의 떳떳한 구성원으로 탈없이 지낼 수 있다. 집에서 같이 사는 가족이 돌봐 주고 양육해 줘야 비로소 인간은 사회적 존재로서 성장할 수 있음이다. 집에서 자아 정체 의식이 싹트고 '우리'라는 공동체 의식이 생긴다. 가족이라는 집은 정서적 유대로 서로 보듬고 사랑하며 이해하고 도와주며 기쁨과 슬픔, 희열과 고통을 나누는 사회적 공간이다. 그래서 집(home)은 달콤한 서정(sweet)을 불러일으킨다. 요컨대 집을 떠나는 경험은 우리의 인생에서 큰 몫을 차지한다.

생리적으로 어머니와 결별하는 최초의 떠남 다음으로 우리의 삶을 크게 좌우하는 떠남은 항상 가정이라는 집을 떠남으로써 시작한다. 아동기에 혼자 집 밖으로 나갈 수 있게 되는 시기가 그 시발이다. 어린 시절 집을 나가면 저녁 어스름 끼니때가 되어서도 집으로 돌아갈 생각을 않고 동네 또래들과 노는 재미에 푹 빠져 있다가 어머니가 찾아와 독촉을 해도 못내 아쉬워 집으로 돌아가기를 주저하던 장면을 모두가 기억할 것이다. 집을 떠나 처음 맞는 이웃이라는 새로운 사회적 공간으로 들어가 그 안에서 또래 집단의 다른 아이들과 새로운 연고를 맺는 것은 또 다른 연대감의 경험이다. 예전에는 그냥 동네의 이웃이라는 자연스러운 공간에서 그저 이웃에 사는 아이들과 스스럼없이 어울려 동무가 되면 족했다. 하지만 요즘 아이들은 과연 늦도록 집에 가기 싫을 만큼 함께 마냥 놀고만 싶은 또래 친구들이 몇이나 되며 그럴 시간의 여유를 만끽할 수나 있는지가 몹시 궁금할 지경이 되어 버린 것이 무척이나 안타깝다.

공업화와 도시화를 동반하는 근대화가 일어난 뒤부터는 주거 형태 자체가 변질하여 대규모 공동주택 단지라는 새로운 물리적 공간의 맥락에서 이웃 같지 않은 이웃과 조우해야 하는 세상이 되었다. 게다가 그러한 단지라 해도 아기자기하게 정원을 꾸며 놓고 폭포에다 호수까지 멋들어지게 갖춘 곳이 없는 것도 아닌데, 그 안에서조차 대낮부터 아이들의 또래를 만나기가 여간 어렵지 않은 게 요즘 세태다. 그 나이의 어린이들이 도대체 어디에 있을까? 집 안에라도 있으면 그런대로 다행이라 여길지 모르지만 대개는 책과 씨름하느라 마당에 나가 놀 여가를 즐길 줄 모르는 세대가 우리의 미래다. 아니면 어린이집, 유치원, 혹은 학원이라는 공식적 제도 기관의 맥락에서 미묘한 연고를 맺어야 하는 아이들이다. 그러한 제도 기관의 공식적 성격 탓에 그 맥락에서 이루어지는 관계는 아무래도 비공식적이고 인간적인 정서적 유대보다는 비인격적인 상호작용의 성격이 될 개연성이 더 크다. 훈훈하고 인정미가 넘치는 집하고는 사뭇 다른 분위기가 결정해 주는 사회적 상호작용이 지배하는 관계가 이루어진다.

더 자라면 이제는 학교라는 또 하나의 공식적 조직체가 우리를 기다린다. 이곳에서부터는 집이라는 원초 집단의 상호작용과 유대를 기대할 수가 없다. 비록 대단위 주거 단지라 해도 그리고 낮 시간부터 기관에서 시간을 보내야 한다 해도 그나마 아직은 이웃이라는 열린 공간이 있고 거기에는 이웃집 아이들이라는 또래 집단의 원초적 관계가 살아 있을 여지는 남아 있다. 비교적 집에 가까운 정서적 교감과 긴장하지 않아도 좋을 만큼은 상호 신뢰의 사회적 문화적 공간을 허용하는 곳이라 해도 좋다. 하지만 학교는 이미 서로 경쟁해야만 하는 긴장의 공간으로 다가온다. 이런 현상의 강도(強度)가 날로 더 커져 온 게 근대화의 특징이다. 특히 요즘 초중등학교 학생들 사이에서 벌어지는 경쟁의 성질은 갈수록 더 모질어진다고들 한다. 한 반의 친구들과 학습 노트도 교환하지 않을뿐더러, 서울 강남의 어떤 여자 중고등학교 우등생 아가씨는 중요한 학교의 정보 게시물을 자기가 먼저 발견하면 바로 없애 버린다는 예화를 어느 공식 회의 석상에서 들은 적이 있다. 여담이지만, 이런 현상은 도시의 이악한 어린 세대에게서만 나타나지 않고 농촌의 청장년층에게서도 볼 수 있다는 얘기를 지방 도시의 한 공무원에게서 들은 기억이 난다. 이윤 창출이 용이한 새로운 영농 기술을 온라인 정보망에서 검색하면 바로 지워 버리고 자신의 형제와도 공유하려 하지 않는다는 얘기였다. 흔히 인심이 각박해지고 있다는 증좌라고 하는데, 학교에서 이런 일이 다반사라면 어린 시절 집을 떠난 다음에 만나는 세상의 단면이라는 점이 문제다.

그렇게 변질하는 세상이긴 해도 역시 학교는 인생에서 중요한 공동체적 경험을 안겨 주는 공간이라는 특색을 부인할 수는 없다. 학교에서 몇는 연고는 평생을 이어 주는 끈으로서 혈연에 버금갈 만큼은 끈질긴 데가 있기 때문이다. 서울대학교 사범대학 교육학과 원로 교수 한 분이 동창회 모임의 인사말에서 동문이란 혈연과 같아서 끊으려 해도 끊을 수 없는 연줄이라고 했단다. 특히 우리나라처럼 연고주의가 강하게 작용하는 사회에서 혈연 다음은 예외 없이 학연을 들먹이는 것도 이유가 있다. 세상에서 출세를 하는 데 필요한 사회적 자본 가운데 아마도 가장 강력한 자원이 되는 것이 학연일지도 모른다. 그런 탓도 있겠지만 여하간 떠남이라는 생애 경로의 변경을 두고 볼 때는 학교를 떠나는 순간이 어쩌면 현대인에게는 가장 견디기 힘든 짐을 지기 시작하는 시기일 수도 있다. 학교를 떠나는 때는 학교에서 터득한 지식과 경험을 살려 평생의 삶을 좌우할 기반을 마련하는 직업 생활의 시발점인 것이다. 직업이란 인간 사회의 성격을 결정하는 요인이면서 동시에 개개인의 사회적 정체와 지위를 규정함으로써 각자의 운명을 갈라 놓을 수 있는 인간의 활동이어서 그렇다. 이때부터는 정말로 치열한 경쟁의 세계에서 살아남아야 한다. 서로를 도와주기보다는 서로를 이겨야 하는 관계가 지배하는 사회적 공간이다. 사람마다 직종과 직업 수행의 맥락이 다르므로 직업 생활 자체에서 얻는 만족감이나 불만의 정도는 다를 수가 있겠으나 직업을 떠나는 시간이 오는 것은 참으로 착잡한 경험으로 다가온다.

한편, 학교를 떠나서 새로운 직업 세계로 발을 내딛는 무렵에는 가족을 떠나야 하는 일도 거의 동시에 일어나기가 일쑤다. 스스로의 가족을 새로이 꾸리는 여정에 떠나야 하는 것이다. 특별한 사유가 없는 한 대개는 직업을 갖고 나서 혼인을 하는 관행이 일반적이다. 역시 세상이 야릇하게 변하다 보니 요사이는 부모의 가족을 떠나지 않고 빌붙어 사는 캥거루족이 늘고 있거나 아니면 아예 혼자 사는 젊은이가 많아졌다. 최근(2012) 통계에 의하면 우리나라 총 가구 중에 홀로 사는 1인 가구의 비율이 25.3 퍼센트, 즉 전체의 4분의 1을 초과했다. 그 가운데서 젊은 세대가 약 3분의 1이다. 이들이 계속 혼자 살면 혼인 비율이 줄어들 것이고 혼인을 하지 않으면 출산율이 떨어질 터이니 장차 우리나라는 학교에 갈 청소년의 수도 줄어들어서 문 닫아야 하는 학교 수도 늘어날 테고 경제활동인구가 줄어들어서 경제 기반에 커다란 차질이 생길 우려가 높아지고 있다. 그러니까 부모 곁을 떠날 때는 가능하면 자신의 가정을 꾸려서 떠남이 현명할 것 같다. 요즘같이 취업이 어렵고 주택 구하기도 힘든 시대에 게다가 자녀의 교육비 부담마저 어지간해야지 혼인과 출산을 꿈꿀 수 있지 않느냐는 절규도 일리가 없는 건 아니지만, 저출산은 재앙이 될 수 있는 답답한 일이다.

나이가 들면 언젠가는 일을 그만두어야 하는 때가 온다. 직업 생활을 떠나야 하는 시기다. 일에서 손을 떼는 퇴직이나 은퇴는 정말이지 "여기서 떠나면 어디로 가야 하나?"라는 질문을 동반하는 새로운 생애 주기를 표상한다. 유감이지만 대다수의 은퇴자들은 "갈 곳이 없구나!"라는 탄식을 삼킬 것이다. 친구를 만나려 해도 호주머니 사정이 허락해야 하고, 일을 계속 하려 해도 써 주는 데가 있어야 하고, 산을 오르려 해도 무릎이 말을 들어야 하고, 이런저런 조건이 따라다니면 그야말로 할 일도 없고 갈 데도 없는 신세가 되고 만다. 그래서 나이 들어 퇴직한 사람들을 주제로 다루는 농담이 시리즈로 나오는 세상이 되었다. 속칭 '황혼이혼'이라 일컫는 장노년층 이혼이 전체 이혼의 18퍼센트에 이른다는 통계(2012)도 있다. 어느 날 직장에서 퇴근하는 남편이 흐뭇한 표정으로 자랑삼아 얘기한다. "여보, 나 오늘 정년퇴임했어요. 이제 홀가분하게 둘이서 오붓한 여행이나 하며 즐겁게 살기로 합시다." 별로 실망하는 눈치도 비치지 않는 아내의 대답은 기대했던 대로 "아, 그래요? 그럼 이제부터 허리 더 졸라매고 살림살이 줄여가며 살아야겠네요"가 아니었다. "그래요? 그럼 우리 이혼해요. 그리고 재산은 법대로 절반씩 나누어요. 아이구, 이제야 나도 좀 편하게 살아봐야겠네요"였다. 남편이 놀라 말문이 막힐 수밖에, 할 말을 잃었다. 일본에서 흘러온 농담이다. 그러고 보니 취직과 혼인이 비슷한 시기에 일어나듯이, 퇴직과 이혼도 나란히 일어날 수 있는 현상이다. 결국은 직장을 떠날 즈음에 부부도 서로를 떠나는 웃지 못할 떠남의 병행이 나타나는 셈이다.

각설하고, 생애 경로가 막을 내리는 지점에서 우리는 정말 받아들이기 힘든 떠남을 맞이한다. 서울대학교병원에는 교회가 있고 거기서 목회를 하는 목사는 불치병으로 생을 마감하며 세상을 떠나가는 사람들을 위로하고 격려하며 좋은 곳으로 보내는 과정에서 청취한 그분들의 절절한 사연을 기록하고 있다는 말을 들었다. 욕심 같아서는 언젠가 그 목사에게서 그런 자료를 빌려다 내용 분석도 해 보고 또 시간이 허락하면 그 뼈저리게 아픈 사연을 엮어 장편소설이나 단편소설집을 마련했으면 하는 생각을 한 적이 있다. 어쩌면 그분들의 목소리에는 슬픔만 묻어나지 않고 오히려 희망과 달관 같은 아름다움이 반짝일지도 모를 거라는 짠한 기대도 해보았다. 이 세상과 영영 이별해야 하는 떠남의 오메가는 과연 어떤 향기를 풍길까? 의외로 담담하고 초월한 정갈한 마음이 오히려 살아남을 우리의 욕망을 씻어 줄 것만 같은 생각은 공연한 환상일까?

그렇게 생의 시작을 향한 떠남과 마감을 위한 떠남 사이에는 허다한 떠남이 반복한다. 어려서는 이사를 하면서 친구를 떠나고, 전학으로 학우를 떠나고, 애인을 떠나고, 직장 동료를 떠나고, 부모 친척을 떠나고, 이웃을 떠나고, 심지어 집에서 기르는 애완동물을 떠나고, 정든 마을을 떠나고,

동네 가게 아주머니를 떠나고, 그렇게 서로 헤어지고 갈라지는 떠남이 이어지는 가운데 우리의 삶은 시간을 쌓아 간다. 우리가 맨 처음으로 어머니를 떠나 이 세상으로 나오는 순간부터 한마디로 무시무시하게 두렵고 불안한 세상이라는 사실을 알게 되기까지는 세월이 한참이나 지나야 한다. 그야말로 천지 분간도 못하는 주제에 천방지축 제멋대로 행동하며 주위의 사람들을 무척이나 괴롭히면서도 반성은커녕 으레 그러려니 당연시하며 살아오는 데 그만큼 시간이 걸리는 것이다. 원초적인 무지와 천진함이 자아내는 이루 말할 수 없는 당혹과 시행착오와 그나마도 언제나 뒤늦게 찾아오는 깨달음을 엮으며 그렇게 그렇게 이렁저렁 한 평생을 꾸려 나가야 하는 역정의 시발점일 따름인 것을 어찌 알기라도 했으랴! 그뿐인가. 어김없이 다가오는 다음 번 그리고 또 그다음 차례의 떠남도 여전히 모험을 요구한다. 한번 떠나면 비록 떠날 때의 목표 지점과 목적하는 의도가 그런대로 뚜렷하고 잘 정해진 것이라 해도 떠나는 그 순간까지는 장차 목표에 도달하여 목적한 바를 제대로 달성할지를 아무도 모르기 때문이다. 대개 떠난 후 얼만가를 지나서야 "아하! 그때 그것에서 떠나길 잘했구나!"라든지 혹은 "에이! 그때 그것에서 떠나는 게 아니었는데⋯⋯"라는 자가 판정이 나올 수 있을 따름이다. 하지만 우리의 그 무수한 떠남 중 과연 몇 번이 준비를 잘 해서 앞길이 밝기만 한 떠남이 되는지를 성찰해 보면 선뜻 긍정의 답이 나오기가 쉽지 않다. 떠남은 언제나 미지를 향한 첫걸음의 시작인 것이다.

인간은 일생 동안 날이면 날마다 매 순간순간 의식 무의식 간에 갖가지 크고 작은 결정을 내리고 선택을 하며 살아간다. 그러나 그 결정의 결실이, 선택의 마감이 우리가 의도했던 대로, 기대했던 만큼, 예견한 방향으로, 계산에 따라 일어난다는 보장은 없는 게 인생사다. 예정한 바대로 일이 풀려나갈 때도 있음은 두말할 나위도 없다. 하지만 확률은 그리 쉽사리 한쪽으로 기울지 않는다. 인생의 경로 마디마디에서 우리가 떠나야 하는 날이 와도 떠난 다음에는 어떤 길로 들어서서 어디로 향해 어떤 목적지에 도달할지 확신할 수 있을 때가 많지는 않다. 어려서는 어린이집으로, 유치원으로, 학교로 가고자 떠난다. 그런 떠남은 다음 단계로 넘어가는 층계인지라 목표가 비교적 명백하다. 그렇게 되도록 사회의 규범을 정해 놓았고 사회의 제도가 이를 시행하기 때문이다. 하지만 그런 떠남조차도 예정한 길을 밟아서 목표한 결말에 이르지 못하는 수가 허다하게 있기마련이다. 그 원인이야 개인적인 것에서부터 가족, 관련 사회 조직체, 지역사회, 나아가 전체 사회의 여건 등 다양하겠지만, 비교적 안정적인 사회에서는 예기한 목표에 이를 확률도 높아진다.

보기에 따라서는 인생을 여행길에 오르는 데 비유해 봄 직하다. 모처럼 여행에 나서면서 대개는 사전에 "어디로 갈까?(Where to?)"를 정해 놓고 거기에 도달하기 위한 각종 예약을 해 놓는 게 안전하다. 일종의 여행의 종합적 기본 계획(master plan)을 세우듯 인생의 마스터 플랜을 작성할 수 있다면 얼마나 편리할까? 하지만 인생은 그렇게 녹록하지가 않다. 기획한 대로 되지 않을 확률이 더 클 수 있다. 그래서 실망을 하기보다는 오히려 멋지고 풍부한 경험을 쌓는다는 마음가짐으로 여행을 떠난다면 훨씬 더 값진 결과를 즐길 수도 있을 것이다. 이런 접근을 유기적(organic) 질서의 추구라고 한다. "어디로 가지?"가 아니라 "무엇을 바라고, 희망하는 바가 무엇이지?(What are we hoping for?)"를 묻는 유기적 지침을 준비하자는 것이다. 이런 질문에 대한 대답은 미래를 다루는 질문이 계속 역동적으로 생성될 수 있도록 충분한 유연성과 신축성을 제공한다. 여기서는 마스터 플랜과 같은 경직한 프로그램 대신에 뜻하는 바, 희망하는 것을 이루는 데 유효한 환경을 조성하는 일이 중요하다. 인생에서 되풀이하는 떠남을 예비할 때도 이런 넉넉한 마음가짐이 바람직하다.

떠남이 점점 더 불안정하고 불확실한 결말로 이어지기는 생애 경로의 단계가 지날수록 더 심각해진다. 그만큼 날이 갈수록 각자의 책임과 사회적 기대가 커지는 현상의 자연스러운 반영이다. 그러다가 책임과 기대의 짐이 줄어들기 시작하면 이제 삶의 마감을 향한 떠남을 맞이할 준비를 할 때가 가까워진다. 바로 이런 시점일수록 가슴을 넓게 열고 홀가분하게 모든 걸 내려놓고 떠나겠다는 마음가짐이 가장 아름답고 멋진 때다. 이제 떠나면 어디로 가야 하나를 염려할 필요가 없는 해탈의 시간이다. 그곳이 어디면 어떠랴, 어차피 우리가 언젠가는 가야 할 곳인 것을. 집을 떠나 세상에서 일생을 보냈으니 이제는 다시 집으로 돌아가면 그뿐인 것을. 아마도 눈을 지그시 감고 깊은 명상에 잠기면 그 집이 눈에 선하게 떠오를지 누가 알랴. 마침내 우리는 "집을 떠나도 갈 곳은 있구나" 하는 해탈에 이를지도 알 수 없는 일이다.

김명렬

방생(放生)

미얀마의 절에 가면 입구에 행상들이 많다. 대개는 꽃이나 기념품을 파는 사람들이다. 그런데 한 사원 앞에 가니까 싸리나무로 둥글게 엮은 옛날의 병아리 어리 같은 것을 놓고 앉아 있는 사람이 있었다. 어리 안을 들여다보니 각종 작은 새들이 가득 들어 있었다. 얼마 전 TV에서 방영한 미얀마 특집에서 본 광경이 떠올랐다. 어느 새잡이에 관한 에피소드였다. 벼 수확을 할 때 벼를 다 베지 않고 두세 이랑을 한 10미터 정도 남겨 두고 새가 와 앉으면 그물로 덮쳐 잡는 것이었다. 새잡이는 잡힌 새를 두 가지로 분류했다. 하나는 완상용같이 조금 비싸게 팔 것이고 나머지들은 한군데다 몰아 놓았다. 그 잡새들은 무엇 할 것이냐고 물었더니 '방생용'이라는 것이었다. 내가 본 어리에 갇힌 새들이 바로 그 새들인 것이다.

어리 안에서 퍼덕거리는 새들을 들여다보면서 방생을 좀 하는 것이 어떠냐고 아내에게 제의하였으나 선뜻 나서지를 않았다. 아내가 다니는 절의 스님이 방생은 사람에게 잡혀 죽게 된 목숨을 살려 주어야 뜻이 있지, 장사 목적으로 잡아 온 동물을 사서 풀어 주는 것이 무슨 의미가 있느냐면서 그런 짓 하지 말라고 하였다는 것이다.

그러면서도 아내는 또 다른 이야기를 들려주었다. 한 스님이 홍콩에 갔을 때 새잡이가 잡아 온 새를 전부 사서 새장 문을 열어 주었더니 새들이 그냥 가지 않고 모두 스님 머리 위를 한 바퀴 돌고 나서 각기 흩어져 날아가더라는 것이었다. 그러면서, "그러니 어떻게 새들을 미물이라고 하겠어요?" 하는 것이었다. 새를 낯선 데에 풀어 놓으면 우선 방위를 잡느라고 한 바퀴 도는 습성이 있는데, 아내는 그런 행동을 해방시켜 준 사람에 대한 새들의 감사 표시였다고 생각하는 것이었다. 그러나 나는 아내의 생각에 이의를 달지 않았다. 그것은 주로 높이 날아 멀리 가는 새들의 습성일 것이며, 참새같이 땅 위를 요리조리 날아다니는 작은 새도 그런지 알 수 없을뿐더러, 실제로 새들이 감사의 표시로 머리 위를 돌았을 수도 있기 때문이다.

또 그렇게 생각하는 것이 얼마나 아름답고 감동적이며 착한 마음씨인가! 사람과 새가 한마음이라는 것은 모든 것을 인간 본위로 보는 인간 위주의 망상이라고 타기하기만 할 일이 아니다. 새도 고통을 피하고 구속을 싫어하는 마음은 사람과 똑같지 않은가? 그 이중의 질곡에서 자기를 구출해 준 사람을 두 눈으로 똑똑히 보았으니, 새장에서 풀려날 때 그에게 고마운 마음을 가졌으리라는 것은 너무나 당연하다 생각되었다. 더구나 불교에서는 모든 중생이 다 불성(佛性)을 가져서 성불할 수 있다고 설하고 있는데, 그것은 모든 중생의 마음이 한가지라는 보편적 평등의 대전제가 없이는 이루어질 수 없는 논리이다.

이런 생각은 기독교에서도 볼 수 있다. 아씨시의 성자 프란체스코(San Francesco d'Assisi)는 새에게 설교한 것으로 유명하다. 그는 모든 동물을 '형제'라고 불렀다. 사람이나 동물이나 다 같은 하느님의 피조물이기 때문에 동등할 뿐만 아니라 한마음이라고 생각했기 때문이다. 이 같은 근본적인 평등사상이 있었기에 그는 하느님의 말씀, 즉 사랑의 복음을 새에게도 전할 수 있다고 확신했던 것이다. 이런 점들을 참작하면 새가 실제로 고마워서 스님의 머리 위를 돌았을 개연성이 충분히 있는데, 공연히 확실치도 않은 지식을 갖고 아내의 말에 토를 달 수가 없었던 것이다.

새를 방생한다는 것은 미얀마 특집을 통해 처음 알았지만, 자유의 기쁨을 되돌려준다는 면에서는 최적의 선택이라고 생각되었다. 우리나라에서는 주로 물고기나 자라로 방생을 한다. 잡혔던 물고기를 강이나 호수에 놓아주면 처음에는 어리둥절한 듯이 가만히 있다가 꼬리 짓 한 번 크게 쳐 금방 깊은 물속으로 사라져 버리고 만다. 그러면 이제 인간의 손이 미치지 않는 넓은 물속 세상에서 자유로이 노닐 물고기의 자유를 상상하며 풀어 준 사람도 커다란 기쁨을 함께 느끼는 것이다.

그러나 물속 세상보다도 하늘은 얼마나 더 넓은 자유천지인가? 거기서 마음껏 누렸던 그 큰 자유를 느닷없이 박탈당했을 때 새가 느꼈을 손패감(損敗感)은 잡힌 물고기의 그것보다 훨씬 더 컸을 것이다. 오죽해야 갇힌 것을 눈으로 뻔히 보면서도 수없이 날아올라 머리를 어리에 부딪고 떨어지는가? 그것은 갇힌 것이 도저히 믿기지 않아서, 아니면 갇힌 것을 알면서도 그 사실을 참을 수 없어서 반복하는 절망의 몸짓일 것이다. 저 작은 가슴을 얼마나 크나큰 고통이 짓누르고 있는 것일까?

방생용으로 잡아 온 새를 사서 풀어 주는 것은 밉살머리스런 장사군의 배를 불려 주는 것이고, 그런 점에서 그로 하여금 그 가증스런 짓을 계속하도록 부추겨 주는 것이 사실이다. 그러나 새의 입장에서는 어떤가? 식용으로 잡혔건 방생용으로 잡혔건, 억울하고 원통하기는 마찬가지일 것이다. 식용이면 차라리 금방 도살되어 고통의 기간이나 짧겠지만, 방생용이면 누가 사 줄 때까지 한없이 고통을 당하다가 끝내 사 주는 사람이 없으면 결국 어리 안에서 죽고 말 것이다. 그러니 구원되어야 할 이유는 어느 쪽이나 마찬가지로 절실한 것 아닌가?

내가 작은 새들에게 이렇게 마음이 쓰이는 것은 어렸을 때에 겪은 한 사건 때문이다. 6·25 때 시골로 피난을 갔을 때였다. 초등학교 5학년생이었지만 학교를 갈 수 없어 심심했던 나는 늘음줄을 만들어 가지고 놀았다. Y자형 나무에 고무줄을 매어 돌을 쏘는 새총을 우리는 늘음줄이라고 불렀다. 그곳에 있는 솔밭에는 참새들도 많았고 바닥에 작은 돌멩이도 많았다. 나는 매일 거기 나가서 새를 향해 늘음줄을 쏘았다. 그러다 어느 날 참새 새끼 한 마리가 내 늘음줄에 맞아 떨어졌다. 난생 처음으로 포획한 새였다. 나는 벅찬 흥분에 들떠 뛰어가서 새를 집어 들었다. 새는 내 손 안에서 할딱이다 이내 죽었다. 그러나 상처가 보이지 않기에 가슴의 깃털을 들쳐 보았더니 거기 새의 머리만큼 큰 피멍이 부어올라 있었다. 한껏 고양되었던 나의 기분은 그 순간 감당하기 힘든 죄책감으로 뒤바뀌었다. 사람으로 치면 배구공만 한 돌이 날아와 가슴을 때린 것이었다. 얼마나 아팠을까? 나는 새에게 엎드려 빌고 싶었다 — '다시는 새를 향해 늘음줄을 쏘지 않을 테니 용서해 달라'고. 새를 양지 바른 곳에다 묻어 주면서도 용서를 빌고 또 빌었다. 그때서부터 나는 작은 새에게 큰 빚을 진 마음이 생겼다.

나중에 자라서 슈바이처(Albert Schweitzer)의 책 『나의 삶과 사상에서(Out of My Life and Thought)』를 읽어 보니까 그도 그것과 흡사한 경험을 했었다. 그때 느낀 새에 대한 죄책감과 연민이 '생명에 대한 외경(reverence for life)'이라는 그의 사상의 단초가 되었던 것이다. 나는 같은 경험을 하고도 그것을 체계적인 철학적 사유로 발전시키지 못하고 오직 죄책감과 부채감으로만 지녀 오고 있는데, 어리 안의 작은 새들이 바로 그것들을 다시 불러일으켰던 것이다.

경내를 둘러보면서도 나의 마음은 이런 생각들로 인해 편치 않았다. 구경을 다 하고 나오면서 다시 그 새 어리를 지나게 되었을 때였다. 아내가 새 장수에게로 다가가서 지폐를 한 장 내어주는 것이었다. 내가 갇힌 새들 때문에 심기가 불편한 것을 알아채기도 했으려니와 실은 아내 자신도 그 앞을 차마 그냥 지나칠 수 없었기 때문이었을 것이다. 새 장수는 어리 꼭대기의 뚜껑을 열고 팔을 넣어 휘젓더니 작은 제비 두 마리를 움켜서 아내에게 주었다. 아내는 그것을 두 손으로 조심스럽게 받아들고 길가로 가서 무어라고 잠깐 기도를 하고는 놓아 주었다. 제비들은 순식간에 각기 제 갈 방향으로 날아가 버렸다. 제비들이 혹 고마움을 느꼈던들 우리의 인색한 선심에 무어 감동할 것이 있어 머리 위를 돌고 가겠는가? 물론 우리도 우리의 자선이 너무나 초라한 것임을 잘 알고 있었으므로 그런 보답은 생각지도, 바라지도 않았다.

그렇게 두 마리의 제비를 풀어 주어 약간의 부채감은 덜었지만 그곳을 떠나오는 내 마음은 방생하기 전보다도 더 괴로웠다. 새 장수가 제비를 꺼낼 때 바닥에 오글오글 모여 있던 엄지손가락만큼 작은 참새들을 보았기 때문이다. '저것들은 하늘을 날기 시작한 지 며칠 만에 잡혀 왔을까? 한번 제대로 높이 날아 보기나 했을까? 이제 막 세상에 나와 삶의 즐거움을 맛보기도 전에 잡혀 왔을 터이니 얼마나 원통하고 한스러울까?' 이런 생각을 하니까 짹짹거리던 그들의 소리가 자기들을 구해 주지 않고 가 버리는 무정한 나를 원망하는 소리가 되어 귀에서 떠나지 않았다.

'다시 돌아가 작은 새들을 다 사서 날려 준다? 그러면 어리 안에 남은 다른 새들은 또 어떡하고? 돈이 자랄는지 모르지만 그것들도 다 사서 풀어 주어? 그러면 어리 밖에 매어 놓은 올빼미 새끼, 매 새끼, 등 큰 새들은 또 어떻게 하지? 그들마저 풀어 준다 한들 새 장수를 설득하여 개과천선시키지 않으면 다음에 더 많은 새를 잡아 올 것 아닌가?

이렇게 문제를 확대해 나갈수록 나는 점점 더 자신이 없어졌다. 사실 나의 자비심은 기껏해야 작은 새들을 사서 풀어 주는 것 정도가 고작이었다. 그 이상은 생각만 했을 뿐이지 실행 가능성은 거의 없는 것들이었다. 특히 마지막에 새 장사를 개과천선시킨다는 대목에 이르러서는 스스로도 코웃음이 나왔다. 부도덕하고 반생명적인 축사와 양식장에서 사육한 날짐승, 길짐승, 물고기를 매일 잡아먹고 있는 주제에 먹고살기 위해 새들을 잡아 파는 사람을 나무란다는 것은 소도 웃을 노릇이었기 때문이다. 또 나의 시간과 돈을 들여서 그에게 다른 생업을 마련해 줄 만큼 그렇게 이타적인 위인도 못 됨을 나 자신이 잘 알고 있는 터였다. 나는 단지 실행하지 못할 동정심에 탐닉한 것이었으며, 그것은 자기기만적인 감정의 유희에 불과한 것이었다.

어느 날 아프리카 사람들의 참상을 듣자 곧 철학자, 예술가로서의 영예롭고 안락한 삶을 던져 버리고 가봉의 오지로 봉사하러 떠나기로 한 그 장한 결심과 큰 사랑, 그런 위대한 양심의 발로는 슈바이처 같은 특별한 사람에게만 있을 수 있는 것인가? 그렇지 않을 것이다. 모든 중생이 다 부처가 될 수 있다면 내 마음속 어디엔가에도 동체대비(同體大悲)의 부처 마음이 있을 것이다. 그것이 발현(發現)하지 못하는 것은 나의 이기심과 세속적인 집착이 그것을 겹겹이 얽매고 있기 때문일 것이다. 그렇다면 나야말로 미망의 감옥에 갇혀 있는 자요, 나야말로 그 강고한 집착의 구속에서 풀려나야 할 존재가 아닌가?

불가에서 신도들에게 방생을 권하는 뜻도 잡힌 동물 한두 마리를 풀어

줌으로써 손쉬운 위안을 얻게 하기 위한 것은 아닐 것이다. 아마도 그 참
뜻은 이기심과 집착의 속박에서 구제되어 자유천지에로 방생되어야 할
자는 바로 우리 자신이라는 것을 깨닫게 하는 데에 있을 것 같다.

(2015. 2)

맨발

미얀마는 면적이 남한의 여섯 배가 넘고 6천만 국민의 대다수가 불교도인 최대의 불교 국가이다. 같은 불교 국가인 태국과 다른 동남아 국가들도 가 보았지만, 미얀마같이 도처에 불탑이 서 있고 동리마다 사찰이 있는 곳은 못 보았다. 관광지도 자연히 불교와 관련된 곳들이었다. 그런데 사원 경내에서는 맨발만 허용되었다. 관광객들도 모두 양말까지 벗어야 했다. 벌거벗은 해변에서도 맨발로 나서면 처음에는 좀 멋쩍고 서투른데, 평상복을 입고 맨발로 걷자니 상당히 어색하였다. 우리네보다 더 어색해 하는 사람들은 관광객의 대부분을 차지하는 서양 사람들이었다.

그런데 맨발은 묘한 효과를 내었다. 아무리 성장한 사람이라도 그의 발을 벗겨 놓으면 그 성장이 빛과 위엄을 잃어서 주위의 같이 발을 벗은 보통 사람들과 같은 평면에 서게 만들었다. 맨발은 이같이 모든 사회적, 경제적, 교육적 우위를 내려놓는 일종의 무소유를 실연케 하였고 그럼으로써 자신을 낮추는, 소위 하심(下心)을 갖게 만들었다. 부처가 평생 맨발이었던 것은 그의 이러한 평등사상과 무소유를 상징한다고 말할 수 있다.

그러고 보면 절에서 발을 벗기는 것은 사람들로 하여금 불교의 요체를 증험하게 하는 좋은 방법이라고 볼 수 있다.

미얀마 사원은 이렇게 갑자기 맨발이 된 방문객을 위해서 바닥에 대개 타일을 깔아 놓았다. 그러나 타일이 깨어진 데도 있고 높낮이가 다른 데도 있을 뿐 아니라, 혹 조그만 돌멩이라도 있어 밟으면 "아!" 소리가 날 정도로 아팠기 때문에 늘 아래를 내려다보면서 조심스럽게 발을 내딛어야 했다. 그래서 이번 여행에서는 많은 불상과 불탑과 더불어, 자연히 사람들의 발걸음과 발도 많이 보게 되었다.

미얀마 사람들은 평소에 대개 엄지발가락만 걸치는 슬리퍼를 신고 다녀서 맨발이 무척 자연스럽고 편해 보였다. 그 사람들은 맨발로 다닐 때 아래쪽에 눈길 한번 안 주어도 발끝에 눈이라도 달린 듯이 걸리거나 부딪히는 법이 없이 활달하게 걸었지만, 외국인들은 모두 쭈뼛쭈뼛하고 주춤대는 걸음새였다.

걸음걸이보다 더 차이가 나는 것은 발이었다. 관광객들의 발은 마치 토굴 속에 오래 유폐되었다 나온 사람의 안색처럼 허옇게 세고 파리하여 불건강해 보였다. 그중에서도 서양인들의 발은 살아 있는 사람의 발이라고 생각되기가 어렵게 핏기 없는 것이 많았고, 색깔뿐 아니라 발 자체가 기형화한 것도 많았다. 특히 나이 든 여인들의 발은, 얼굴로 치면 광대뼈가 나온 것같이, 엄지발가락의 아래 관절이 밖으로 튀어나온, 무지외반증(拇指外反症) 발이 많았다. 심한 경우, 엄지가 둘째 발가락 위에 올라앉거나 반대로 둘째 발가락이 엄지 위에 올라앉은 것들도 보였다. 또 발톱에 무좀균이 침범해서 변색된 발, 뒤꿈치의 각질이 갈라진 발 등, 병든 발들이 태반이었다.

반면에 미얀마인들의 발은 하나같이 건강해 보였다. 우선 그들의 발은 몸의 다른 부분보다 훨씬 더 검었다. 이들은 다나까라는 나무의 즙을 내어서 얼굴과 팔에 허옇게 바르고 다니는데 이 나무즙은 피부에 좋을 뿐만 아니라 자외선 차단 효과도 있어서 피부를 덜 타게 한단다. 그 밖에도 모자나 양산을 써서 윗몸은 태양 광선으로부터 보호받지만, 발은 땡볕에 항시 노출되어 있기 때문에 다른 데보다 더 타게 되어 있었다.

그렇게 검게 탄 발은 우선 겉으로 보기에도 우리 관광객들의 발보다 훨씬 건강해 보였는데, 이점은 자세히 관찰해 볼수록 분명한 사실로 드러났다. 그들의 발가락은 우리의 것같이 한데 몰려 붙어 있지 않고, 마치 멍게의 돌기들처럼 하나하나가 탱글탱글하게 살아 있었다. 발가락을 한데 오그리게 할 울이 아예 없는 슬리퍼를 신고 다니니까 발가락들이 각기 제 방향으로 뻗어 독립된 위치를 차지하고 있는 것이었다. 이처럼 발가락에 가해지는 외부의 압력이 없으므로 발가락이 변형될 리 없고, 또 서로 떨어져 있어 그 사이로 햇빛과 공기가 자유로이 드나들기 때문에 잡균이 침입할 리도 없어 건강하지 않을 수 없었다. 이렇게 발가락들이 모두 제각각의 위치를 차지한 발—이것이 발의 제 모습이라는 것을 나는 미얀마에서 새삼 알게 되었다.

미얀마 사람들은 이렇게 발가락이 모두 따로 떨어져 있는 발을 발의 정형으로 보고 있다는 사실을 나는 쉐다곤 사원 안의 한 불상에서 확인하였다. 아마도 세계에서 가장 화려한 불탑을 가진 쉐다곤 사원 안에는 수많은 불상이 모셔져 있었다. 그중에는 와불상도 몇 있는데, 한 와불의 발이 그런 모습이었던 것이다. 옆으로 누운 부처의 두 발이 포개져 있으므로 당연히 발가락들이 붙어 있으련만, 이 부처의 열 발가락이 다 떨어져 있었던 것이다. 이는 열 발가락이 다 따로따로라는 기본 인식이 있지 않는 한 있을 수 없는 현상이었다.

그 불상을 보고 난 다음부터 사람들의 발가락을 눈여겨보았더니 관광객들의 경우, 오래 결박된 상태로 인해 발가락들이 대개 한데 몰려 붙어 있었고, 전술한 엄지와 둘째 발가락 사이의 기형 외에도 새끼발가락의 퇴화가 특히 눈에 띄었다. 새끼발가락이 제 나름의 공간과 역할을 확보하고 있는 것이 아니라 대체로 넷째 발가락에 밀려 붙여져서 넷째 발가락의 보조 역할이나 하는 정도였다. 또 그 발톱은 계속된 압력에 못 이겨 찌그러지고 쪼그라들었거나 아예 시늉만 남은 경우도 보였다.

반면에 미얀마 사람들의 새끼발가락은 넷째 발가락에서 뚝 떨어져 있을 뿐만 아니라 심지어 옆으로 발랑 제껴져 있기까지 한 것들이 많았다. 그래서 몸이 옆으로 밀리는 경우 딱 버티는 분명한 역할이 살아 있었고 발톱도 납작한 것이 반듯하게 붙어 있었다. 신발을 신었을 때는 관광객들의 고급 신발과 미얀마인들의 싸구려 슬리퍼가 곧 그들의 선진성과 후진성을 상징적으로 표출해 주었는데, 신발을 벗고 보니까 발의 건강에 관한 그런 위계는 완전히 역전돼 버렸다.

이런 역전 현상은 새삼스럽게 거론할 필요도 없이, 구두라는 문명의 이기의 오남용이 빚은 결과였다. 구두는 원래 발을 보호하고 편하게 해 주기 위해 고안된 것이었지만 매일 너무 오래 착용하니까 발에게는 감옥이되고 말았다. 더구나 본래의 목적과는 달리 맵시를 내는 것이 위주가 되자 앞볼은 좁아지고 뒷굽은 높아지면서 사뭇 고문 기구가 되어 버린 것이다. 이런 가죽 형틀에 묶이어 매일 주리를 틀니니 발에 변괴가 안 일어날 수 가 없는 것이다.

땡볕을 피해 잠시 그늘에 앉아 쉬면서 내 발을 내려다보니 그 역시 병들어 가고 있었다. 나를 위해 항상 가장 힘든 노역을 담당하고 있지만, 햇빛 한번 제대로 못 쬐고 마음껏 기도 펴 보지 못한 채 시들어 가고 있었던 것이다. 그 훼손된 발들은 "이것이 문명된 것인가? 이것이 아름다운 것인가?" 하고 내게 항변하는 듯하였다.

(2015. 2)

고소(苦笑)

　연구실 문의 위치가 조금 낯설다. 그러나 틀림없는 내 연구실이다. 열쇠를 돌려 문을 열고 들어선다. 순간 나는 깜짝 놀란다. 어떤 젊은이가 그 안에 앉아 있기 때문이다. 그도 내가 들어서는 것을 보고 놀란 모양이다. 얼른 일어나서 조금 당황스런 표정을 짓는다. 어떤 불순한 동기로 무단 침입한 사람으로 대뜸 의심이 든다. 그러나 그의 행색은 전혀 그런 부류의 사람이라고 볼 수 없게 말쑥하다. 아니 그는 대단한 멋쟁이 미남이다. 흰색에 가까운 연회색 마직 아니면 면으로 지은 양복을 입고 머리에는 옅은 갈색의 파나마 모자를 썼다. 혈색이 좋은 얼굴에 어글어글한 눈이 잘 어울렸고, 누구 앞에서도 꿀릴 것이 없다는 당당한 표정이다.

　"여기는 내 방인데, 누구신지……?"

　"저는 희랍어 강사 차××입니다. 교무에서 이 방을 쓰라고 해서 들어와 있었습니다."

　"교무에서 내 방을 쓰라 했다고? 교무 부학장이면……." 어느 소과(小科)의 얌전한 젊은 선생인데, 과도 이름도 생각이 나지 않는다. 요즘 이렇게 사람 이름이 생각 안 나는 일은 자주 있으니까 억지로 생각해 내려고 애쓰지 않는다. 조금 있으면 생각날 터이니까.

교무에게 전화 걸어 보는 것은 교무 부학장의 이름이 생각나면 하기로 하고, 우선 그 희랍어 강사를 다시 앉으라 하고 이런저런 이야기를 하다가 학번을 묻는다. 들어보니 내가 가르친 사람들에게 배웠을 한참 어린 나이이다. 나는 은근히 내가 나이 많은 사람임을 암시한다. 그는 속으로 내 나이를 어림짐작을 해 보는 듯싶더니 묻는다.

"그러면 김××선생님과 어떻게 되십니까?"

"김 선생은 나보다 한참 아래지."

김 선생을 거명하는 것으로 보아 이 젊은이는 철학과 서양 고전 철학 전공자로 외국 가서 공부를 마치고 이제 막 돌아온 모양이다. 이렇게 생각하면서 고전 철학 전공자로 김 선생보다 위인 이××선생도 나보다 아래임을 알려 준다. 그러고는

"아, 그 양반들보다도 더 선배로 장관을 지낸 이××선생도 나보다 아래요."라고 자못 호기롭게 말한다.

그런데 그 순간 그 이 선생이 정년을 했다는 사실이 퍼뜩 떠오른다. 동시에 그보다도 더 나이가 많은 내가 지금 학교에 연구실을 갖고 있을 수 없다는 사실을 깨달으며 '이게 꿈이구나!' 하고 홍소(哄笑)를 터뜨린다. 나는 그렇게 웃으며 잠에서 깼다.

참 영절한 꿈이었다. 그 희랍어 강사는 자기 이름이 "차 아무개"라고 하도 또박또박하게 대어서 깨어난 즉시 생각해 보았으면 그의 이름도 생각났을 것이다. 그리고 내가 세 명의 철학과 선생들의 이름과, 그들과 나의 연령차를 정확히 짚어 말했던 것 등도 너무나 생시 같았다.

그런데 꿈을 다시 생각해 보니 대화의 내용이 너무 빈약했다. 새로 공

부하고 온 고전 철학자를 만났으면 그가 공부한 내용도 물어보고, 또 내가 평소에 알고 싶어 하던 소크라테스 이전 철학자들에 관한 질문도 해 봄 직한데 나이 타령만 하다 말았기 때문이다. 왜 그런 생각은 전혀 떠오르지 않았을까? 아무리 생시 같은 꿈이라도 꿈은 꿈일 뿐인데 꿈속의 내 행적에 대해 내가 너무 많은 것을 바라는 것일지 모른다. 그러나 꿈이 헛것이 아니라 그 나름의 뜻이 있다 하지 않는가? 꿈이 무의식의 발로라면 이 꿈이 시사하는 바 한 가지 분명한 점이 있다. 그것은 지금 내 마음의 근저에서 내 의식을 지배하고 있는 것은 나 자신의 늙음에 대한 자의식이라는 점이다. 나는 늙는 것에 대해 애써 마음을 쓰지 않으려 하고 있지만, 이 꿈은 내가 이 문제에 깊이 빠져 있음을 보여 주는 것이다.

반면에 나의 학문적 관심과 지적 호기심은 내 의식의 표층을 겉돌고 있을 뿐이며, 그것이 내 의식에서 차지하는 비중도 미미하다는 것이 드러난 것이다. 반평생을 학문과 교육을 본업으로 하는 집단에 속해 살아온 나에게 이것은 부끄럽고 씁쓸한 진단이 아닐 수 없었다. 그래서 나의 홍소는 이내 고소로 바뀌고 만 것이다.

(2015. 3)

어떤 저력

이번에 미국 여행을 하는 동안 뉴욕에서 샌프란시스코까지 미국 국내 비행기를 타면서 여러 가지 특이한 경험을 하였다. 우선 탑승 수속을 하면서 아내와 내가 각기 짐을 한 개씩 부쳤더니 가방 한 개당 25불씩 50불을 내라는 것이었다. 한국에서 항공 운임을 다 지불했다고 말하였으나, 짐 값은 따로라는 것이다. 우리가 이용한 비행사는 저가 항공사도 아니고 미국의 가장 큰 항공사 중의 하나였다. 미국에 사는 한 친구가 '미국의 국내선 비행기는 옛날 우리나라 시외버스 정도이니 서비스를 기대하지 말라'고 한 말이 생각났다. 그러나 우리의 옛날 시외버스도 여행용 가방에 짐 값을 물리지 않았으니 고객 대접은 이보다는 나았다고 봐야 할 것이다.

할 수 없이 짐 값을 치르고 유난히 삼엄한 검색대를 거쳐 보안 구역 내로 들어갈 수 있었다. 탑승구 앞에 앉아 생각해 보니 짐 값을 따로 받는 항공사에서 점심을 줄지 의문이 들었다. 그래서 카운터에 가서 문의하였더니, 기내에서의 음식은 다 파는 것이니까 사 먹든지, 아니면 밖에서 준비해 가라는 답이었다. 고객 대접이 이 지경인 비행기의 기내식이 오죽하랴 싶어 우리 내외는 대합실의 식당에서 물과 샌드위치를 사서 준비하였다.

시간이 되어서 탑승을 시작하였는데 우리는 2구간(zone 2)이어서 1구간이 다 타고 난 다음 마지막에 타게 되었다. 좌석 번호를 찾아가 보니까 우리의 좌석은 끝에서 세 번째 줄이었다. 그런데 아내의 핸드백과 내 작은 륙색을 올려놓으려고 짐칸을 보았더니 먼저 탄 사람들이 다 차지하여 작은 짐 하나도 끼워 넣을 여지가 없었다. 우리의 짐은 작으니까 의자 밑에 놓을 수나 있었지만, 가방을 갖고 늦게 들어온 사람들은 통로를 오르내리며 짐을 얹을 빈자리를 찾느라고 야단이었다. 결국 가방이 넓적한 면으로 누워 있는 곳을 찾아 그 가방을 모로 세워 놓고 자기 가방을 끼워 놓는 방식으로 짐 정리를 겨우 끝냈지만, 그럴 때까지 그것을 도와줄 승무원은 한 명도 보이지 않았다.

좌석은 중앙의 통로를 사이에 두고 양쪽에 세 자리씩이었는데, 우리 같이 마른 사람에게도 빠듯하였으니 덩치 크고 다리 긴 미국인들에게는 상당한 고역이었을 텐데 그들은 모두 아무 불평 없이 수긋이 앉아 있었다.

비행기는 정시에 출발하였다. 그런데 엔진을 시동하자 후미 쪽에서 새어 들어오는 배기가스 냄새가 심하게 났다. 자동차 배기가스 같지 않고, 무척 독하고 역한 냄새였다. 비위가 약한 아내는 금방 토할 것같이 속이 울렁거린다고 고통을 호소했다. 비행기가 앞으로 나아가면서 가스 냄새는 줄어들었지만 이륙하고 한참 후에까지 냄새는 조금 남아 있었다.

비행기가 이륙하고 얼마 후 좌석 벨트 착용 사인이 꺼지자 늙수그레하고 뚱뚱한 여승무원들이 이어폰을 배급했고, 이어 청량음료와 땅콩을 제공하였다. 기내에서 제공하는 유일한 무료 음식이었다.

샌프란시스코까지의 비행 시간은 무려 여섯 시간 반이나 되었다. 그 시간을 때우기 위해서는 영화나 보는 것이 상책이라고 생각하여 영화를 틀었더니 신용카드로 관람료를 결제하라는 지시가 떴다. 얼마인지는 모르겠으나 돈 내고 영화를 볼 것이면 널찍한 극장에서 볼 것이지 이 좁고 불편한 자리에서는 돈 내고 보고 싶지 않아서 음악이나 듣기로 했다. 그러나 음악 역시 청취료를 요구했다. 이제는 은근히 부아가 났다. 그래서 그마저 끄고 준비해 간 스도쿠 책을 꺼내서 스도쿠를 풀기 시작했다.

그러나 그것도 여의치 않았다. 우리 뒷줄에는 멕시코인 부부가 네댓 살 된 여아를 한 명 데리고 탔고, 맨 뒷줄에는 한국인 여자가 역시 대여섯 살 미만의 사내아이들 둘을 데리고 타고 있었다. 비행기가 이륙하고 계속 상승할 때에는 조용하더니 일단 고도를 취하고 순항할 때쯤부터 이 아이들이 소리를 지르기 시작했다. 이유 없이 빽빽 소리를 지르는데, 그것도 서로 경쟁하듯이 번갈아 가며 소리를 질렀다. 시끄러운 것은 물론이지만, 그보다도 그 고음의 새된 소리가 여간 신경에 거슬리지 않았다. 그렇게 신경이 날카로워진 데다가 주위 사람들에게 그처럼 불편을 끼치는 아이를 달래거나 제재하지 않고 내버려 두는 부모에 대한 분노가 가슴속에 들끓었다. 이러니 정신 집중이 될 리 없고 그래서 문제도 풀리지 않았다.

나는 주위를 둘러보았다. 누가 불편한 기색으로 돌아보는 사람이 있으면 그를 응원군 삼아 아이 부모에게 아이 좀 달래 주면 좋겠다는 말을 하고 싶었기 때문이다. 그러나 우리 줄에 같이 앉아 있는 미국인 여인이나 앞줄에 앉은 사람들, 통로 건너에 앉은 사람들 중 누구 하나도 불편한 내색을 보이거나 아이들 부모에게 눈총을 주는 사람이 없었다. 나 혼자만 속을 끓이고 콩닥거리는 것 같았다.

'어찌 된 일일까? 저들의 귀도 열려 있으니 못 들을 리 없는데 어떻게 저렇게 꿈쩍 안 할까? 남의 일에는 절대로 개입하지 않는 철저한 개인주의 때문일까? 그러나 자기가 그 피해를 입는데 어떻게 남의 일이라고 오불관언할 수 있겠는가? 그보다는 자식이 저렇게 소란을 피우는데도 가만 놔둘 정도로 무책임하고 염치없는 부모는 상식 이하의 사람들이므로 말해 봐야 통할 리 없으니까 아예 무시해 버리는 것일 게다. 아니, 저 아이들을 자기 행동의 통제가 불가능한 정신지체아로 보고 아무 방법이 없다고 생각하고 있는지도 모른다.'

그 어느 쪽인지는 알 수 없으나, 한 가지 놀라운 것은 이들 모두가 불편함과 괴로움을 아무 소리 없이 참아 내고 있다는 사실이었다. 이는 내가 유학생 때 처음 보고 놀랐던 미국인들의 저력을 상기시켰다. 중간시험이나 기말시험 때가 되면 밤을 새우는 일이 흔했다. 그런데 우리는 하룻밤을 새우고 나면 그 다음 날에는 그로기 상태가 되어서 또 새우지 못했다. 억지로 또 밤을 새우더라도 그때는 머리가 기능을 하지 못해서 효과는 오히려 마이너스였으니 결국 시간과 체력만 낭비한 꼴이 되고 말았다. 그러나 미국 학생들은 둘째 날에도 끄떡없이 밤을 새우며 공부했고 그러고도 우리하고는 달리 멀쩡하였다. 공부에는 지능 못지않게 체력이 중요함을 확실히 깨닫게 되었고, 그런 면에서 미국인의 저력을 인정하지 않을 수 없었다.

이날 미국인들은 무서운 참을성으로 그들의 또 다른 놀라운 면을 내게 보여 준 것이다. 비행기는 이제 그들에게 고급 교통수단이 아니었다. 특히 국내선 삼등석은 비좁은 좌석에서 고객 대접도 별로 못 받고 견뎌야 하는 불편한 대중교통 수단에 불과했다. 그래서 아예 모든 불편을 참고 견디려는 마음가짐으로 비행기를 탔을지 모른다. 그렇다손 치더라도 아이들의 소음에 대해서 이들 모두가 한결같이 보여 준, 한 점 흐트러짐 없는 인내심의 발휘는 경이로운 것이었다. 서양인에 비해 감정적 표현을 잘 절제한다는 동양인인 내가, 이 비행기에 탄 사람 중 가장 나이 든 축에 끼일 내가 그것을 못 참고 안절부절못한 것이 새삼 부끄러웠다. 그래서 항의할 생각을 접고 나도 진득이 참기로 하였다. 시계를 보니 이륙한 지 30분 정도밖에 지나지 않았다. 장장 여섯 시간을 견디자니 난감했다. 그러나 그 불편의 일부를 우리 민족이 빚고 있는 것만도 부끄러운 일인데 그것을 저들처럼 참아 내지도 못한다면 이 또한 민족적 수치 아닌가? 이처럼 이 문제가 개인적 수양의 문제가 아니라 민족적 자존심의 문제로까지 번지자 더욱 물러설 수 없었다.

나는 각오를 단단히 하고 참았지만 그럼에도 불구하고 인내심의 한계를 느낄 때가 있었다. 그런 고비를 몇 번 넘기고서야 그 괴롭고 지루한 시간이 결국 끝이 났다. 비행기가 샌프란시스코 공항에 내려 정지하자 사람들은 짐을 꺼내 들고 차례로 기내를 빠져나갔다. 나는 주위의 사람들을 주시하였다. 그렇게 소리치는 아이들을 내버려 두는 부모가 어떻게 생긴 사람인가 돌아보는 사람이 있는지 확인하고 싶었기 때문이다. 그러나 아무도 그런 저급한 호기심을 보인 사람은 없었다. 모두 아무 일도 없었다는 듯이 뒤도 안 돌아보고 힘차게 걸어 나갔다.

나도 짐짓 앞만 보고 걸어 나갔으나 다리가 좀 휘청거렸다. 그것은 내가 늙어서만이 아니었다. 그것에는 소음을 억지로 참느라고 신경이 피폐해진 데서 오는 피로감이 분명 한몫을 했던 것이다. 괴로움을 참으면서 그것에 휘둘리지 않고 꿋꿋이 자신을 보존하는 것은 단순히 참을성만으로 이룰 수 있는 일이 아니었다. 그것은 그 괴로움을 어떤 형식으로라도 이겨 낼 수 있는 내공이 있어야 가능한 일이었다. 이날 미국인들이 내게 보여 준 것은 그런 내공이 쌓인 힘이었고 그런 면에서 분명 또 하나의 저력이었다.

(2014. 12)

들국화

요즘 들어 우리 문화생활에 일어난 변화 중의 하나는 박물학에 대한 인식이 높아졌다는 점이다. 우리가 젊었을 때는 모두가 기본적인 생활 문제를 해결하는 데에 급급해서 우리 주위에 관한 관심을 가질 여유가 없었기 때문에 박물학 같은 것은 풍족하고 한유한 생활을 즐기는 부자 나라 사람들이나 즐기는 도락 정도로 여겼다. 그래서 가령 새의 경우, 참새, 제비, 까치, 까마귀 이외의 새들은 대체로 '이름 모를 새'였다. 나무나 풀에 대한 지식도 그에 못지않게 열악했으며, 특히 풀은 식용작물로 재배하는 것 외에는 잡초라고 뭉뚱그려 불렀다. 혹 한 가지 풀을 언급해야 할 때라도 새의 경우처럼 '이름 모를 풀'이라고 하거나, 아니면 아예 '이름 없는 풀'이라고 제멋대로 단정하기까지 했다. 그러나 우리가 이름을 모를 뿐이지, 이름 없는 풀이 어디 있는가? 이렇게 무지를 만천하에 드러내 보이면서도 부끄러운지 몰랐고, 또 그것이 무지임을 지적해 주는 사람도 없었다.

지금은 상황이 많이 달라졌다. 요즘은 망원경을 가지고 새를 관찰하러 먼 길을 찾아가는 사람도 상당히 많아졌다. 야생화를 사랑하여 사진에 담는 사람들은 그보다 훨씬 더 많아졌고, 그렇게 적극적은 아니더라도 흔히 보는 야생화의 이름쯤은 알아서 자연을 좀 더 깊이 있게 즐기려는 사람이 늘었다. 이제는 박물학이 삶의 기쁨을 더해 주고 나아가 그 질을 높여 주는 한 좋은 방편으로 인정받게 된 것이다. 그래서 박물학적 무지는 부끄러운 것이 되었으며, 급기야 한 유명 시인이 "쑥부쟁이와 구절초를/구별하지 못하는 너하고/이 들길을 여태 걸어왔다니/나여, 나는 지금부터 너하고 절교다"라는 선언을 하기까지 이르렀다. 참고로 이 시의 제목은 「무식한 놈」이다.

야생화 촬영가인 모산으로부터 이 시를 처음 들었을 때, 나는 우리도 좀 더 내실 있고 품위 있게 자연을 즐기게 되어 가는구나 하고 쾌재를 불렀고, 한편 과거의 무지에 대한 시인의 고백에 대해서는 속으로 안도의 미소를 지었다. 야생화 촬영가들을 쫓아다닌 덕택에 나는 쑥부쟁이와 구절초는 구별할 정도의 면무식은 했기 때문이다.

그러나 즐거운 마음은 거기까지였고, 곰곰이 더 생각하면서 다소 우려되는 바가 생기기 시작했다. 쑥부쟁이와 구절초는 우리가 흔히 들국화라고 부르던 꽃들이다. 그러니까 가을이면 산야에 피는 그 고운 꽃들을 지금부터는 쑥부쟁이나 구절초, 아니면 쑥부쟁이와 구절초라고 불러야지, 들국화라고 불렀다가는 무식한 자 취급을 받지 않을까, 또 그래서 앞으로는 들국화라는 말이 없어지지 않을까 하는 걱정이었다.

꽃을 제대로 대접하자면 제 이름을 불러 주는 것이 백번 옳다. 이름을 불러 주었을 때 비로소 꽃이 되어 오는 것은 사람보다도 꽃이 먼저일 것이다. 제 이름을 불러 주어야 꽃의 정체성, 독자성이 서게 되고 그런 것에 대한 인식이 기반이 될 때 그 꽃의 완상도 충실하게 이루어질 수 있기 때문이다.

그러나 꽃마다 다른 이름을 붙이는 것은 자꾸 개별화하는 것인데, 분석이 있으면 종합도 있어야 하듯이, 개별화 다음에는 전체를 볼 수 있는 통합도 필요할 것이다. 쑥부쟁이와 구절초는 다 국화과 식물이다. 그러니까 그들을 들국화라고 부르는 것은 훌륭한 통합적 명칭이다. 들국화는 이처럼 그들이 속한 과를 밝혀 줌으로써 그들의 공통된 특징을 알려 주는 역할을 훌륭히 해내고 있다.

또 이름은 그 자체로 풍기는 느낌이 있게 마련인데, 쑥부쟁이는 그 예쁜 꽃의 이름으로는 좀 거칠고 천격이라는 느낌이 들고, 구절초도 꽃보다는 한약재를 떠올리게 하는 면이 있다. 이에 반해 들국화는 얼마나 그윽한 맛이 있는가? "들"이라는 말은 야생과 순수한 자연을 뜻하면서 동시에 본래 그대로의 꾸미지 않은 모습을 함의하기도 하여 우리에게 소박함과 더불어 친근감을 전해 준다. 그것에 "국화"가 합쳐지면 격이 생기는데, 국화의 고고한 격이 "들"이라는 말로 경감되어 한결 부드러워져서 결과적으로는 격이 있으면서도 편안한 느낌을 준다. 이렇게 좋은 이름이면 그것만으로도 보존할 가치가 충분하지 않을까?

그러나 내가 들국화라는 말에 애착을 갖는 데에는 내 나름의 이유가 하나 더 있다. 그것은 내 소년 시절의 남모르는 한 사연에 닿아 있다. 나는 중학생 때 돈암동 근처 동선동에서 살았는데 근처에 덤바위산이라는 산이 있었다. 덤바위는 그 산꼭대기에 있는 큰 바위의 이름이었다. 이 바위의 서쪽, 즉 우리 동네를 면한 쪽은 좋이 열 길은 됨직한 낭떠러지였지만, 그 바위의 동쪽, 즉 우리 동네의 반대쪽으로는 완만한 경사로 이어졌고, 그리로 끝까지 내려가면 논밭이 있는 시골 마을이 나왔다.

그 당시는 전화(戰火)로 파괴된 건물들이 아직도 시내 곳곳에 그대로 방치되어 있었고, 많은 국민들이 입는 것 먹는 것을 구호품에 의지해 살던 때였다. 이런 살벌하고 궁핍한 현실에서 벗어나고 싶었던 나는 서구 소설을 탐독하면서 아름답고 평화로운 먼 이국을 동경하였다. 그런데 이 덤바위산 너머의 마을은 매우 아늑하고 조용했으며, 전쟁을 전혀 겪은 것 같지 않게 한적하고 평화로웠다. 그곳에는 개운사(開雲寺)라는 절도 있었는데 올라가 보면 법당은 언제나 열려 있었지만 늘 텅 비어 있었고, 들리는 소리라고는 산새 소리와 간간이 울리는 풍경 소리뿐이었다. 그곳은 이국은 아니었지만, 내가 생활하는 삭막한 곳과는 너무나 다른 딴 세상 같아서 현실에 짜증이 날 때나, 외국 소설을 읽으며 멀리 떠나 버리고 싶은 마음이 들 때면 혼자 이 마을을 찾아가곤 했다.

그곳을 가자면 거쳐야 하는 덤바위 너머의 경사면은 큰 나무는 없고 관목만 띄엄띄엄 있는 풀밭이었다. 아랫동네까지는 길도 없을 정도로 사람이 다니지 않아서 나는 늘 혼자 그 비스듬한 풀밭을 걸어 내려갔다.

그 넓은 풀밭에 가을이면 들국화가 많이 피었던 것이다. 내 기억으로는 그것들이 연보라색이었던 것을 보면 대개가 쑥부쟁이였던 모양이다. 사춘기 소년이었던 나는 그때 한참 감상적이었고 막 이성을 그리워하기 시작했을 때였다. 그런 나에게 들국화는 내가 그리는 소녀의 완벽한 표상이었다. 가는 꽃대 위에서 잔바람에도 흔들리는 꽃처럼 가냘픈 소녀, 연보라색 꽃 색깔처럼 곱고 기품 있지만 어딘가 슬픔이 배어 있는 소녀를 나는 그렸던 것이다. 그래서 가을이면 산 아랫동네까지 가지 않고 그 풀밭을 거닐었다. 거기서 들국화를 바라보며 나는 마음껏 감미로운 상상에 탐닉할 수 있었기 때문이다. 그러면서 지금은 아무도 안 부르지만, 그때는 널리 알려졌던 〈들국화〉라는 노래를 혼자 부르기도 했다.

들국화, 들국화
이슬 맞은 들국화

한여름 고이 자라
만가을에 피었네.
들국화, 들국화
향기, 향기 좋아서
손에도 꺾어 들고
머리에도 꽂아요.

이 노래를 나직이 부르면서 나도 들국화를 몇 송이 꺾어 조그마한 꽃다발을 만들었다. 그것을 들고 누군가와 만날 약속이나 있는 양 풀밭 위를 서성였다. 그렇게 기다리고 있으면 내가 그리는 사람이 꼭 나타날 것만 같았던 것이다. 그러나 그런 소망은 끝내 이루어지지 않았고 늘 들국화 향기처럼 아릿한 아픔이 번지는 허전한 가슴을 안고 언덕을 다시 넘어 돌아왔던 것이다. 돌아올 때 덤바위 근처 사람들이 있는 데까지 와서는, 꽃을 든 내 모습에서 사람들이 내 속마음을 알아챌까 봐 부끄러워서 꺾어 들었던 들국화를 슬그머니 풀섶에 놓아 버리고는 도망치듯 내려오곤 했다.

내 마음에 새겨진 들국화는 중학생 때 덤바위산에서 보던 바로 그 들국화이다. 그전에도 들국화를 여러 번 보았겠지만, 들국화를 생각하면 떠오르는 것은 언제나 그 덤바위산 너머 풀밭에 소복소복 피어 있던 청초하고 가녀린 꽃이다. 그리고 어딘지 쓸쓸하고 처연한 느낌마저 주는 그 기품 있는 꽃, 나에게 처음으로 아련한 그리움을 심어 주었던 그 꽃은 들국화라고 불러야 내 정서에 맞지 쑥부쟁이나 구절초일 수 없는 것이다.

들국화는 그 나름으로 아름답고 뜻이 적절한 이름일 뿐 아니라, 이런 정서적인 이유로도 내게 소중한 이름이다. 그래서 나는 그 고운 꽃들이 실은 쑥부쟁이나 구절초라는 것을 알면서도 여전히 들국화라고 부르고 싶고, 또 그 이름이 길이 살아남기를 바라는 것이다.

(2014. 11)

김상태

삶의 질

최근에 우리 집 화장실의 비데를 갈았다. 오래전부터 바꿀까 어쩔까를 생각하다가 드디어 결행한 것이다. 비데를 바꾸는 데 결행이라는 말까지 쓰고 있는 건 웃기는 일이라고 할 사람이 있을지 모른다. 그러나 수삼 년부터 바꾸어야지라고 생각만 하다가 이제야 바꾸게 된 것은 나로서는 결행이라고밖에 말할 수 없다.

그 비데를 지금 사는 집에 설치한 지도 10년이 좋이 넘은 것 같다. 이전 집에서 5년쯤 사용했으니, 도합 15년도 전에 설치한 비데라고 할 수 있다. 그래서 어떻단 말이냐고 말할지도 모르겠다. 그 훨씬 전에도 비데를 설치한 집이 많았겠지만 나는 그때 처음으로 설치한 것이다. 비데 설치에 대한 광고가 내 눈에 들어온 것도 그즈음이었다. 어느 날 백화점 앞을 지나다 문득 생각나서 그 가격을 물어보았더니, 내 형편으로서는 너무 비싼 가격이었다. 에이 참지, 참는 것이 돈 버는 일이다, 하고 다음으로 미루었다. 그리고 한참 뒤에 귀가하는 길가에서 비데를 싸게 설치해 준다고 떠들고 있는 길거리 장사꾼을 만났다. 지난번 백화점에서 물어본 가격보다는 훨씬 싼 가격이었다. 다음 날로 와서 설치해 주었는데 아내는 그 가격을 말해도 믿지를 아니했다.

5년 후 용인으로 이사를 왔을 때 나는 그 비데를 떼어 놓고 온 줄 알았는데, 이사하는 사람이 내 방문 앞 화장실에 다시 설치해 놓았다. 아내가 주로 쓰는 안방 화장실에는 이미 설치되어 있었다. 그런데 그 비데가 최근에 고장이 나서 새것으로 바꾸게 된 것이다.

문득 내 자랄 때의 측간이 생각난다. 측간이라는 말이 언제부터 고상한 화장실이라는 말로 바뀌었는지는 모르지만, 더럽고 냄새 나는 것은 물론이고 이용할 때도 고약한 일이 많았다. 신문지로 뒤처리를 하는 것은 그래도 고급이었다. 짚을 말아서 처리할 때도 많았다. 그 시절을 산 사람에게 이런 말만 해도 고개를 절레절레 흔들 사람이 많을 것 같다. 그 시절에는 측간이라면 집의 본채에서 좀 떨어진 곳에 있었다. 어린 시절은 밤이면 그곳이 무서워서 어른을 옆에 세워 두고 볼일을 보는 일이 많았다. 어쨌든 그 시절보다는 세상 참 좋게 되었어, 라고 말해야겠다.

그 후 화장실 문화가 많이 개선되기는 했지만 더럽고 고약하다는 이미지는 벗어나지 못했다. 1960년 초 내가 공군 소위로 미군들과 합동 근무를 하고 있을 때였다. 숙소는 달랐지만 사무실은 그들과 함께 쓰고 있었다. 한국군 장교 숙소의 화장실은 너무 불결해서 모두들 사용하기를 꺼렸다. 그래서 참을 데까지 참다가 미군들과 함께 근무하는 근무지에 와서 일을 보았다. 그런데 문제는 화장지에 있었다. 비치해 둔 화장지가 얼마 있지 않아 동이 나기 때문이다. 장교들은 그런대로 체면을 지켰지만 사병들은 화장지를 보면 막무가내로 뜯어 가는 거였다.

참으로 어려웠던 시절의 이야기다. 지금은 한국의 공중화장실에도 두루마리 화장지가 비치되어 있는 형편이다. 화장실만 놓고 보아도 우리들의 삶이 얼마나 좋아졌는지 알 수 있다. 국민 소득 1천 달러도 되지 않던 그때와 비교해서 2만 달러 시대가 되었다니, 믿기지도 않는다. 올해 대통령 연두 교서에서 4만 달러 시대를 향해 매진하자고 공언하고 있으니, 돌아보면 참으로 감개무량하다. 물론 우리 주변을 둘러보면 아직도 한겨울 냉방에서 떨고 지내면서 세끼 밥을 먹지 못하는 사람들도 있다. 해결해야 할 문제겠지만 잘사는 미국도 노숙하는 사람이 있고 거지가 있는 것을 보면 인간이 사는 데는 그런 일이 있기 마련인 모양이다.

문명이 발전한다는 것은 쉽게 말해서 사람들이 좀 더 편리하고 넉넉하게 살 수 있도록 하는 것이라고 할 수 있다. 그러나 그 넉넉함과 편함만으로 우리들을 만족시킬 수 있을까. 어느 정도까지 만족시켜야 하는지도 알 수 없지만, 인간은 그것만으로 행복해질 수 없는 동물이다. 잘살게 되면 이전보다 삶의 질이 높아졌다고 말할 수 있을지 모른다. 그러나 물질만으로 삶의 질을 말할 수 없는 것은 분명하다. 왜냐하면 안락한 주거 환경만 가지고 우리의 삶을 측정할 수 없기 때문이다.

삶의 질을 높이는 데는 여러 가지 방법이 있다. 주거 환경이 좋아야 하는 것은 기본이겠지만, 가족이 화목하게 지내는 것도 중요한 요인이다. 친구들이나 이웃과 잘 지내는 것도 그 요인의 하나가 될 수 있다. 좋은 취미를 가지고, 그것을 즐기는 것도 삶의 질을 높이는 데 큰 역할을 할지 모른다. 그러나 그런 것만으로 만족할 수도 없고 삶의 질을 높일 수 없다고 주장하는 사람이 있을지 모른다. 이 세상에서 제아무리 질 높은 삶을 향유해 보았자 곧 끝날 인생이기 때문이다. 이 지상에 수많은 종교가 생겨난 것도 바로 그 때문이리라.

나는 테니스를 즐겼다. 친구 중에 골프를 즐기는 사람이 많지만 나는 경제적 여유도 되지 못했지만 투자하는 시간도 많아 아예 엄두를 내지 않았다. 그러나 최근에는 좋아하는 테니스도 그만두지 않으면 안 되게 되었다. 다리에 이상이 생겼기 때문이다. 걸음도 제대로 못 걷는 주제에 테니스를 넘볼 형편이 못 되었다. 물론 나이 때문이다. 나이 들어 신체에 고장이 생기기 시작하면 삶의 질 따위는 한가한 입 놀음에 지나지 않는다. 아프지 않고 건강하게 지나는 것, 그것이야말로 가장 높은 질의 삶을 유지하는 것이다.

생각해 보니 보편적인 삶의 질이란 있을 수 없다. 자기 나름대로 선택해서 즐겨 사는 것, 그것이 질 높은 삶을 사는 것이다. 그것마저도 나이 들면 질이 높고 낮은 것이 없다. 건강하게 사는 것, 아니, 누가 건강하게 살고 싶지 않은 사람이 있겠는가. 나이 들면 몸의 곳곳에 고장이 생긴다. 고장 난 몸을 가지고 삶의 질을 운운할 자격이 있겠는가. 나이에 순응해서 살 수밖에 없다. 그렇다. 천지자연에 순응해서 사는 수밖에 없다. 그것이야말로 삶의 질을 유지하는 가장 좋은 비결이다.

(2015. 1. 2.)

소유의 삶과 공유의 삶

염상섭의 소설에 「전화」라는 것이 있다. 전화가 한국에 막 보급되던 개화기가 그 배경이다. 안주인인 젊은 마님은 남들이 가지지 못한 전화기를 들여놓자 좋아서 우쭐해진다. 그런데 전화를 받을 사람이 없다. 걸려오는 전화도 물론 없다. 이쪽에서 통화를 하고 싶은 사람은 저쪽이 아직 전화를 설치하지 않았다. 전화 오기만을 학수고대 기다릴 뿐이다. 드디어 전화가 왔다. 전화기를 사용할 수 있다는 그 기쁨 때문에 전화벨 소리마저 반갑다. 받아 보니 신랑이 잘 다니던 기생집에서 온 전화였다. 자기 요리점으로 자주 왔는데 근자에 뜸해서 전화를 걸었다고 했다. 안주인이 화가 머리 꼭대기까지 난 것은 당연하다. 다음 날로 전화를 떼어 가라고 전화국에 호통을 친다는 내용이다. 당시는 부자거나 특수 계층이 아니면 가정집에 전화를 설치해 둔 집이 거의 없었던 시절이다. 전화를 가지고 있는 이가 드물었으니 전화를 걸 일도 받을 일도 많지 않았던 시절이다.

전화야말로 혼자 소유해 보아야 아무 쓸데 없는 물건이다. 다른 사람도 자기와 같이 소유해야만 유용한 물건이 된다. 전화는 여러 사람들이 두루 소유할수록 유용한 가치를 발휘하는 물건이다. 저 혼자 소유하는 것이 아니라, 함께 소유하는 것, 곧 공유(共有)가 편리하고 더 좋은 세상이 된다는 사실을 깨닫게 해 주는 문명의 이기다.

혼자 맛있는 것을 먹는 것을 좋아하는 사람이 있는지 모르겠다. 유아기에 가졌던 식습관이다. 동물들이 행하는 습관이다. 성인이 되면 함께 먹는 것을 즐긴다. 노는 것도 마찬가지다. 나 혼자만 놀이에 빠져 재미있게 노는 사람도 있긴 있다. 그러나 함께 즐기며 노는 놀이, 가령 야구나 축구, 테니스 같은 운동이 모두 그렇다. 자신이 운동선수가 되어 참가하지 않더라도 가족 친구와 함께 구경하는 것도 재미있다. 내 편만이 아니라, 상대편을 응원하는 사람들이 많은 것도 재미있다.

그런데 재물만은 그렇지 못한 것 같다. 나 혼자 소유해야 만족스러워진다. 재물을 가지는 이유는 저 혼자 마음대로 쓰기 위해서다. 먹을 것, 입을 것, 살 곳이 어느 정도 해결되면 자기가 특별히 좋아하는 취미에 돈을 쓰게 마련이다. 가령 고미술품을 모은다든지, 희귀한 우표를 수집한다든지, 아니면 자선사업에 쾌척한다든지 하는 것으로 희열을 느끼기도 한다. 함께 기쁨을 맛보는 것은 용인되어도 함께 소유하는 재물은 아직도 용인되지 않고 있다. 재물을 함께 소유하는 것은 마치 사회주의자들이 주장하는 이상 같아서 부정할 사람이 많을지 모르겠다. 그러나 '나 혼자만 소유하는 재물'은 점점 '함께' 소유하는 재물에 그 큰 자리를 내어주고 있다. 가령 박물관이나 미술관 같은 것이 늘어나는 추세나, 그곳에 개인이 소유했던 재물을 기증하는 것도 그 추세의 하나이기도 하지만, 지방마다 아름다운 자연을 조경해서 관광 자원으로 활용하는 것도 그러한 예에 속한다.

에릭 프롬은 『소유냐 존재냐(To have or To be)』라는 저서 속에서 두 가지 양태의 삶이 있다는 것을 우리에게 알려주고 있다. 소유의 삶과 존재의 삶이 그것이다. 살기 위해서는 먹어야 하는데 그 먹을 것을 소유하는 것은 당연하다. 그러나 소유하는 것에 집착하다 보니 존재의 양태에는 등한해 버린다는 것이다. 소유의 양태와 존재의 양태는 엄연히 다른데도 불구하고 소유의 양태에만 전념하다 일생을 끝내 버린다는 것이다. 프롬이 든 예화에는 이런 것이 있다. 장미꽃의 아름다움을 화단에서 보는 것은 존재의 삶을 즐기는 것이지만 그것을 꺾어서 내 방 안에 꽂아 두고 보는 것은 소유의 형태라는 것이다.

살기 위해서 소유하는 것은 가장 기본적인 조건이 되는 셈이지만 그 조건에 오래도록 습관이 되다 보니 소유 그 자체가 사는 것의 전부인 줄 착각하고 있는 사람이 대부분이다. 동물들은 먹을 것을 확보하기 위하여 필사적인 노력을 기울인다. 하지만 그 먹을 것을 인간처럼 오래 보관하는 방법을 알지 못하기 때문에 배가 고플 때만 먹이를 찾아 나선다. 물론 어느 정도의 기간 저장해 두고 먹는 방법을 알고 있기는 하다. 그러나 저장의 방법이 인간과는 비교가 되지 않는다. 그 먹이를 찾을 수 없을 때는 굶주려서 죽을 수밖에 없다. 인간은 먹을 것을 보관하는 방법도 동물과는 차원이 다른 방법을 개발해 두고 있다. 바로 돈이다. 현대인이 눈에 불을 켜고 소유하고 싶어 하는 바로 그 돈이다. 헤아릴 수만큼의 먹을 것도 몇 장의 지폐만 가지고 있으면 다 해결된다. 돈을 가지는 것도 짐스러워 지금은 은행에 맡겨 두고 그 기록만 갖고 있으면 된다. 소유할 수 있는 것을 이렇게 기록으로 바꾸어 두고 그것을 운용하는 것이 다름 아닌 경제라는 것이다.

경제학이 아무리 발전되어 있다고 해도 먹을 것을 저장해 두는 기본에 근거를 두고 있다는 것은 변함이 없다. 곧 소유의 양태를 일반인들은 쉽게 알아볼 수 없도록 아주 복잡하게 만든 것이 경제학이다. 특히 다른 사람은 몰라도 나 같은 사람에게 그렇다는 말이다. 그런데 존재의 삶을 살고 있는 양태는 어떤가. 지극히 적은 수의 사람만이 그 양태의 삶에 적응하고 있다. 성인이라는 사람들, 이를테면 석가나 공자, 예수, 소크라테스 등이 그 삶을 실천하고 있었다. 일찍이 그 삶의 중요성을 외쳤지만 그때나 지금이나 소수의 사람들만이 따를 뿐이다.

에릭 프롬은 이 두 양태의 삶을 제시해 놓고, 소유의 삶에만 몰두하는 사람들에게 경종을 울리고 있다. 옳은 말이긴 하지만 나같은 범인에게는 그의 권장을 따르기가 어렵다는 것을 고백하지 않을 수 없다. 그런데 나이 일흔을 넘기니 소유의 삶에 대한 집착이 저절로 줄어들고 있는 것을 느낀다. 지나치다 울타리에 매달려 있는 장미꽃을 보고 갖고 싶다는 욕망보다 그 아름다운 꽃 모양새가 나를 감탄시키는 일이 자주 있으니 말이다.

동물들은 대개 제 배를 채우는 일을 최우선으로 삼고 있다. 자기 몫을 뺏길까 봐 으르렁대며 먹는 것이 대부분이다. 그런데 인간만은 다르다. 함께 나누어 먹는 것을 즐긴다. 나는 부자는 아니지만 친구와 함께 나누어 먹을 때 훨씬 더 즐겁다. 어쩔 수 없이 혼자 먹을 수밖에 없을 때는 식사를 즐긴다기보다는 배를 채운다는 말이 옳은 것 같다. 굶주림을 경험해 보지 못한 사람의 배부른 소리라고 할지도 모른다. 이제 허기진 배를 채우기에 바쁜 세상은 어지간히 지나가지 않았나 하는 생각이 든다. 하긴 아직도 배를 굶주리는 사람들이 많아서 기부하라고 권장하는 광고가 신문이나 텔레비전에 자주 등장하는 것을 본다. 함께 먹는 것을 즐기자고 하는 광고라고 할 수 있다. 물론 오래전부터 함께 먹고 함께 살기를 권장하는 성인들이 계셨다.

함께 나누는 세상, 그렇다. 그런 세상이 지배적인 문화가 되어 가고 있다고 나는 생각한다. 세상이 글로벌라이즈되어 가고 있다고 말하고 있는 것이 그 증거다. 그 말 속에 함께 잘살아보자는 싹이 내포되어 있다고 생각되기 때문이다. 너는 못살아도 나만 잘살면 된다는 뜻은 결코 아니라고 생각한다. 19세기에 유행하던 제국주의는 못사는 나라를 개발해 준다는 미명 아래 자국의 부를 늘리기 위해 온갖 수단을 다 동원했다. 그 결과로 어쩔 수 없이 치른 재앙이 세계 1, 2차 대전이라고 생각한다. 세계는 그런 참혹한 재앙을 또 치르게 될까 봐 전전긍긍(戰戰兢兢)하고 있다. 그래서 나누어 가지면서 같이 잘사는 길을 모색하고 있는 것이 사실이다. 물론 그렇지 못한 경우도 많다. 그러나 대세는 그쪽으로 가고 있다는 말이 결코 틀린 말이 아니다.

누구나 사랑할 때는 행복하다고 말하고 있다. 그러나 사랑의 감정을 나누어 가질 때 그렇다는 말이다. 나는 사랑하는데 저쪽은 나를 사랑하지 않을 때는 행복하지 못하다. 그 역도 마찬가지다. 가끔 사랑한다는 말을 자신이 좋아하는 상대를 소유하는 것으로 착각하는 사람이 있다. "너는 내 거야."라든지 "나는 네 거야."라고 사랑하는 사람끼리 흔히 말하는 수가 있다. '사랑한다'는 말을 강렬하게 말하는 방법이라고 말한다면 농담으로 받아들일 수는 있다. 하지만 사고방식 자체가 이런 식으로 되어 있다면 보통 문제가 아니다. 사랑을 소유로 생각하기 때문이다. 사랑은 가지는 것이 아니라, 사랑하는 '행위'인 것이다.

너무나 오랫동안 소유의 삶에 길들여져 오다 보니 평범한 말투도 이런 식으로 되어 있다. 세상의 끝이 저만치 보이고 있는 이 시점에서 나는 어떤 존재의 삶을 깨달아야 할까. 남과 함께 더불어 살아가는 공유의 삶에 귀 기울여 보자. 내가 미처 못 깨닫더라도 친구나 후배가 깨우쳐 주는 수도 있으니까. 함께 옹성옹성 즐겁게 살아가는 방법을 터득해야겠지. 그게 공유의 삶으로 말이다.

(2015. 7. 30.)

가는 정 오는 정

〈아리랑〉만큼 널리 유포되어 있는 민요는 드물 성싶다. 많이 부르기도 했지만 너무 많이 불려진 탓에 최근에는 또 아리랑이야 할 정도로 시들한 것도 사실이다. 그렇지만 외국인에게는 요즘 들어 오히려 한국을 대표하는 민요가 되어 인기를 누리고 있는 듯이 보인다.

> 아리랑 아리랑/아라리요/아리랑 고개를 넘어간다
> 나를 버리고 가시는 님은/십 리도 못 가서 발병 난다

지방마다 조금씩 버전이 다르기는 하지만 우리 민족이 가장 보편적으로 부르고 있는 노래가 위의 것이 아닌가 한다. 곡조나 노래 가사 모두 애잔한 정감을 불러일으키고 있지만 때로는 신나는 일이 있어도 〈아리랑〉을 부른다. 그런데 '아리랑'이란 말이 과연 무엇을 의미하는지 오래전부터 학자들 간에는 논란이 되어 왔다. 아리랑 고개라고 했으니, 어떤 지방에 있는 고개 이름일 것이라고 말하는 사람이 있다. 대표적인 분이 저명한 사학자 이병도 박사이고, 황해도의 자비령(慈悲嶺)일 것이라고 추단하

고 있다. 그런가 하면 아무 의미가 없이 단지 흥을 돋우기 위한 후렴에 불과하다는 사람도 있다. 가끔은 아주 희한한 가설을 내세워 우리를 웃기기도 한다. 하지만 내가 주목하는 말은 '간다'는 말이다. 어째서 '온다'가 아니고 '간다'일까. 만약 "아리랑 고개를 넘어온다"고 했다면 이 민요의 맛이 전혀 살아나지 않을 듯하다.

'간다'는 말은 이곳에서 저곳으로 이동해 갈 때 쓰는 말이라면 '온다'는 말은 저곳에서 이곳으로 이동해 올 때 쓰는 말이다. 서양에서는 '간다'는 말보다 '온다'는 말을 자주 쓰는 듯이 보인다. 당신이 있는 곳을 "지금 가고 있어"라고 우리는 말하지만, 서양 사람들은 "지금 당신에게 오고 있어"라고 말한다. 이동해 간 그곳에서의 일이 더 중요하다고 생각하고 있는 것 같다. 지나간 일보다 오고 일을 중요하게 보는 대신에 우리에게는 지나간 일이 귀하게 가슴에 남아 있다.

우리의 시나 노래에서도 '온다'는 말보다 '간다'는 말을 더 많이 쓰고 있다. '온다'는 말보다 '간다'는 말에 더 애착을 느끼고 있는 것은 아닐까. 아니 차라리 숙명 같은 것을 느끼고 있는 것 같다. 소월의 시 「진달래꽃」은 그야말로 가는 미학의 절창이다. 말로 표현할 수 없는 짧은 시구 속에 우리의 가슴을 파고드는 정감이 스미어 있다. "나 보기가 역겨워/가실 때에는/말없이 고이 보내드리우리다/영변에 약산/아름따다 가실 길에 뿌리우리다/가시는 걸음걸음/놓인 그 꽃을/사뿐히 즈려밟고 가시오소서." 가 버린 세월, 떠나간 임, 그때를 회상하는 추억 등이 더 애잔하고 달콤한 것이다.

한용운의 시 「님의 침묵」 역시 가 버린 님에 대한 안타까움으로 시작된다. 시집 권두의 첫 구절, "님은 갔습니다. 아아, 사랑하는 나의 님은 갔습니다./푸른 산빛을 깨치고 단풍나무 숲을 향하여 작은 길을 걸어서 차마 떨치고 갔습니다"라고 울부짖고 있다. 가 버린 사랑을 읊고 있는 것이다.

'간다'가 과거형이라면 '온다'는 현재형이거나 미래형이다. 소월의 「진달래꽃」도 님과 함께 앞으로 즐겁고 행복하게 지내자는 것이 아니다. 함께 지냈던 그 세월을 회상하면서 님과 이별할 수밖에 없는 숙명을 애달파하고 있다. 함께 있을 때에 얼마나 행복했는지는 알 수 없지만(모르기는 해도 행복하다는 느낌조차 갖지 않았을지 모른다) 떠나보내고 나서 가슴을 치면서 안타까워하고 있다. 차라리 지나가 버린 그때를 회상하는 것이 더 행복한 듯이 보인다.

한용운은 이어서 "황금의 꽃같이 굳고 빛나던 옛 맹세는 차디찬 티끌이 되어서 한숨의 미풍에 날려 갔습니다"라고 탄식한다. 왜 지난날만이 찬란하고 아름다웠을까. 또 다른 시 「가지 마셔요」에서도 "아아, 님이여! 위안 (慰安)에 목마른 나의 님이여, 걸음을 돌리셔요. 거기를 가지 마셔요. 나는 싫어요"라고 외치고 있다. 평가들은 나라를 빼앗겼을 때이니, 님과 함께 보낸 그 세월을 안타까이 생각해서 읊었다고 한다.

그러나 가 버린 님에 대한 미학은 500년도 더 전인 고려가요에도 나타나고 있다. 「가시리」에서 떠나가는 님에 대한 애달픈 정감을 절절히 노래하고 있다. "가시리/가시리잇고/나는 버리고/가시리잇고/날러는/어찌 살라고/나를 버리고/가시리잇고." 이 노래에 대한 평설은 양주동 교수가 이미 멋들어지게 해석해 놓았으니, 나는 새삼 췌언을 할 필요가 없을 듯하다. 어쨌든 '가는 사랑'에 대한 정감은 오랜 전통을 지니고 있는 듯이 보인다. 우리들 독자들에게도 다가오는 임보다 떠나가는 임에 대해서 읊은 시가 이렇게 절절하게 가슴에 울려오는 것일까.

영국의 대표적인 연애시, 안두류 마아벨의 시 「그의 수줍은 정부(情婦)」는 이렇게 시작되고 있다. "우리가 넉넉한 세상 그리고 시간을 가졌다면/이 수줍음은 죄가 아닙니다/우리는 앉아서 어느 길을/걷고 긴 사랑의 날을 보낼 것인가 생각해 보겠습니다."(직역하다 보니, 근사한 연애시가 졸작이 되어 버렸다) 영문학에서는 이 시가 오랫동안 명시로 회자되고 있다. 사랑하고 있는 연인을 이렇게 그 앞에서 상찬하고 있는 것이다. 떠나보내는 임이 아니라 나와 함께 사랑을 나눌 임이다.

우리 속담에 "드는 정은 몰라도 나는 정은 안다"는 말이 있다. 헤어질 때쯤 해서 그동안 들었던 정을 비로소 깨닫게 된다는 말이다. 정이 들고 있을 때는 모르고 있다는 말인가. 아니면 진행 중인 정은 인정하고 싶지 않다는 뜻인가. 사실 뒤돌아보면 우리의 문화가 그랬던 것 같다. 정은 인정하지만 사랑은 인정할 수 없다는 뜻이다. 정은 수동적이며, 과거형이다. 반면에 사랑은 능동적이며, 현재형이다. '사랑'이란 말은 서구 문화가 들어오면서 보편적으로 쓰이게 된 말이다. 우리의 옛말 '스랑'은 오늘날 쓰이고 있는 사랑이란 뜻을 담고 있지 않았다. '생각하다'는 뜻을 담고 있었을 뿐이다. 임을 오래 생각하다 보면 사랑이 될 수도 있겠지만, 이때의 '생각'은 뒤돌아본다는 함의를 지니고 있다.

조선조에는 '연애'가 없었다고 하면 어폐가 있다. 그 많은 남녀들이 연애도 아니하고 지냈단 말인가. 연애라고 하면 낭만적인 사랑을 상상한다. 한 번도 본 적이 없는, 결혼하기 전에는 사랑 어쩌고 할 처지가 전혀 못 되는 남녀가 만나서 부부로서 산다. 얼핏 들어도 전혀 낭만적이지 않다. 대부분 부부니까 부부의 도리로서 산다고 생각했을 것이다. 하기야 부부로 살면서 얼마든지 사랑하면서 살 수 있다. 그러나 낭만적인 사랑은 부부로 만나 도리로서 사는 모습을 보고 하는 말 같지는 않다. 내가 서구 문화에 너무 물이 들어서 그런가. 남편과 부인 사이의 사랑도 얼마든지 낭만적으로 보일 수도 있다. 조선조의 유교 문화에서는 그런 부부 사이의 사랑을 로맨틱하다고 말하긴 어딘가 이상하다. 왜냐하면 너무나 당연한,

도리로서 주고받는 정이기 때문이다. 그 시절에는 부부 사이의 사랑 어쩌구 하면 도리어 쑥스러운 느낌이 들었을지 모른다. 차라리 "정이 들어서"라고 말하는 것이 자연스럽다.

조선조 시대 안동의 무덤에서 나왔다는 '원이 엄마의 편지'가 신문에 보도되어 한동안 화제가 된 적이 있다. 아내가 남편을 사랑하는 것은 당연한 것이고, 남편이 일찍 세상을 떴기에 그 애달픔은 절절했을 것이라는 것도 충분히 짐작할 만하다. 그런데도 이 편지가 세상에 알려졌을 때 큰 충격을 받은 듯이 떠들썩했다. 400년을 뛰어넘은 시대의 충격이라고 할 수 있다. 대부분의 아내들이 그렇게 남편을 사랑했지만 그것은 당연지사로 알았던 시절이다. 그 시절에 로맨틱한 사랑은 차라리 기방(妓房)에서 찾았던 것이다. 이 부부는 당연지사로 정을 나누고 있었지만 400년이 지난 지금은 지극히 로맨틱한 사랑으로 우리에게 전해온다. 남편이 일찍 세상을 떠나서 홀로 남은 아내의 편지가 전해짐으로써 더욱 애절한 느낌을 준다.

이와는 달리 두향(杜香)과 퇴계(退溪) 사이의 사랑은 충분히 로맨틱했다고 말할 수 있다. 두향은 퇴계가 그 임지에서 떠나자 관기에서 물러나 남한강 가에 움막을 짓고 평생 퇴계를 마음속에서 섬기며 살았다고 한다. 퇴계 역시 두향을 생각하며 뜰에다 매화를 심어 놓고 그것을 봄으로써 두향에 대한 그리움을 달랬다고 한다. 진행형의 사랑은 겨우 9개월, 퇴계가 69세에 서거할 때까지 지난 일을 그리며 살았던 두향이었다.

시대가 바뀌었으니 문화도 바뀌었고, 사랑도 바뀌었다. '간다'의 사랑이 아니라, '온다'의 사랑으로 말이다. 아니, 바뀐 것이 아니라 바뀌고 있는 과정에 있다는 말이 더 정확하다. 딸이 만나는 친구들 대부분이 결혼을 하지 않았다니 놀랄 일이다. 그 딸의 나이가 마흔을 훌쩍 넘겼는데도 그렇다니 놀랄 일이 아닐 수 없다. '간다'의 사랑은 이미 낡아서 못하고, '온다'의 사랑은 아직도 남의 눈치를 보는 처지이고.

아니, '온다'의 사랑을 자유롭게 할 수 있을 때는 결혼할 필요가 없게 될지도 모르겠다. 사르트르와 보부아르처럼 계약 결혼이 보편화되는 세상이 되는 것은 아닌지. 언제나 로맨틱한 사랑을 할 수 있을 것 같지만, 사실은 아주 쌀쌀한 사랑이 될지 모르겠다. 우리 속담에 "가는 정이 있어야 오는 정이 있지"라는 말이 있다. '가는 정'은 절로 갖는 사랑이지만 '오는 정'은 그 답으로 하는 사랑 같다. 일종의 의무가 섞여 있는 것 같다고나 할까. 우리 민족이 갖는 사랑은 마음에서 저절로 우러나는 정, 그렇다. 가 버린 사랑의 안타까움 속에 있다.

(2015. 9. 3.)

쌍용 둘레길

　나이 들면 하루하루는 더디고 몇 년은 눈 깜빡할 사이에 지나가 버린다고 한다. 요즈음 이 말을 실감하고 있다. 일산에 둥지를 틀고 살았던 것이 어제 같은데 이리로 이사를 와서 산 지 어느새 10년이 넘었다는구나. 거짓말처럼 지나간 세월이다. 앞으로 내가 10년을 더 산다는 보장은 없다. 그런데도 매일매일은 참으로 지루하게 가고 있다. 특히 밤중에 깨어서 이리저리 뒤척일 때는 가는 시간이 참 더디다.

　좋아하던 테니스를 그만두고 아파트의 둘레길을 걷기 시작한 것은 그 무렵부터다. 걷는 것을 별로 좋아하지 않던 내가 단지 건강을 목적으로 해서 걷기 시작한 것이다. 친구와 이야기를 나누기 위해서 무작정 걸었던 적이 더러 있지만 순전히 걷는 것 자체만이 목적이 된 것은 처음이라는 생각이 든다. 몸을 치료하기 위하여 걷는 걸음, 일정한 시간을 정해서 혼자서 뚜벅뚜벅 걷는 걸음, 웬만한 추위나 비바람, 눈길에도 포기하지 않고 걷는 걸음이라고 생각하니 내 인생에서는 적어도 새로운 경험을 갖게 되는 걸음이다.

산다는 것도 어떻게 보면 인생이란 길을 걸어온 셈이다. 각자마다 다른 체험을 하면서 살아왔지만 결국에는 죽음을 향해서 걸어온 길임에는 변함이 없다. 물론 어떻게 살았느냐가 중요하다. 빛나는 삶을 산 사람도 있고, 초라한 삶을 산 사람도 있다. 인생이란 길을 다 걷고 난 뒤에는 그를 평가하는 것은 다른 사람이다. 본인은 전혀 알지도 못하지만 좋은 사람으로 평가받기를 원한다. 아니, 존경받는 사람으로 기억되기를 원한다. 하지만 대부분의 사람들은 죽는 그 순간에 영원한 망각 속에 묻히고 만다.

나는 민속촌 아파트 단지에 산다. 이 단지에는 이름이 다른 세 종류의 아파트가 있다. 그중에서 가장 나중에 지었다는 신창미션힐에 나는 산다. 이름이 다르기는 하지만 길 하나를 사이에 두고 그만그만한 규모로 지어져 있기 때문에 어느 아파트 단지에 산다고 해도 별로 다를 바가 없다. 사는 주민들도 마치 한 아파트 단지에 사는 것처럼 길을 넘나든다. 그중에서 쌍용아파트가 가장 먼저 지었기도 하지만 차지하고 있는 면적도 넓어서 부대시설이 좋은 편이다. 내가 매일 아침 걷고 있는 이 길이 실은 쌍용아파트 둘레길이다.

살던 집을 내놓기도 전에 지금 사는 아파트를 계약해서 들어왔다. 어찌 보면 참으로 무모한 짓이었다. 나의 성격 탓이기도 하지만 그만큼 첫눈에 반한 탓도 있다. 처제네가 이 아파트 단지에 살고 있다고 해서 몇 번 와서 보라는 것을 한 번 보고는 계약한 것이다. 그때만 해도 매일 아침 테니스를 치던 때여서 단지 내에 테니스 코트가 있다는 것이 무엇보다 마음에 들었다. 동네 앞에 야트막한 야산이 있는 것도 한몫 더한 셈이다.

이사를 온 후 아침이 되면 하늘부터 본다. 테니스를 할 수 있을까 없을까를 알기 위해서다. 가끔은 미처 하늘도 보기 전에 나섰다가 비가 내리고 있어서 도로 들어오기도 했다. 걸어서 10분도 안 되는 거리를 꼭 차를 타고 다닌다고 해서 내 차를 테니스용 차라고 아내가 비아냥거리기도 했다. 테니스에 이 정도로 미쳤으면 테니스를 썩 잘 치는 줄 알겠지만 전혀 그렇지가 않다. 그 좋아하던 테니스를 할 수 없게 된 심정이야 짐작할 수 있겠지.

말초신경염이 나의 병명이다. 걷기가 불편해지자 걷지 않으면 안 된다는 아이러니를 겪게 된 것이다. 걸어야만 산다는 지상명령을 받은 셈이다. 어린 시절부터 운동을 좋아한 편이지만 건강을 위해서 반복해서 하는 운동에는 쉽게 염증을 느끼는 편이었다. 이를테면 역기나 아령, 맨손체조 등은 시늉만 내다가 곧 그만두곤 했다. 그런데 지금은 바로 그런 운동을 열심히 해야 한다. 걷기만 열심히 해야 한다니 건강을 위해서 쓴 약을 열심히 먹어야 한다는 이치와 같다. 테니스를 할 때는 거들떠보지도 않던 운동들이다. 쌍용아파트의 둘레길을 열심히 걷기 시작한 것도 바로 쓴 약을 먹는 기분으로 시작한 것이다. 그런데 지금은 전혀 다른 기분이 되어 있다.

둘레길이라는 말이 일상으로 쓰이게 된 것은 아마 최근이 아닌가 한다. 제주도의 올레길이 유명하게 된 뒤에야 둘레길에 관심을 갖게 되었다. 바다를 끼고 돌면서 걷는 길이 얼마나 좋을까 하는 상상을 하다가 몇 년 전 '수필과 비평 세미나'가 그곳에서 열리게 되어 만사 제치고 가게 되었다. 과연 상상한 만큼 환상적인 길이 많았다. 제주도의 '올레길'이란 말이 지금은 전국적으로 쓰이고 있지만 큰 도로에서 집으로 가는 안쪽의 길이라고 한다. 제주 방언이 이렇게 유명하게 된 것은 제주도가 관광지로서 널리 알려진 탓도 있지마는 지방자치제가 시행된 이래 각 고을의 수장들이 자기 마을 가꾸기에 힘쓴 탓도 있다. 육지에서는 흔히 샛길이라는 말이 이와 비슷하게 쓰이긴 했지만 뉘앙스는 분명히 다르다. 어쨌든 제주도의 올레길이 유명하게 되자 지방마다 둘레길을 만들어서 이전에 보지 못하던 문화를 시작했다. 대체로 이전부터 있던 길들을 넓히고 걷기에 편하도록 만들어서 살기 좋은 동네로 만든 셈이다. 길옆으로 나무를 심거나 꽃나무를 심어서 경관을 새로 단장한 것도 칭찬할 만한 일이다. 먹고살기에 바빴던 그 시절보다 이제 자연경관도 생활의 중요한 요소가 되었다는 것을 의미하는 것이니 선진국으로 발돋움하고 있는 것이 이런 것인지 모르겠다.

쌍용아파트의 둘레길 정도야 어디 내놓고 자랑할 만한 처지는 못 된다. 하지만 내게 있어서는 대단한 발견인 셈이다. 이전에 눈도 주지 않았던 그 길을 매일 아침 걷고부터 새로운 것을 발견했기 때문이다. 우선 숲으로 난 그 길을 걷고 있으면 이전에 듣지 못했던 새소리, '삐쫑 삐쫑' '삐 삐르르' '삣 삣 빼쫑', '찍찍 찌르르' '쌔 쌔 쌔르르' '쌔르르 찍 찍' '찌르르 쌕' '찍 쌔르르' 같은 소리를 듣는다. 이렇게 들리는 대로 새소리를 흉내 내어 적어 보았지만, 새가 내는 소리와 인간의 소리와는 근본적으로 다른 것이라 옮겨 적을 수가 없다. '네이버'에서 숲속의 새소리를 들어 보았더니 내가 들었던 그 새소리를 들을 수 있긴 하지만 맛은 전혀 아니다. 그래도 인간의 소리로 바꾸어서 적어야만 직성이 풀리는 것이라 그렇게 적는 것이다. 이전에는 관심도 두지 않던 그 새소리가 전혀 새롭게 들려오는 것도 소득이라면 소득일 수 있다. 새소리에 귀를 기울이는 사이에 나는 자연이 주는 음악에 새롭게 귀를 기울이는 취미를 붙이게 된 셈이다.

둘레길을 걷고 있으면서 나는 자주 심호흡을 한다. 그런데 바로 그때 내 앞으로 솔방울이 하나 떨어져서 또르르 구르고 있다. 바람도 없는데 웬 솔방울인가 했더니, 청솔다람쥐가 바로 뒤따라 내려와 떨어진 그 솔방울을 움켜쥐고는 이내 저쪽으로 사라진다. 그 녀석이 제 먹이로 따서 떨어뜨린 모양이다. 아하, 녀석의 먹이가 바로 저것이구나, 하고 감탄한다.

　녀석이 나무 사이를 능숙하게 건너다닌다. 오르고 내리는 모습이 절묘해서 나는 그저 경탄을 마지않는다. 아, 그래. 녀석도 새들의 노래 못지않게 나를 즐겁게 하는 한 파트를 맡고 있구나. 우리는 함께 사는 거야. 내 수명이 다할 때까지 너희들과 즐겁게 살아 보자꾸나. 나는 깊게 심호흡을 한다. 어디서 나타났는지 청솔다람쥐 한 마리가 내 앞에서 발딱 일어나서 저를 따라오라는 듯이 고갯짓을 하고 있다. 그래 우리 함께 정답게 살아 보자꾸나. 너나 나나 이 쌍용 둘레길을 즐기고 있지 않느냐. 이 작은 자연 속에서 각각 한 작은 파트를 맡고 있는 것이니까.

(2015. 8. 2.)

아프리카의 사자 사냥

사자나 호랑이를 흔히 백수의 왕이라고 한다. 밀림에서는 이들이 먹잇감으로 선택하면 그 짐승은 희생되어야 한다. 수백 수천의 무리가 떼를 지어 있어도 이 한 마리를 당하지 못해서 제 목숨 구하기에 여념이 없다. 따라서 이들이 나타나면 백수가 벌벌 떨게 되어 있다. 물론 사자와 호랑이의 서식지가 달라서 충돌하는 예는 거의 없다. 언젠가 사자와 호랑이가 싸우는 것을 텔레비전에서 보여 준 적이 있는데 치열하게 싸우다가 끝장을 내지 못하고 둘 다 큰 상처를 입고는 널브러져 누워 있는 것을 보았다. 싸움도 저 정도의 희생을 치른다면 좀처럼 싸울 생각을 갖지 않을 것 같다.

이들 맹수가 먹잇감으로 약한 짐승 하나를 골라 공격해도 수백 수천의 같은 무리는 도망가기에만 바쁘다. 만약 이들이 단결해서 반격한다면 능히 막을 수도 있겠지만 그런 예는 아주 드물다. 희생이 되는 녀석은 그게 숙명이라고 생각하는지도 모르겠다. 하기야 그들이 무슨 생각이 있을까마는 그게 자연의 먹이사슬인 모양이다.

얼마 전에 아프리카에서 인간이 사자를 사냥하고 있는 것을 텔레비전에서 보여 준 적이 있다. 인간이 사자를 먹는 것도 아니니, 순전히 놀이를 위해서 사냥하는 것이다. 거기서는 인간의 사냥 놀이를 위해서 사자를 사육한다는 것이다. 어린 사자를 사육하다가 자라면 넓은 초원에 방목한다. 방목된 사자들은 어느 정도 야성을 회복해서 다른 약한 짐승들을 잡아먹고 산다. 이들을 사냥하는 것이 돈 있는 사람들의 고급 놀이가 되는 셈이다. 총으로 쏘아서 맞히는 수도 있지만 활로 여러 번 쏘아 맞혀서 죽이는 사냥 놀이를 더 재미있게 생각한다.

그 한 마리를 쏘아 맞혀서 죽이는 재미를 맛보기 위해서 수천 수만금의 돈을 들여야 한다. 거기서는 미국의 돈 있는 치과의사가 돈을 대어서 그런다고 했지만, 미국이나 유럽에서는 상당히 고가의 취미 생활로 취급받고 있는 것 같다. 그 방송에서 성토하고 있는 것은 사자를 잔인하게 죽인다는 것이다. 그냥 총으로 쏘아 죽이는 것이 아니라, 활로 쏘아서 죽이기 때문이란다. 활로 쏘면 단번에 목숨이 끊어지는 것이 아니라, 여러 번 쏘아 맞혀야 한다. 쏘아 맞히는 것을 즐기는 것이니까 사자가 쉽게 죽어서는 재미가 없다.

인간을 지상의 주인이라고 한다. 야훼도 그렇게 말했으니까 종교적으로도 보장된 주인이긴 한 모양이다. 지상에 있는 모든 식물과 동물을 다 죽일 수 있고, 살릴 수 있으니 분명 주인임에는 틀림없다. 그런데 문화에 따라 먹을 수 있는 동물이 있고, 먹을 수 없는 동물이 있다. 먹을 수 없다고 생각하는 문화에서는 그런 동물을 먹고 있다면 고약하게 생각한다. 한국의 개장국이 올림픽 기간 동안 쉬쉬되었던 이유도 바로 그러한 이유 때문이다. 산 원숭이의 골을 파먹는 몬도가네를 보고는 고개를 절레절레 흔들던 생각이 난다.

사자를 활로 쏘아 죽이는 것을 보고 비인도적이라고 비난하는 사람들이 있지만, 사람도 마음에 들지 않는다고 걸핏하면 처형하기를 밥 먹듯 하는 북한의 정권은 어떤가. 사람은 마음먹기에 따라 몇 마리의 사자를 죽이는 것이 아니라, 몇천 몇만의 인간을 순식간에 죽인다. 그것도 제 손으로 죽이는 것이 아니라, 부하를 시켜서 그러는 것이다.

지난 역사를 뒤돌아보면 사람이 사람을 죽이는 예가 어처구니없게도 많았다. 십자군 전쟁이나 유럽의 백년전쟁 같은 것은 종교가 다르다고 해서 상대의 인간을 죽였다. 세계 1, 2차 전쟁은 무엇 때문에 그 많은 사람들을 죽였는지 모른다. 단번에 수백만을 죽일 수 있는 핵무기를 개발해 두고는 함께 몰살할까 봐 무서워서 쓰지 못하고 있다. 그런 무기를 개발할 수 있었던 것은 인지가 발달했기 때문이다. 인지의 발달을 축복으로 보아야 할지 저주로 보아야 할지 알 수 없는 상황이다.

사자가 저보다 약한 짐승을 잡아먹는 것은 자연의 섭리다. 잡아먹지 않으면 제 생명을 유지할 수 없기 때문이다. 그런데 아프리카에서 사자 사냥을 하고 있는 사람들을 비인도적이라고 비난하고 있는 것도 사람이다. 스스로 기준을 만들어 놓고, 그 기준에 맞지 않으면 비난한다. 입이 터졌으니까 비난하는 것은 자유라고 할 수 있다. 그 기준을 적용해서 인간이 인간을 죽이는 일만은 하지 말아야 할 것이다. 역사를 뒤돌아보면 그런 일이 수없이 있어 왔기 때문에 무섭다.

돈 있는 사람에게는 아프리카의 사자 사냥이 거금을 지불하고도 아깝지 않은 놀이가 되고 있다. 사자쯤이야 그렇게 희생될 수도 있지만 인간에게 그 재미가 적용된다면 문제다. 이 지구상에는 아직도 그런 나라들이 더러 있다. 대표적인 것이 북한이지만, 탈북민의 증언에 의하면 사람 죽이기를 사자 죽이는 것보다 훨씬 쉽게 생각하는 북한의 통치자들을 생각하면 우리가 이렇게 가만히 앉아 있어도 되는지 모르겠다. 며칠 전에는 휴전선 비무장지대에다 목함 지뢰를 설치해서 젊은이 둘의 발목을 자르게 했다. 그 행위는 당장 눈앞에 전개되고 있으니까 온 국민이 분노하고 있지만, 얼마나 많은 북한의 인민들이 이러 저러한 이유를 붙여 희생되고 있는가. 그저 안타깝기만 하다.

(2015. 8. 23.)

남지를 다녀와서

누구나 고향을 지니고 있다. 그리고 그 고향의 울림은 그가 사는 동안 크고 오래도록 진동한다. 그렇지만 막상 가서 보면 지용의 말처럼 "고향에 돌아와도 그리던 고향은 아니려뇨"일지 모르겠다.

수필과비평작가회의에서 하기 세미나를 부곡에서 한다는 소식을 듣는 순간 가슴이 설레기 시작했다. 부곡은 나의 고향 남지에서 얼마 떨어지지 않은 곳에 위치하고 있기 때문이다. 고향에는 내가 아는 이는 아무도 살고 있지 않다. 그런데도 마치 반가운 사람이 그곳에 아직도 살고 있는 것처럼 생각되는 것은 웬일일까. 나는 반가운 소식이라도 전하는 것처럼 옥순이에게 전화를 걸었다. 8월 말에는 남지에 간다고. 아직도 두 달이나 앞두고 있는데도 불구하고 말이지. 사실은 옥순이도 그곳에 살고 있지 않다. 마산에 살고 있으니까 그곳에서 27킬로미터 남으로 떨어져 있다. 아무래도 나보다는 그녀가 고향 냄새를 듬뿍 지니고 있을 것 같다. 고향이라는 말만 나와도 가슴이 설레기 마련인데 하물며 그녀와 고향 얘기를 나누는 것만으로 가슴속이 흐뭇해진다.

사실 남지를 내 마음속에 늘 품고 살면서도 입 밖에 꺼내서 말한 적은 별로 없다. 그렇지만 잊어 본 적이 있을까. 늘 품속에 품고 살면서도 남지를 떠난 후 찾아본 적도 겨우 몇 번에 불과하다. 근래 가 본 기억은 5년 전인가 6년 전인가. 틈만 내면 가 볼 수 있는 그곳을 왜 못 가는지 알 수 없다. 가슴속에 숨겨둔 보물을 혼자만 보려고, 아껴서 보려고 그러는 것일까.

원석문학회에서 차를 대절해서 그곳에 간다고 해서 더할 수 없이 반가웠다. 나는 카페에다 이 소식을 올리고는 나의 수필 「내가 살던 고향은」이란 글을 읽어 보라고 권장도 했다. 하긴 남의 고향에 무슨 흥미가 있을 거라고, 저가 흥분하면 남도 따라 흥분하는 줄 안다. 북한을 고향으로 두고 있는 사람들이 추석 때마다 휴전선 근처에다 망향단을 설치하고 북녘을 향해서 절을 올린다 어쩐다 하면서 야단을 피우는 것도 내 심정 미루어서 짐작할 만하다.

수필과비평작가회의 세미나 날짜가 다가오자 고향의 모습이 자주 그려지곤 했다. 변해 있을 건 번하지만 그래도 옛 모습이 많이 남아 있겠지. 잠깐 덮어씌워져 있던 고향의 변한 모습이 다시 정다운 옛 모습으로 모락모락 피어나고 있다.

내가 살 때만 해도 남지는 해마다 홍수로 물난리를 겪곤 했다. 방학 때 배를 타고 남지로 들어간 적도 여러 번 있었다. 여름 우기면 낙동강은 자주 범람해서 동네의 절반을 물바다로 만들곤 했다. 그처럼 홍수를 겪는데도 그곳을 떠나지 못하고 살고 있는 사람들이 신기할 정도였다. 나는 어린 시절에는 강변에서 살았지만 여섯 살 이후부터는 높은 지대로 이사를 와서 옛날 동네에 살던 사람들이 우리 집으로 피난을 와서 홍수를 피했던 기억이 난다. 하지만 나의 온갖 아름다운 추억은 그 강변에 있고, 강변을 빼놓고는 내 어린 시절을 말할 수가 없다.

세미나를 부곡에서 개최한다는 말을 듣자마자 나는 옥순이에게 전화를 걸었다. 그 일이 그녀에게도 중대한 일이나 되는 것처럼 말이다. 옥순이는 내 소학교 때의 친구다. 두 달 후에 갈 것인데 나 혼자 흥분해서 전화를 건 것이다. 8월 말쯤 남지에 갈 것 같은데 만날 수 있느냐고. 세미나는 사실 뒷전이고, 남지에 간다는 것이 전면에 나와 있었다. "언제 오노? 몇 월 며칠 몇 신지 정확하게 말해라. 오거든 꼭 연락해야 된다. 알겠지." 말을 워낙 쫀득하게 말한다고 소문난 옥순인지라, 이렇게 말했다. 반갑게 전화를 받아 주니 괜히 들떠 있는 나도 기분이 좋았다.

8월 29일, 9시를 조금 넘어서 신갈에서 버스에 오른 나는 옥순이에게 언제쯤 전화를 거는 것이 좋을지 한참 생각하고 있었다. 그녀는 우리 일행들 점심을 자기가 사겠다고 했다. 그럴 필요가 전혀 없어, 우리 모임에서 그런 것들 모두 준비하고 가니까, 너는 나만 만나면 되는 거야, 라고 했더니 그렇지만, 했다. 우리 회원들에게 어릴 때 내가 놀던 낙동강의 모래사장을 보여 주고 싶었다. 서울서 부곡까지는 워낙 먼 거리라 어디서 점심을 먹고 남지를 잠깐이라도 볼 수 있을까 계속 염려되었다. 버스 기사가 빠른 길로 질러서 가는 통에 생각보다는 일찍 부곡에 도착했다. 점심을 먹는 식당 이름이 시래기 어쩌구 해서 천한 음식도 귀한 음식이 되는 세상이구나 했다.

2시 반부터 식이 시작된다고 해서 마음이 조마조마했다. 다행히 한 시간 정도 여유가 있어서 15분 정도 드라이브해서 15분 정도 낙동강을 보고 돌아오면 되겠구나 생각했다. 버스에 탄 사람들이 전부 내 마음 같은 줄 알고 낙동강을 보고 가는 것도 아주 흥미 있는 일이 될 것이라고 나 혼자 속단해 버린 것이다. 남지를 향해서 출발하려고 하니, 회의 전에 준비할 것이 있다고 버스에 같이 타고 온 사람이 부곡 회의장 앞에 먼저 내려

달라고 했다. 잠깐의 시간도 아까워서 마음이 더 초조해졌다. 더 내릴 사람이 없느냐고 김옥춘 씨가 광고까지 했는데도 그때는 아무 말 없다가 남지에 가서는 아주 심하게 불평을 했다고 한다. 내 마음 같은 줄 알고 모두 낙동강을 보고 싶어 하는 줄만 알았다. 내게 하는 불평을 듣고 원석회원들은 매우 마음이 편치 못했다고 뒤에 내게 전했다.

고향 마을이 변해도 그렇게 많이 변해 있을 줄 몰랐다. 내가 살던 때의 남지가 전혀 아니었다. 낙동강을 볼 수 있는 곳에서 옥순이를 만나는 것이 좋겠다고 생각한 것인데, 도무지 어디가 어딘지를 몰르게 길이 바뀌어 있었다. 어쩔 수 없이 모교인 동포초등학교에서 옥순이를 만나기로 했다. 조금은 바뀌긴 했어도 모교는 그대로였다. 옥순이는 얼굴에 주름이 좀 더 지긴 했어도 옛날 모습 그대로였다. 손을 잡고 엉거주춤 서 있으니까 이현수 교수가 곁에서 이를 보고 나의 팔을 끌고는 옥순이 어깨에 두르게 했다. 초등학교 때의 첫사랑을 그렇게 만나는 법이 어디 있느냐고 했다. 포옹이라도 하면서 오랜만의 회포를 풀어야지. 옆에 있던 우리 회원들이 까르르 웃었다.

차에 있던 사람들은 회의에 늦을까 봐 발을 동동 구르고 있었던 모양이다. 버스를 먼저 보내고 나는 옥순이가 가져온 차를 타고 낙동강을 둘러볼 생각으로 강가로 갔다. 그러나 옛날의 강변은 온데간데없고, 이전의 철교 밑으로 겨우 갈 수 있었다. 지양담이 저만큼 장난감처럼 놓여 있었다. 저것을 보고 그렇게 감탄하면서 어린 시절을 보냈던가. 지양담에 얽힌 아름다운 사연들이 마치 거짓말처럼 피어서 저쪽으로 사라지고 있었다.

잠깐이지만 낙동강을 보긴 보았다. 하지만 내가 어릴 때 뛰놀던 그 모래사장은 온데간데없이 사라져 버렸다. 하긴 그사이 70년의 세월이 흘러가 버렸으니, 어찌 그때의 고향 정경이 그대로 있겠나. 고향은 영원히 내

가슴속에 담아둘 수밖에 없다. 옥순이가 우리 회원 모두에게 맛있는 대추를 선물로 주었다. 그들은 달콤한 대추를 씹으면서 우리들의 사이를 멋대로 상상한다. 지난 일은 다 아름다운 법이니까.

(2015. 9. 30.)

김학주

타이징눙(臺靜農)의 소설 「나의 옆방 친구(我的鄰居)」를 읽고

「나의 옆방 친구(我的鄰居)」

타이징눙(臺靜農)의 소설
「나의 옆방 친구(我的隣居)」를 읽고

내가 1959년 대만대학(臺灣大學)에 유학하면서 인간적으로 그리고 학문적으로 큰 영향을 받은 타이징눙(臺靜農, 1902~1990) 선생님께 「나의 옆방 친구(我的隣居)」라는 단편소설 작품이 있다는 것은 근년에 와서야 알게 되었다. 그리고 이 작품을 읽으면서 이것은 선생님이 직접 겪은 실화를 바탕으로 쓴 소설이라고 짐작하게 되었다. 왜냐하면 여기에서 선생님이 '내 옆방 친구'라고 부르고 있는 사람은 1924년 일본 천황이 사는 황궁을 폭파하려다가 황궁 문 앞 니주바시(二重橋)에 폭탄 세 개를 던지고 일본 경찰에 잡혀가서 감옥살이를 한 뒤에 죽은 우리의 애국열사 김지섭(金祉燮, 1884~1928)[1]임에 틀림이 없다고 여겨지기 때문이다. 선생님이 이 소설에서 읽었다는 일본에 관한 신문 기사는 다음과 같은 내용이다.

---

1 김지섭(金祉燮)의 생평(生平)에 대하여는 김용직(金容稷) 교수가 관련자료(關聯資料)를 주면서 많은 것을 가르쳐 주었고, 『국사대사전(國史大辭典)』(유홍렬(柳洪烈) 주편(主編), 동아문화사(東亞文化史)), 『한국인명대사전(韓國人名大辭典)』(이희승(李熙昇) · 박종홍(朴鍾鴻) 등편(等編), 신국문화사(新丘文化社)) 등 및 인터넷을 검색하였음.

폭도인 조선 사람 한 사람이 황궁을 폭파하려다가 경찰에 잡히어, 이미 얼마 전에 법에 따른 처분이 내려졌다. 그 범인은 나이가 20여 세이고 몸집은 작은 편인데 얼굴은 약간 얽은 곰보이다.……

이는 틀림없이 김지섭의 의거에 관한 기사이다. 김지섭의 의거 직후의 기사가 아니라 이미 그가 잡혀가 재판을 받고 지바형무소(千葉刑務所)에 수감된 뒤에 중국에는 김지섭의 의거 소식이 뒤늦게 전해져서 중국 신문에서는 그에 관한 소식을 뒤늦게 간단히 실은 것임이 분명하다. 다만 "20여 세"라는 나이가 들어맞지 않는데, 이는 중국 신문기자의 잘못이거나 선생님의 착각일 것 같은데, 선생님의 착각 가능성이 많다. 선생님이 김지섭을 만났던 곳이 베이징(北京)의 학생들 숙사의 햇볕도 잘 들지 않는 구석진 곳이었고 그는 다 해진 학생복을 입고 있었기 때문이다. 선생님은 40세가 다 된 김지섭을 자기와 비슷한 나이의 사람으로 잘못 알았을 것이다. 더구나 김지섭이 묵었던 선생님 옆방은 앞이 높은 담으로 가려져서 하루 종일 햇빛도 들지 않는 음산하고 축축한 방이고 이전에는 늘 비어 있어서 선생님은 '유령이 사는 곳'이라고 생각했을 정도의 방이다. 그러니 그 방 앞의 뜰도 그다지 밝지 않았을 것이다. 그런 곳에서 선생님은 김지섭을 짧은 시간 만났기 때문에 상대방의 나이를 잘못 알았거나 잘못 기억했을 가능성이 많다.

선생님이 김지섭을 만났을 적에 김지섭은 단추도 제대로 붙어 있지 않고 더러운 때가 눈에 뜨이도록 더덕더덕 붙은 회색의 학생복을 입고 있었고 발에는 앞쪽에 길게 터진 곳이 있고 뒤꿈치는 아래편으로 닳아 비뚤어진 형편없는 구두를 신고 있었다고 하였다. 게다가 그에 관한 인상을 이렇게 쓰고 있다.

얼굴은 약간 얽어 있었고 두 눈썹은 두 개의 단도 모양으로 아래로 처져서 위협적이었다. 몸집은 별로 크지 않았으나 매우 다부졌다. 그의 머리털은 이미 위쪽이 많이 빠져 있었으나 대머리가 된 늙은 학자 모습이 아니라 젊은이의 빼어난 모습으로 보였다.

그러니 그때의 김지섭의 모습은 학생으로 가장한 강도 같은 거지였다. 이런 모습의 사람 나이를 정확하게 짐작한다는 것은 매우 어려운 일이다. 하기는 "그의 머리털이 위쪽은 많이 빠져 있다"고 했으니 이미 나이가 적지 않음을 짐작했을 수도 있는 조건이었다. 신문기사와 선생님의 인상 기록에서 말하고 있는 김지섭의 약간 얽어 있었다는 곰보 얼굴 모습은 확인할 길이 없어 유감이다.

김지섭은 3·1운동 뒤 1920년 중국으로 망명하여 1922년 의열단(義烈團)에 가입하고 적극적으로 조국의 독립운동에 뛰어든다. 1923년 1월에는 몇몇 동지들과 함께 조선총독부 등 중요 기관을 폭파하려고 폭탄 36개를 상하이(上海)로부터 톈진(天津)으로 운반한 뒤 다시 국내로 갖고 들어오려고 활동하였다. 그러나 일본 경찰에 그런 계획이 미리 알려져 동지들 몇 명이 체포되자 김지섭은 상하이로 도망쳤다. 같은 해 9월 1일에 일본에는 관동대지진(關東大地震)이 일어난다. 이 작품에서 선생님이 괴상한 상대에게 언제 중국으로 왔느냐고 묻자 그는 "금년 일본의 관동대지진 뒤에 왔다."고 대답하고 있다. 그러니 김지섭이 베이징의 학생 숙사에 숨어 있으면서 타이징눙 선생님을 만난 것은 1923년의 가을이다. 그러나 작품에서는 선생님이 '옆방 친구'를 처음 본 것은 "유월" 어느날이고 "날씨는 초여름"이라 하고 있다. 그런데 다시 선생님이 그 '옆방 친구'에 대하여 정체를 알아보고자 할 때는 "학기말 시험이 다가온" 때였고, "추석이 지난 어느날 저녁" 그 '옆방 친구'는 경찰에 잡혀 끌려가 영영 이별하게 된다. 그러니 선생님이 그를 만났던 시기는 1923년 가을이었다고 보는게 좋을 것이다.

선생님의 소설에 따르면 김지섭은 1923년 가을 의거를 모의하러 베이징에 학생을 가장하여 숨어들었다가 김 모라는 동지 때문에 중국 경찰에 잡혀간다. 이 뒤로 경찰에서 풀려나 1924년 1월에 폭탄 세 개를 갖고 일본으로 잠입하여 일본 의회에 고관들이 모일 적에 그곳을 폭파할 계획을 세운다. 그러나 일본으로 건너가는 중에 일본 의회가 마침 휴회를 하였음을 알게 된다. 이에 계획을 바꾸어 일본 천황이 살고 있는 황궁을 폭파하기로 한다. 김지섭은 황궁 문 앞까지 삼엄한 경계 아래 준비해 간 폭탄을 들고 접근하여 황급히 니주바시를 목표로 폭탄 세 개를 던졌으나 모두 불발에 그치고 일본 경찰에 체포되고 말았다. 그 폭탄은 배를 타고 일본으로 건너가는 동안 습기에 너무 젖어 버려 폭발을 하지 못하였던 것 같다.

선생님은 이 작품에서 끝머리에 "우리는 이렇게 이별한 지 1년이 되었다"고 말하고 있으니 1925년에 이 소설을 완성한 것 같다. 1923년은 선생님이 21세 되던 해이다. 선생님은 이 무렵 베이징의 북경대학(北京大學) 연구소에서 중국문학을 공부하면서 루쉰(魯迅, 1881~1936)을 스승으로 모시고 소설을 쓰기 시작하였다. 1924년에는 루쉰을 중심으로 저우쭤런(周作人, 1885~1968)·쑨푸위안(孫伏園, 1894~1966)·류반눙(劉半農, 1891~1934)·위핑보(俞平伯, 1900~1990) 등의 젊은 문인들이 모여 어사사(語絲社)라는 문학 단체를 결성하여 활동을 하다가 미명사(未名社)로 조직이 바꾸어진다. 타이징눙 선생님은 이때 여기에 참여하여 문학 활동을 한다. 1925년에는 다시 루쉰의 지도 아래 망원사(莽原社)가 이루어지는데, 웨이쑤위안(韋素園, 1902~1932)·리지예(李霽野, 1904~ ?)·웨이충우(韋叢蕪, 1905~1978) 등과 함께 선생님도 여기에 참가하여 활동한다. 그리고 1926년에 발표한 선생님의 『땅의 아들(地之子)』·『탑을 세우는 사람(建塔者)』 등의 작품은 스승인 루쉰이 볼 만한 작품이라고 칭찬을 하고 있다.[2] 선생님이 이러한 문학 단체에서 활동하던 시기에 「나의 옆방 친구」도 쓴 것이라 여겨진다.

선생님은 그 뒤로 문학 창작 활동은 접어 두고, 1929년 27세에 새로 생긴 명문대학인 보인대학(輔仁大學)에서 교수 생활을 시작한다. 그 뒤로 나라의 정세가 어지러워지자 여러 곳을 옮겨 다니며 교직 생활을 계속하였다. 마침 선생님이 타이완(臺灣)으로 옮겨가 계신 중에, 제2차 세계대전이 끝나고 장제스(蔣介石)의 국민당 정부가 타이완으로 옮겨왔다. 선생님은 타이베이(臺北)에 머물면서 대만대학 중문과 교수로 줄곧 계시다가 타이베이에서 일생을 마치셨다.

나는 1958년 타이완 정부가 국비 장학생을 보내달라고 우리 정부에 요구한 덕분에 문교부의 공개 선발 시험에 운 좋게 합격하여 대만대학 대학원인 국문연구소(國文硏究所)에 유학을 하게 되었다. 그때 대만대학 중국문학과의 주임교수로 계시면서 외국인 제자인 나에게까지도 지극한 사랑을 베풀어 주신 이가 타이징눙 교수시다. 장제스 총통은 마오쩌둥(毛澤東)에게 온 중국 땅을 내주고 타이완으로 피신을 하면서도 중국학 관계 유명한 교수들을 모두 이끌고 왔다. 때문에 중국의 전통 문학뿐만이 아니라 역사·철학·고고학 등 중국학 전 분야의 연구에 있어서는 대만대학이 갑자기 세계 최고의 학술 본산(本山)으로 떠올랐다. 내가 대만대학에 가서 강의를 들으며 직접 지도를 받은 교수들은 모두가 북경대학 교수 출신을 비롯한 중국문학에 관한 세계적인 명교수 다섯 분이었다. 나는 그분들

---

2 루쉰(魯迅), 『차개정잡문(且介亭雜文)』 억위소원군(憶韋素園君) 참조.

을 학문에 있어서만이 아니라 생활 방식에 있어서도 성인(聖人)과 같은 분들이라 생각하고 모든 면에서 그분들을 본받으려 하였다. 그 덕분에 나는 서울대학교 중문과 교수가 되어 일하다가 퇴직한 뒤에도 지금까지 꾸준히 자기 자리를 지키며 살게 되었다고 생각한다.

선생님들은 제자 사랑이 모두 각별하셨다. 타이징능 성생님도 내가 가르침을 받고자 찾아뵙거나 논문 심사를 받을 때 또는 학업을 마치고 귀국할 때 등 중요한 일이 있을 적마다 글을 써 주거나 직접 불러 말씀하시면서 격려를 해 주셨다. 중국의 근대 서예가 중에서도 지금 선생님의 글씨가 애호가들로부터 가장 존중을 받고 있다고 한다. 그런 소중한 글씨 액자와 족자를 나는 중국인 제자들이 부러워할 정도로 여러 폭 갖고 있다. 선생님은 1990년 89세가 되던 해에 돌아가셨는데, 돌아가시기 전해까지도 내가 타이베이로 가면 제자들이 모이는 저녁 식사 자리에 나와 약주도 함께 드셨다. 지극한 선생님의 사랑 이루 다 적을 수가 없다.

선생님의 이 「나의 옆방 친구」라는 소설을 읽으면서 선생님의 나에 대한 사랑은 선생님이 '조선'이란 우리나라를 좋아하신 데에서 말미암는 것 같아 이런 장황한 글을 쓰고 또 그 작품을 우리말로 옮겨 본다. 또 이 글을 통해서 의사 김지섭의 의거 직전 짧은 시기의 행적이 확인되기를 바라는 마음도 간절하다.

나의 옆방 친구(我的隣居)

타이징눙(臺靜農) 원작

김학주 번역

1.

아침 해가 아직 뜨지 않은 대지를 짙은 서리가 뒤덮고 있어서 날씨는 무척이나 춥기만 하다. 시간은 8시가 다 되어 가는데 나는 그대로 한 마리의 애벌레처럼 따스한 이불 속을 벗어나지 못하고 있다. 이리저리 생각해 보다가 마침내 결심을 하고 시간은 다시 더 머물러 주지 않는다고 생각하면서 남의 속임수에 넘어간 사람처럼 불평스런 마음을 지닌 채 잠자리를 벗어났다.

추운 겨울의 엄습은 사람을 오그라들게 만들어 방문 밖으로 한 발자국도 나가지 않으려 들게 만든다. 그래서 강의를 들으러 나가지도 않게 되는데, 본시 강의실에 나가 보아야 얻어지는 것은 오직 지루함과 지치는 것뿐이기 때문이다. 창의 커튼을 걷어 올리고 단 짝으로 된 창을 열어 본다. 이때 햇빛이 천천히 문턱과 창문 유리를 뚫고 지나와 곧장 잠자리 위에 비치면서 또 붉은 칠을 한 책상 위에 널려 있는 잉크병과 펜과 탁상시

계며 거울을 각별히 환하게 비춰 주었다.

나는 등나무 의자 위에 기대어 앉아 온몸이 따스하고 상쾌해지도록 햇볕을 쬐었다. 마치 한 늙은이가 햇볕 아래에서 그의 얼마 남지 않은 날짜를 보내고 있듯이 나는 손에 담배를 한 개비 들고 가볍게 빨고 있었다. 담배 연기는 이 낮고 좁은 방 안에 가득 차서 비치고 있는 햇빛과 뒤엉기면서 갑자기 나를 지난날의 꿈속 허전한 먼 세상으로 되돌아가게 하였다. 내 마음은 사나운 바람 부는 물결 위의 작은 배같이 정신을 차리기 어렵게 요동쳤다. 마치 한 늙은이가 말년에 그가 살아온 고장을 다시 생각해 보면서 느끼는 불안과 슬픔 같았다.

"오늘은 밀린 신문 값 좀 주어요!"

신문 배달꾼이 다급히 문을 밀고 들어와 그의 포대 속에서 신문을 한 장 뽑아들면서 한편 사정하는 말투로 말하였다.

"돈이 있으면 벌써 주었지!"

나는 마치 꿈을 꾸다가 깨어나는 것 같았다.

"안 돼요! 벌써 석 달이나 밀렸어요!"

신문 배달꾼은 중얼중얼 할 말을 하면서 두 어깨를 으쓱해 보이고는 다시 황급히 가 버렸다.

그제야 신문을 펼쳐 놓고 재빨리 저 한 무리의 인간들이 어떻게 전쟁놀이를 하고 있는가를 훑어보았다. 박격포와 기관총과 지뢰와 비행선 아래 죽는 수많은 자들이 있지만, 나는 그들에 대하여는 동정하는 마음이 조금도 일지 않았다. 간혹 자비로운 여인 같은 이들도 중국 사람들 중에는 무척 많기는 하지만 사람을 죽이는 것도 재미있는 일일지도 모른다.

나는 신문을 뒤적이다가 제2면에서 일본과 관계되는 한 대목의 다음과 같은 기사를 발견하였다.

"폭도인 조선 사람 한 사람이 일본 황궁을 폭파하려다가 경찰에 잡히어, 이미 얼마 전에 법에 따른 처분을 받았다. 그 범인은 나이가 20여 세이고 몸집은 작은 편인데 얼굴은 약간 얽은 곰보이다.—"

나의 마음은 이 때문에 조금 전과 같은 불안한 상태로 되돌아갔다.

나는 신문을 밀어 놓고 두 눈으로 허공을 응시하였다. 파란 담배 연기가 햇빛과 엇섞이면서 내 주변을 감돌고 있었다. 나는 깊이 생각해 보고 싶지 않았지만 그 친구는 지난날의 여러 가지 일들을 끈질기게 이끌어내어 나의 머릿속으로 한꺼번에 몰려들도록 하고 있었다.

2.

그것은 바로 지난해 유월이었다.

어느 날 나는 점심을 먹고 나서 몇 권의 책을 들고 강의를 들으려고 숙사의 문을 나서다가 한 대의 인력거가 문 곁에 서 있는 것을 보았다. 인력거에서 한 젊은이가 대소쿠리 하나를 들고 내렸다. 그 사람은 키가 작고 짧은 허름한 옷을 입고 있었지만 매우 몸이 튼튼하게 보였다. 그때 나는 같은 학교의 학군단 소속 학생일 것이라고 생각하면서 별로 주의도 하지 않고 떠났다.

우리가 서로 관심을 갖지 않거나 가벼이 보지 않는 것은 대학의 동학으로서는 별로 이상할 것이 없는 일이었다. 같은 학생들이 비록 같은 숙사에 함께 머물고 있다 하더라도 만약 어떤 관계가 없는 사이라면 절대로 서로 왕래하지 않았기 때문이다. 어느 한쪽이 좀 더 오랫동안 머물게 된다거나 혹은 서로가 함께 졸업을 하게 된다 하더라도 그러하였다.

수업이 끝난 뒤 숙소로 돌아왔을 때 날은 이미 저물어 가고 있었다. 제비콩은 꽃이 피기 시작하고 흰여뀌는 막 낮은 담 위까지 자라났고 나팔꽃은 넝쿨이 감고 올라갈 곳이 없어 땅 위에 늘어져 있고 잎이 푸르고 부드러운 위에 윤기가 나는 옥잠화는 화분에 가득히 자라 있는데, 서쪽 하늘의 자줏빛 노을 속에 찬란한 햇빛은 온 뜰 안의 화초에 반사되어 그 색깔을 모두 바꾸어 놓고 있었다. 나는 고요히 문가에 기대어 서서 옆집에서 흘러나오는 〈매화삼롱(梅花三弄)〉 가락을 듣고 있자니 하루의 피로가 모두 아름다운 황혼 속에 사라져 갔다.

"아저씨!"

좀 거칠고도 날카로운 목소리가 내 옆방에서 들려왔다. 그제야 나는 나의 이웃이 생겼다는 것을 알게 되었다. 동시에 나는 곧 의아한 생각을 갖게 되었다. 옆방의 앞쪽은 높은 담이 쳐져 있어서 햇빛을 완전히 차단하여 한낮이라 하더라도 방 안은 음산한 기운이 돌았다. 대학에 다니는 학생이라면 무엇 때문에 태양이 내려쬐는 세상으로부터 이러한 무덤 속으로 옮겨 오는 것이나 같은 그런 방으로 옮겨 와 살게 되었을까? 방 값이 싸기 때문이라고 생각하자니, 내가 아는 이 숙사의 주인은 본시 값싸게 남에게 방을 내줄 사람이 아니다. 나도 방 값만 밀린 것이 없었다면 벌써 이곳으로부터 옮겨 갔을 것이다. 나는 나의 옆방에 대하여 때때로 마귀의 소굴이 아닐까 하는 무서운 생각을 지니고 있었기 때문이다. 밤중에 깨어서 쥐가 움직이는 소리를 들어도 바로 옆방의 마귀가 요사스런 짓을 하고 있다고 생각되었다. 그러면 이불을 머리에 푹 뒤집어쓰고 놀라서 온몸에 식은땀을 흘려야만 하였다.

그날 밤에는 내 마음이 좀 더 든든해져서 책을 읽거나 여러 가지 생각을 하면서 12시까지 앉아 있었는데, 내게는 이미 이웃이 생겼기 때문에 겁을 낼 것이 없었기 때문이다. 나는 옆방의 마귀는 이미 산 사람에게 쫓겨 나가 버렸다고 믿었다. 만약 지난날의 저녁이었다면 나는 어떻든 옆방의 친구들보다 일찍 자고 침대에서 저편에서 호금(胡琴)으로 연주하는 〈매화삼롱〉 가락을 들었을 것이다.

3.

이 옆방의 친구는 언제나 하루 종일 그 음침한 방 안에 틀어박혀 있는 것 같았다. 그의 방문은 언제나 닫혀 있었고, 그를 찾아오는 친구도 없었다. 가끔 그가 "아저씨!" 하고 외치는 소리만을 들을 수 있었는데, 아저씨가 와서 그 방으로 들어가도 그가 무슨 말을 하는지 아무 소리도 들리지 않았다. 아마도 손짓으로 끓는 물을 좀 달라고 하는 이외에는 별다른 중요한 일은 없는 것만 같았다.

그가 "아저씨"를 부르는 묵직하면서도 날카로운 목소리를 가만히 들어보면 마치 한 군인이 싸움터에서 명령을 내리는 것 같았다. 비록 창장(長江) 일대의 남쪽 지방이나 북쪽의 베이징(北京) 사람 같지는 않지만 흡사 광둥(廣東) 사람이 처음 베이징으로 와서 북쪽 말을 배운 사람의 목소리 같았다. 그래서 나는 내 멋대로 나의 이 이웃은 광둥 사람이라고 추정하게 되었다.

그는 홀로 이처럼 외로운 생활을 하고 있으니 나는 곧 중국 철학과의 친구일 거라고 추측하게 되었다. 그는 송(宋)대 성리학자(性理學者)의 영향을 받아서 결연히 친구들을 버리고 이 누추한 방으로 도망을 와서 고요히 좌선(坐禪)을 하면서 그의 이상적인 인간 생활을 벗어난 생활을 하고 있는 것이라고 생각한 것이다. 그러나 이 나의 이웃이 그날 내가 문밖에서 만난 몸집이 작으면서도 다부지게 보이는 사람이라면 나는 즉시 내가 이 광둥 친구가 성리학자의 한 사람이라는 추측은 버려야만 했을 것이다.

그는 도대체 우리 대학의 학생인가 아닌가? 자기와 상관도 없는 사람에 대하여 여러 가지 추측을 하다 보니 나 자신도 매우 쓸데없는 짓임을 깨달았다. 더욱이 나는 탐정도 아니지 않은가? 그러나 무의식적으로 일어나는 나의 어지러운 생각을 떨쳐 버릴 수가 없었다. 그래서 나는 나 스스로 광둥 친구라고 가정한 친구의 모습을 확인하고 싶어서 다급해졌다. 확실히 내 마음 속의 의혹을 씻어 내기 위해서이다.

그 일은 내가 마음속으로 바라고 있던 것처럼 쉽사리 실현되었다. 그 다음 날 오후, 나는 강의를 모두 마쳤고, 햇빛은 담장을 뛰어넘은 듯이 지붕 위에 밝게 비치고 있을 때였다. 비록 날씨는 초여름이라고는 하지만 베이징은 대륙성 기후이기 때문에 햇빛이 땅으로부터 떠나기만 하며는 사람들은 비록 나머지 더운 기운이 아직 좀 남아 있다 하더라도 바로 가뿐하고 시원함을 느끼게 된다. 이때 나는 느린 걸음으로 숙사 앞쪽으로 걸어가고 있었는데, 우리의 작은 뜰 쪽에서 터덕터덕 구두 발자국 소리가 들려왔다. 나는 나의 친구 A군이 S여학교의 무도회를 구경 가자고 나를 데리러 오는 줄로 알았다. 우리는 이날 구경한 것을 평론할 자료를 보다 많이 얻기 위하여 약간 빨리 가자고 약속이 되어 있었기 때문이다. 때문에 나는 재빠르게 우리의 작은 뜰로 달려 나갔는데, 뜻밖에도 그 사람은 나의 친구 A군이 아니고 내가 만나 보고자 하던 광둥 친구라고 여기던 사람이었다. 다행히도 나는 "A군! 너 왔니?" 하고 먼저 인사하지는 않았다. 그렇지 않았다면 경솔한 사람이 될 뻔 하였다.

이 광둥 친구라 생각하던 사람은 아마도 나의 이러한 허둥대는 모습을 보지 못한 것 같다. 그는 두 손을 바지 양편 주머니 속에 넣고, 그의 방문 앞에서 나의 방문 앞을 지나갔다가 다시 나의 방문 앞에서 그의 방문 앞으로 걸어가면서 구두 소리를 터덕터덕 내고 있었다.

그는 우리 대학의 학생일까? 당장 내가 결단을 내릴 수 있는 것은 오직 그가 고요히 좌선이나 하는 성리학자는 절대로 아니라는 것이었다. 만약 어떤 사람이 다시 그를 그러한 사람이라고 확실히 말해 준다 하더라도 나는 절대로 그렇게 믿지 않았을 것이다.

4.

그의 표정은 한번 보기만 해도 약간 이상하다고 느끼게 할 정도였다. 얼굴은 약간 얽어 있었고 두 눈썹은 두 개의 단도 모양으로 아래로 처져서 위협적이었다. 몸집은 별로 크지 않았으나 매우 다부졌다. 그의 머리털은 이미 위쪽이 많이 빠져 있었으나 대머리가 된 늙은 학자 모습이 아니라 젊은이의 빼어난 모습으로 보였다. 그는 분명히 굶주림으로 뱃속이 불타고 있는 한 마리의 매였다. 두 눈을 크게 뜨고 사방을 둘러본 뒤에는 두 눈썹이 두드러지게 즉시 모아졌다.

그가 몸에 걸치고 있는 것은 다 해진 온통 회색인 학생복이었는데, 앞단추조차도 완전히 붙어 있다고 할 수가 없는 것이었다. 그의 엷은 회색의 옷에는 더러운 반점이 군데군데 보이는데, 사람들은 멀리에서도 바로 이것은 본시부터 붙어 있던 반점이 아니라는 것을 알아볼 수 있을 정도였다. 그의 터덕터덕거리는 구두를 본다면 앞쪽에는 매우 길게 터진 데가 있고 뒤꿈치는 아래편으로 비뚤어져 있다.

왜 그런지 알 수 없었으나 내 머릿속에는 이 광둥 친구는 절대로 착실한 사람일 수는 없고 아마도 매우 위험한 인물일 거라는 느낌이 재빨리 떠올랐다. 혹 세상에서 날뛰던 굉장한 강도인데 죄를 짓고는 학생으로 위장하여 우리 학생 숙사에 숨어든 것인지도 모를 일이다. 그렇지 않다면 저자가 무엇 때문에 이 음침하고 외진 방을 골라 들었겠는가? 이 깊숙한 골목 안은 그전부터 경찰이 주의를 하지 않던 곳이어서 그런 사람들의 눈길로부터 벗어나기가 매우 좋은 곳이었다.

그래서 나는 그가 바지 주머니 속에 넣고 있는 두 손은 여러 사람들의 목숨을 망쳐 놓았고, 죽은 사람들의 피가 묻어 붉게 물들어 있을 것이라는 생각도 해 보았다. 다부진 그의 몸은 많은 부녀자와 아낙네들을 못살게 만들었을 것이니 그 여자들은 이 친구를 보면서 얼마나 두려움을 느꼈을까 상상도 하였다.

나의 생각에는 거듭 혼란이 일어났다. 전부터 내 옆방은 마귀가 사는 곳이었으니 지금의 그는 진짜 마귀여서 의젓이 이 하루 종일 햇빛도 들지 않는 방을 차지하고 있다는 것이다. 그런데 불행히도 나는 또 그의 이웃이 되고 있다는 것이다.

그가 뜰 안을 터덕터덕 왔다 갔다 하다가 싸늘하게 나를 한 번 힐끗 쳐다본 일이 있는데, 그때 그가 힐끗 본 뒤로 그의 악독함이 곧장 나의 혈관 속으로 뚫고 들어와 온몸을 맴돌면서 뛰고 움직이게 되었다. 그날 밤 나는 저녁을 먹자마자 바로 잠을 자려 하였다. 더 이상 밤이 깊도록 기다릴 수가 없었다.

나는 불안한 마음을 품고 침대 위를 이리 뒤척 저리 뒤척 하며 불행히도 편안히 꿈나라로 갈 수가 없었다. 앞뜰 옆집에 호금을 연주하는 사람에게 〈매화삼롱〉 연주를 부탁하여 그 가락을 들으면서 마음 놓고 잘 자고 싶은 생각도 간절하였다. 그러나 토요일 저녁이 되면 학생들은 모두 떠나 버리어 숙사는 고요해져서 이미 밤중이나 같은 상태였다.

몽롱한 속에 잠이 들었다가 깨어나니 아침 해가 이미 창살에 가득 퍼져 있었다. 그런데 그 친구의 터덕터덕 하는 발자국 소리가 벌써 옆 음침한 방 속에서 시작되고 있었다. 그는 아마도 온 밤을 줄곧 그렇게 보낸 것 같다.

5.

이로부터 나는 틀림없는 정탐꾼이 되어 버렸다. 학기말시험이 다가와 도 하루 종일 강의를 들으러 가지 않는 일도 있었다. 시험 볼 준비를 하여 야 할 시간을 모두 그 사람에게 썼다.

그는 하루 종일 터덕터덕 왔다 갔다 하는 일 이외에 늘 성냥을 긁는 것 같은 소리도 내었다. 그것을 통하여 그는 담배를 피우기를 좋아한다는 것 도 알게 되었다. 그런데 그의 담배를 피우는 능력은 각별히 나를 놀라게 하였다. 가끔 나는 일부러 제비콩 꽃그늘에 앉아서 살펴보았는데, 언제나 음침한 방 안에서는 푸른 담배 연기가 솔솔 끊이지 않고 새어나오고 있 었다.

한번은 그에게 어떤 친구가 찾아왔다. 처음에는 두 사람 모두 매우 기쁘고 반가운 것 같았다. 주고받는 말은 재빨랐는데 점점 그들 목소리가 낮아졌다. 그런데 그들이 하는 말을 나는 전혀 알아들을 수가 없었다. 나 는 더욱 그는 "남쪽 오랑캐의 비둘기 소리 같은 말"을 하는 광둥 사람이라 고 믿게 되었다. 그들의 침묵 속에도 나에게 들려오는 것은 여전히 성냥 을 긁는 소리였다.

그들의 행동은 이처럼 이상하기만 하였다. 찾아온 친구는 말할 것도 없 이 그와 한패거리일 것이다. 그런데 도대체 저들의 위험한 정도는 어느 정 도일까? 여전히 짐작도 하는 수가 없어서 나는 더욱 의혹을 품게 되었다.

나의 두려운 마음을 없애기 위해서라도 나는 최후의 정탐 수법을 쓰지 않을 수가 없었다. 때는 저녁을 먹기 바로 전이었다. 해는 막 지고 그는 뜰 안을 평상시와 같이 터덕터덕 왔다 갔다 하고 있었다. 나는 일부러 방문을 열고 나가 긴 여름의 피곤함을 참을 수가 없는 체하며 아무런 뜻도 없는 듯이 말하였다.

"날씨 정말 덥네!"

"그래요!"

그는 나의 당돌함을 개의치 않고 여전히 터덕터덕 왔다 갔다 하였다.

"남쪽은 여기보단 낫겠지요?"

"예! 그럴 겁니다."

그는 내가 말하는 남쪽은 내가 그의 고향이라고 가정한 곳이라는 것을 알지 못하고 그처럼 어물어물 대답하는 것이었다.

그의 얼굴은 여전히 싸늘한 것이 평상시와 다름이 없었다. 간단한 대답을 할 적에도 그의 목소리는 "아저씨"를 부를 때처럼 묵직하면서도 날카로웠다. 그의 이러한 아무런 표정도 없는 모습은 나로 하여금 이미 그와 더 이상 얘기를 하기 바라지 않게 하였다. 그러나 나는 아직 그의 진실을 알아내지 못하였기 때문에 마침내 곧장 캐어물었다.

"고향이 광둥이신가요?"

"아닙니다. 나는 조선 사람이에요, 형씨!"

"조선이라고요!"

나는 굉장히 놀라면서 문득 깨달은 모습을 취하였다. 나는 나도 모르게 '조선'이란 두 글자를 지나치게 무겁게 발음하여, 그를 뻣뻣하고 싸늘하게 나를 한 번 흘겨보도록 만들었다. 나도 즉시 이전에는 그에 대하여 잘못 생각하고 있었음을 재빠르게 깨달았다. 그가 한 번 흘겨보자 나는 문득 내 자신이 미미한 존재이고 또 그에게는 미안하다는 것을 깨닫게 되었다.

그는 본시 외국의 떠돌이인데, 불행히도 우리 사이에는 오해가 생기고 말았던 것이다.

"형씨는 중국 온 지 얼마나 되셨소?"

"금년 일본의 대지진 뒤에 왔습니다."

"도쿄 대지진이 일어났을 적에 당신들 조선 사람들이 많이 죽었다지요?"

"예! 그래요."

그는 전과 같은 말씨로 나에게 대답을 하고 있었으나 다만 목소리가 약간 떨리고 있었다. 그는 이미 내 마음속을 다 알고 있는 것 같아서 나는 약간 부끄러움을 느끼지 않을 수가 없었다. 다른 친구들을 만나게 되면 나는 그의 상처를 감싸 주어야 할 것이다.

"대학에 나가 강의도 들으세요?"

"예? 아니에요!"

"그럼 무엇 때문에 음침하고 축축한 방에 머물고 있나요?"

"나는 비교적 안정된 곳이라고 생각하는걸요."

그는 싸늘하고 외로운 미소를 지으며 매우 엄숙하게 나를 한 번 쳐다본 다음 바로 터덕터덕 자기 방으로 돌아갔다. 그는 일부러 나의 정탐하려는 것 같은 질문을 피하려는 것만 같았다. 이어서 성냥을 긁는 소리가 그의 음침한 방 안으로부터 들려왔다.

나는 멍청히 뜰 안을 왔다 갔다 하였다. 강낭콩 꽃에서는 은은한 향기가 끊임없이 풍겨 나오고 있었다. 나는 공연히 나의 이 불행한 이웃 친구의 처지를 슬프게 느끼고 있었다. 그는 어쩌다가 악한 자의 독수에 걸렸으나, 그는 용케 악한 자의 그물로부터 도망쳐 나오기는 하였다. 그러나 그는 눈물을 흘리면서 조국을 등졌고, 어머니와 작별하고 그의 사랑하는 사람과도 이별했으리라! 그러므로 나는 때때로 후회를 하면서 비록 이 환난을 수없이 겪은 친구가 나를 용서해 준다 하더라도 나는 내가 이전에 이 옆방 외국 사람에게 지녔던 일종의 좋지 않은 의구심을 깨끗이 씻어 없애야 한다고 생각하였다.

그는 한 마리의 큰 새와 같다. 잠시 사냥꾼의 위협으로부터 벗어나 있을 따름이다. 그를 끝없는 넓은 하늘에 날고 또 날 수 있게 해야 한다. 그래서 그의 원한과 슬픔을 씻어 버릴 수 있도록 해야 한다. 그의 눈빛이 번쩍번쩍 번개처럼 사방을 비추고 있는 것은 아마도 뒷날에 복수를 꿈꾸고 있기 때문일 것이다 하고 나는 생각하였다.

우리는 점점 친해졌다. 그러나 매일 그의 음침한 방 안이나 작은 뜰 안에서 그가 성냥을 긁는 소리와 터덕터덕 걷는 가죽 구두 소리가 나는 이외에 그의 별다른 동작은 전혀 느낄 수가 없었다. 그는 가끔 오는 편지를 받았는데 몇 분 뒤면 곧 성냥을 긁는 소리가 들려왔다. 아마도 온 편지를 태워 버리는 듯 동시에 종이 타는 냄새가 내 방에까지도 풍겨왔다.

6.

추석이 지난 어느 날 저녁이었다. 흰여뀌는 이미 시들기 시작하였고, 제비콩은 열매가 한창이었고, 옥잠화는 무엇 때문인지는 알 수가 없어도 올가을에는 꽃도 피우지 못하고 있고, 강낭콩은 크게 비바람이 칠 적에 줄기가 날아가 버렸다. 나는 죽은 듯이 밝은 달빛 아래 드문드문 드리워진 그늘 아래 앉아서 멀리 있는 사람들을 생각하면서 한창 시절이 흘러가고 있다는 감상에 젖어 있었다.

그 친구―나의 이 외국인 이웃은 마침 가벼운 기침 소리를 섞어 가면서 방 안을 터덕터덕 왔다 갔다 하고 있었다. 그의 방 안에는 등불도 없고 달빛도 닿고 있지 않았다.

이때 갑자기 숙사의 주인이 몇 명의 장삼을 입은 손님들을 데리고 왔다. 나는 나를 찾아오는 친구들이라고 잘못 생각할 뻔하였다. 그런데 찾아온 사람이 물었다.

"저 방이야?"

"예, 이 방입니다!"

숙사 주인이 내 옆방을 손가락질하면서 대답하였다. 찾아온 사람들은 즉시 한꺼번에 달려들어 갔고, 숙사 주인은 성냥불을 켜 책상 위에 있는 초 꼬투리에 불을 붙였다.

"당신들 무엇하는 사람들이오?"

그는 무거운 목소리로 놀라서 물었다.

"너는 조선 사람이지? 김 아무개라는 놈을 너도 알고 있지?"

"알고 있지요."

"좋다! 우리와 함께 경찰서로 가자! 김가 녀석도 거기에 있으니까!"

"서두를 것 없다! 무슨 편지 같은 것은 없는지 조사해 보거라!"

상자를 여는 소리와 서랍을 여는 소리가 뒤섞여 들려왔다.

"가자!"

"가! 같이 가! 너희들에게 조선 사람에게는 방 빌려주지 말라고 했는데, 너희들은 말을 안 들어 먹어!"

한 제복을 입은 순사가 엄하고 무섭게 숙사 주인에게 야단을 쳤다.

"너희 조선 놈들은······" 하고, 나의 이 외국의 이웃 친구에게 모욕을 가

한 이 한 무리의 들짐승 같은 녀석들의 목소리가 멀어지면서 들려왔다.

나는 이때 분노로 말미암아 무척이나 속이 탔지만 끝내 별 도리 없이 오직 두 눈을 부릅뜨고 내 이 외국의 이웃 친구를 밝은 달 아래 그림자 따라 눈으로 전송하기만 하였다.

내 마음속에는 불꽃이 미친 듯이 타올라 내 스스로 편히 자리를 잡을 수가 없어서 밤하늘에 달이 질 무렵까지 나는 제대로 잠을 이루지 못하였다. 온 숙사가 쓸쓸한 사원처럼 느껴져서 나는 마침내 나와 이웃한 음침한 옆방은 전에는 마귀가 살던 집이라는 것도 잊고 있었다.

7.

며칠 뒤에 숙사 주인이 석방되어 돌아왔다. 그는 조선 사람에게 방을 빌려주지 않았다면 자신이 감옥살이를 하는 벌을 받지 않았을 거라고 무척 후회를 하였다.

숙사 아저씨가 옆방을 청소할 때 내가 틈을 타 가 보니 일종의 축축함과 담배 냄새가 섞인 공기가 내 얼굴을 덮쳐 왔다. 침대 위에는 한 장의 담요가 깔려 있고, 담요 위와 책상 위에는 일본 신문이 잔뜩 흩어져 있었다. 책상 위에는 또 낡아 빠지고 녹이 슨 펜 한 자루와 잉크병이 놓여 있었다. 가장 사람의 눈을 끄는 것은 땅바닥의 쓰고 버린 성냥개비와 침대 밑의 담뱃갑이었다. 나는 문득 그의 터덕터덕하던 구두 소리를 통해서 그가 제대로 이루지 못한 할 일이 있었다고 생각되어 나도 모르게 나의 불행한 외국 친구를 잡아간 한 무리의 들짐승 같은 녀석들을 무척 미워하게 되었다.

우리는 이렇게 이별한 지 1년이 되었다! 그런데 나는 오늘 뜻밖에 신문에서 이러한 기사를 발견한 것이다. 이건 당신인가 아닌가? 당신의 중대하고 무거운 복수를 위하여 이러한 위대한 희생을 하였는가? 나의 불행한 친구야!

(2015. 1. 5.)

이 번역의 원문은 선생님의 단편소설집 『땅의 아들(地之子)』, 1928년 11월 『북평미명사(北平未明社)』 간본에서 옮긴 것을 사용하였음.

김용직

아프지는 않았습니다 : 그날의 회초리

― 태백청송(太白靑松) 별장(別章)

철부지였을 적에 나는 어른들의 두통거리가 되었을 정도로 장난이 심했다. 장난 가운데도 크고 작은 나무 타기가 날마다 거듭되었다. 그것을 보다 못한 어머님께서 금족(禁足) 아닌 금목령(禁木令)까지 내리셨다.

우리 고장은 낙동강 상류에 위치한 산협촌(山峽村)이었다. 마을 앞에는 우두산에서 발원하여 낙동강의 본강(本江)에서 합수(合水)가 되는 시내가 있었다. 우리 고장은 그 물기슭에 자리를 잡은 자연부락이었는데 전후 사방이 온통 산으로 에워싸인 문자 그대로의 산골 마을이었다.

우리 마을 산과 들판, 골짜기에는 어디에나 소나무, 참나무, 상수리들이 서 있었고 집 앞이나 개울가에는 버드나무와 함께 느티나무, 아카시아, 미루나무가 숲을 이루고 있었다. 문자 그대로 나무의 세상, 숲의 나라라고 할 수 있는 고향에서 나는 일찍부터 그들 사이를 헤집고 다니기를 좋아한 산골 아이였다. 무시로 나무들 줄기를 타오르고 가지들에 매달리는가 하면 잎새들을 쓰다듬거나 흔들어 보는 것으로 내 하루가 시작되고 또한 그렇게 밤을 맞았다.

내 나무타기 버릇이 제법 자리를 잡기 시작한 것은 내 나이 예닐곱 살 때부터가 아닌가 한다. 그때부터 다른 아이보다 유별나게 내가 나무들에 매달리고 그 사이를 헤집고 다니는 버릇이 있는 것을 알게 되자 그러지 않아도 말 만들어 내기를 좋아한 누님들이 내 별명을 신생원(申生員)이라고 붙였다. 신생원은 원숭이를 가리켰는데 나를 두고 만든 누님들의 그런 호칭에는 까닭이 있었다. 그때까지 우리 고장에는 재래식 연령 계산법이 그대로 통용되고 있었다. 그에 따르면 나는 임신생(壬申生)이었다. 임신(壬申)의 신(申)이 곧 원숭였으므로 유별나게 나무를 좋아하는 나를 두고 누님들이 신생원이라는 별명을 붙여 버린 것이다.

나를 신생원으로 부르면서 깔깔거린 누님들과 달리 우리 어머님은 도가 지나친 내 나무 타기를 저으기 걱정하셨다. 태어나기를 나는 몸이 튼튼한 편이 아니었다. 특히 팔다리가 여느 아이들보다 길기만 했을 뿐 힘이 없었다. 그런 터수로 시도 때도 없이 작고 큰 나무를 오르내리다 보니 몇 번이나 나는 다리를 삐고 어깨나 옆구리를 다쳤다. 지금도 내 오른쪽 겨드랑이 안쪽에는 수두 자국보다 큰 생채기가 있다. 날씨가 궂은 날이면 왼쪽 발목의 힘줄 부분이 아프고 불편하다. 모두가 유년기 때 내가 나무에서 떨어진 데서 빚어진 추락 사고의 결과다.

어떻든 그런 일이 거듭되자 우리 어미님이 나를 불러서 앉히고 조용히 타이르셨다. 이제부터 글공부를 착실하게 해 나갈 나이인데 그러자면 조상님이 내리신 몸을 제대로 가꾸고 마음도 다스릴 줄 알아야 한다. 그런데 너는 쓰잘 데가 없는 장난을 일삼아 소중한 신체발부(身體髮膚)를 훼손하고 있으니 안 될 일이다. 이제부터 나무에 오르기는 그만 두거라. 내 앞에서 서약을 하거라.

어머님의 지당한 말씀이 내리자 나는 그 자리에서 "그러겠습니다"고 말씀을 드렸다. 그러나 어머님에게 드린 그런 내 서약은 작심삼일(作心三日)에 그쳤다. 그 빌미가 된 것은 앉으나 서나 내 귓전에서 일렁이는 바람 소리, 물소리가 있었기 때문이다. 방 안에 앉아 있다가도 숲을 지나가는 바람 소리, 골짜기를 흘러내리는 개울물 소리가 귀청을 흔들면 나도 모르게 나는 개울가나 산자락 등 나무가 있는 자리로 달려가야 했다. 낮에 깨어 있을 때는 물론 때로 잠결에도 물 냄새, 나무 냄새가 내 머리와 가슴에 젖어 들었기 때문이다.

특히 진달래, 개나리가 지고 푸나무가 무성해지는 여름이 시작되면 그 정도가 심해졌다. 우리 고장의 여름은 나무들 사이에서 우는 꾀꼬리, 소쩍새 소리로 시작되었다. 그 무렵이면 산등성이에 뭉게구름이 일어나고 때로 그것이 소나기를 몰고 왔다. 뒤이어 산골짜기 개울물들이 요란한 소리를 내며 흘렀다. 산과 들판의 나무는 지천으로 푸른 잎새를 달았다. 그와 함께 숲 속에는 맷새와 들새들이 제철을 만난 듯 푸드덕대었다. 또한 골짜기와 산등성이에는 노루, 토끼, 멧돼지가 뛰놀았다. 때로 햇살이 눈부시게 하늘을 덮으면 우리 마을 전체가 온통 풀 냄새, 물 냄새로 떠나갈 것만 같았다. 그런 자연의 조화가 벌어지면 내 머리에는 "신난다, 신난다, 나와서 뛰놀자"와 같은 말의 환청이 생겼다.

돌이켜 보면 어느덧 강산이 여덟 번이나 바뀐 세월이 흘러갔다. 그날도 나는 방 안에 갇힌 내 꼴을 억울하게 생각했다. 『동몽선습(童蒙先習)』을 건성으로 펼치고 있었을 뿐 속마음은 전혀 그게 아니었다. 그런 내 앞에 다시 이웃에 사는 내 또래 몇몇이 나타났다. 그들은 문만 열고 방에 들어서지도 않은 채 무얼 하느냐, 밖으로 나와서 놀자는 말을 던졌다. 그런 말에 그러지 않아도 좀이 쑤셔서 견디지 못한 나는 읽던 책을 덮지도 않고 방 밖으로 뛰쳐나갔다. 마침 어머님이 그 전날 외가에 간 터여서 집을 비우고 안 계셨다. 그길로 내가 달려간 곳은 수령이 백 년은 넘었을 것으로 생각된 소나무 앞이었다. 일단 그 앞에 서자 나는 거의 신들린 무당의 꼴이 되어 한 아름이 훨씬 넘는 나무 밑둥치를 안았다. 그런 다음 전후 사정을 까마득히 잊어 먹은 채 그 나무에 오르기 시작했다.

그때 내가 오르기를 기한 나무는 우리 고장에서 태백청송(太白靑松)이라고 부른 붉은 줄기에 사철 푸른 잎새를 단 큰 소나무였다. 밑둥치에서부터 두어길 정도에 이르기까지는 잔가지나 옹이가 전혀 없었다. 그 밋밋한 줄기를 타고 오르느라고 나는 초입에서 문자 그대로 젖 먹던 힘까지를 다 털어 썼던 것 같다.

그러나 어느 정도 올라가자 태백청송에는 옹이가 있었고 가지들도 손에 잡혔다. 그들을 이용할 수 있게 되자 내 고투는 일단락이 되었다. 그 다음 단계에서 나는 비교적 힘을 들이지 않고 나무의 정상부에 오를 수 있었다. 순간 나는 제풀에 신이 나서 고함을 질렀다. "야! 다 올라왔다. 성공이다. 여기서는 아랫마을이 다 보인다. 청량산(淸凉山)이 코앞이다. 낙동강까지가 잘 보인다."

그런데 이상했다. 내 환호성과 함께 으레 뒤따라야 할 내 또래의 환호

작약(歡呼雀躍)하는 소리가 전혀 들리지 않았다. 무슨 까닭인가 영문을 모르는 가운데 나는 나무 아래를 내려다보았다. 순간 나는 숨이 콱 멎고 가슴이 털컥 내려앉는 광경을 거기에서 보았다. 나무 아래에는 언제 흩어져 버렸는지 내 또래의 장난꾸러기가 한 사람도 없었다. 그 대신 거기에는 조부님이 돌아가신 다음 내 글사장이 되신 백부님이 뒷짐을 지고 계셨다. 당신은 당황하여 할 바를 모르는 나를 향해 아주 조용하게 말씀하셨다. "오냐, 나다. 내가 여기 있으니 서두르지 말고 조심하면서 내려오너라."

내가 떨리는 가슴과 함께 나무를 내려 백부님 앞으로 가자 다시 당신의 말씀이 떨어졌다. "그 꼴이 뭐냐. 옷에 묻은 먼지 좀 털어라. 그리고 나를 따라오너라." 백부님의 뒤를 따라 문자 그대로 나는 형장에 끌려가는 죄수의 심정이 되어 큰 사랑으로 갔다. 그렇게 내가 당신 앞에 서자 다시 백부님이 말씀하셨다. "종아리 걷어라!" 그리고 그에 이어 "너 큰아배(우리 고장에서는 조부님을 가리킴) 글 가르치실 때 신체발부(身體髮膚)는 무어라고 배웠노. 세 번 외어 보거라." 내가 더듬거리면서 "신체발부 수지부모 불감훼상 효지시야(身體髮膚 受之父母 不敢毁傷 孝之始也)"를 세 번 되풀이하자 다시 당신의 처분이 떨어졌다. "그래, 그렇게 글을 배웠으면 그대로 실행을 해야 할 것인데 너는 그 뜻을 어겼지. 그러니까 좀 맞아야 한다. 종아리 걷어라!" 그에 이어 당신은 사랑에 마련되어 있던 싸리나무 회초리로 내 종아리를 세 번 치셨다.

아, 돌이켜보면 그렇게 회초리를 맞은 날부터 이제는 아득히 강산이 여덟 번이나 바뀐 나날이 흘러가 버렸다. 그럼에도 지금 나는 그때 일을 역력히 기억한다. 그 날 당신이 내 종아리를 치신 회초리는 조금도 아프지가 않았다. 제대로 매를 맞았으면 종아리에 생기는 붉은 빛의 매자국도 전혀 나타나지 않았다. 그렇다면 대체 백부님이 그날 나에게 내리신 매는 무엇이었을까. 그 까닭을 명민하지 못한 나는 80을 훌쩍 넘긴 오늘에 이르러서야 제대로 깨치게 되었다. 그때 당신이 나에게 내린 회초리는 체벌에 그친 매가 아니었다. 지극히 나를 아끼시고 가르치시려 하신 사랑의 매였다. 천방지축, 천둥벌거숭이를 사람이 되라고 내리신 사랑의 매였기 때문에 나에게는 조금도 아프지 않았던 것이다.

백부님 : 휘(諱) 김동수(金東洙), 호 송남(松南) (1886~1983), 일찍 경상도 안동 예안(禮安) 광산 김씨의 일파인 예안파(禮安派) 탁청정(濯淸亭) 15대 종손으로 태어나셨다. 소싯적에 가학(家學)으로 한문을 수학하셨고 개화기 안동 지방의 신교육기관인 협동학교에서 신학문 수용, 평생을 성의정심(誠意正心) 선비의 길을 닦고 지키기를 기한 삶을 사셨으며 영남 지방의 선비들 교유 모임인 남풍회(南風會)에 참여하셨고, 한때 영남학파의 으뜸가는 명예인 도산서원 원장이 되신 적이 있다. 적지 않은 시문(詩文)을 지으셨으나 생시에 몇 번인가 "내 글은 넉넉하지 못하니 책으로 만들 것은 없다"고 하셔서 문집을 끼치지는 않으신다.

한시(漢詩), 방송극과 형이상(形而上)의 차원
― 우리 시대의 문학과 문화에 대한 생각

1.

내가 한시(漢詩) 창작 모임인 난사(蘭社)에 참여하게 된 것이 1983년 늦가을의 일이다. 그 무렵까지 내 한시에 대한 소양은 문자 그대로 걸음마 단계에도 이르지 못한 상태였다. 그런 수준으로 난사가 발족되자 겁도 없이 나는 그 자리에 나가는 만용을 부렸다. 발족 당시 난사의 구성원은 이우성(李佑成), 김동한(金東漢), 조순(趙淳), 이헌조(李憲祖), 김호길(金浩吉)과 나 등 여섯 사람이었다(그 후 고병익, 김종길 선생과 유혁인, 이용태, 이종훈 등이 잇달아 참여).

여섯 사람 가운데 이우성 선생은 청소년 때부터 한문을 익히고 한시를 지어 그 분야에서 이름을 떨치게 된 분이었다. 김동한, 조순 선생과, 이헌조 형도 한문과 경학에 상당한 조예를 지닌 터였다. 자연과학도 출신인 김호길 군 역시 한문 소양은 나보다 한 수 위였다. 그런데 나는 어렸을 때 『소학(小學)』을 읽다가 그만둔 수준이었고 고시(古詩)와 금체시(今體詩)의 구별도 제대로 못한 푼수로 난사에 참여하여 그 말석을 더럽히게 되었다.

2.

난사를 시작하고 나서 얼마 동안 동인들은 칠언절구 짓기를 과제로 했다. 초기에 우리는 정기적으로 한 달에 한 번씩 모임을 가졌다. 모임이 있기에 앞서 운자(韻字)를 정하고 작품 제목이나 소재는 자유로 했다. 동인들은 그에 따라 각자 칠언절구나 오언절구를 한 수 이상 지었다. 약속한 날짜, 장소에 그것을 들고 나가면 되었다. 그러면 이우성 선생이 좌장 겸 지도 교수가 되어 동인들 작품을 검토, 논의하는 합평회가 열렸다.

참가 초기에 난사에서 나는 갖가지 망발과 실수를 범했다. 두루 알려진 바와 같이 칠언절구나 오언절구는 고시가 아닌 금체시의 한 갈래에 속하는 양식이다. 그에 속하는 작품을 제대로 지으려면 각행의 자수와 운자만 지킬 것이 아니라 작시에 필요한 여러 전고(典故)를 알아야 했고 또한 그에 요구되는 풍격(風格), 특히 글자의 평측(平仄)에 밝아야 했다. 그런데 난사에 나가기까지 나는 문(聞)자와 문(問)자가 다 같은 소리인 줄로만 알고 있었다. 생각 사(思)자와 말씀 사(辭)자가 음운상 어떻게 다른지도 몰랐다.

몇 번이나 거듭된 시행착오를 거치는 가운데 내 한시 짓기에도 다소간의 진전이 있었다. 구체적으로 1980년대 막바지경부터 나는 아주 까다로운 운자가 아닌 경우에는 자전만 있으면 같은 자리에서 두어 수의 작품을 꾸릴 수 있게 되었다. 그러나 난사에서 내가 누린 그런 봄날은 오래 계속되지 않았다.

1993년은 난사가 발족하고 꼭 10주년이 된 해였다. 이해 여름 어느 날 이헌조 형이 내 가슴을 덜컥 내려앉게 하는 제의를 했다. 그는 먼저 이제

열 돌을 맞이했으니 난사의 한시 창작에도 새 차원이 구축되어야 한다고 전제했다. 그 실현 방법의 하나로 그가 제의한 것이 절구와 병행하여 율시(律詩)를 만들어 보자는 것이었다. 이미 거론된 바와 같이 율시는 절구와 꼭 같은 금체시의 한 양식이다. 금체시에 속하기 때문에 각 행의 기본이 되는 평측을 어김없이 지켜야 한다. 그뿐 아니라 절구가 4행임에 반해 이 양식은 8행으로 이루어진다. 그 운자도 절구가 세 개임에 대해 다섯 개로 불어나는 것이다. 그 위에 율시는 절구와 다른 양식적 특성도 갖는다.

절구는 4행으로 이루어지며 그 구성은 기, 승, 전, 결로 집약이 가능하다. 율시에는 이에 추가되어 3, 4행과 5, 6행이 서로 한 짝이 되어야 한다. 4행인 절구와 달리 율시는 1, 2행이 기(起)이며, 3, 4행이 승(承), 5, 6행이 전(轉), 7, 8행이 결(結)의 구조를 갖는다. 그런 율시에서 3, 4행과 5, 6행은 철저하게 짝이 되는 말들을 써야 하는 병치 형태가 되어야 한다. 구체적으로 3행이 수난홍귀복(水暖鴻歸北)이면 4행이 산명월상동(山明月上東)으로, 그리고 5행이 청산수홀서창외(靑山數笏書窓外)일 것 같으면 6행이 홍일삼간화각동(紅日三竿畵閣東)과 같이 대가 되는 말들이 반드시 짝을 이루어야 하는 것이다. 이런 율시를 만들려면 절구의 경우보다 그 힘이 갑절 이상 든다. 그럼에도 이헌조 형이 율시를 짓자는 충격적 발언을 한 것이다.

아닌 밤에 홍두깨격인 이헌조 형의 제의가 있자 나는 어안이 벙벙해졌다. 그 자리에서 나는 곧 그 실시 보류를 말해 볼까 하는 생각을 했다. 그러나 그런 내 생각은 발설도 되기 전에 봉쇄되어 버렸다. 이헌조 형의 발언이 있자 나를 제외한 난사 동인 전원이 쌍수를 들어 율시 짓기를 환영하고 나선 것이다.

억지춘향격으로 시작된 내 율시 짓기는 처음 몇 회 동안 목불인견(目不忍見)의 꼴로 비틀거렸다. 처음 얼마 동안 내가 지어 간 작품에는 예외 없이 주필(朱筆)이 들어갔다. 그런 사태에 직면하자 나는 생각다 못해 율시를 만들지 못하고 절구만 한 두 수를 더 지어 간 적도 있다. 그렇게 비틀걸음이 계속된 다음 나는 내 나름대로 하나의 꾀를 쓰기로 했다. 그것은 기법에서 생기는 불리함을 내 나름의 소재 내지 제재 이용으로 보완하려는 시도였다.

한시는 그 특성으로 하여 전통 내지 관습적 측면이 매우 강한 양식이다. 난사 동인의 작품들에도 그런 한시 나름의 습벽이 알게 모르게 스며들어 있었다. 그리하여 동인들이 만드는 작품은 절구나 율시 할 것 없이 서경적인 것이 많았고 그에 더하여 회고조의 말들이 섞여 들었다. 그런 작품은 대개 말이 동태적(動態的)이지 못하고 정적(靜的)이 된 느낌이 있었다. 그런 생각이 들자 나는 다른 동인들과 달리 내 작품을 일종의 변종으로 만들 수 없을까 생각했다. 가령 같은 인물을 제재로 쓰는 경우 나는 정통 한시에서 흔히 다루는 명인, 달사(達士)를 피했다. 그 대신 내가 택한 것이 기인이라든가 민초 출신의 인물들이다. 그 결과 나는 김삿갓을 제재로 한 작품을 만들었고, 「광화사 장승업(狂畫師 張承業)」이란 제목을 붙인 작품을 썼다. 이런 내 엉뚱한 시 쓰기는 다른 난사 동인들과 같은 정통주의자들에게 이단의 짓거리로 생각되었을 것이다. 그러나 그런 경우에도 난사 동인들은 대범했다. 객기를 부린 내 율시에 대해 상당히 덤이 붙은 상태였지만 재미있다는 덕담 아닌 덕담을 해주었다. 그것으로 나는 한시 창작에서 사잇길, 또는 대피 통로를 하나 마련하게 된 것이다.

3.

내 최근작의 하나인 「전시기중견황진이독무(電視器中見黃眞伊獨舞)」도

위에 말한 것과 같은 내 임기응변식 한시 짓기가 만들어 낸 결과물 가운데 하나다. 제목으로 이미 드러나는 바와 같이 이 작품은 몇 해 전 얼마 동안 TV를 통해 방영된 방송극 〈황진이〉에서 그 제작 동기를 얻은 것이다. TV를 중국에서는 전시기(電視器)라고 한다. 이 작품의 제목은 거기서 얻어 낸 것이다.

舞袖飜空似鳥人
伴雲着地作花身
無端聲律思君曲
一去情郎侍帝臣
流水和琴連北郭
浮霞入笛向東辰
雖云有弊梨園事
脫俗風騷超陋貧

펄럭이는 소맷자락 하늘 가려 새가 되고
구름 걸고 땅 밟으니 고운 모습 꽃이련 듯
다함없는 그 가락은 님 그리는 곡조인데
한번 떠난 정든 사람 구중궁궐 님금 신하
물소리가 가얏곤가 북쪽 성틀 감아 돌고
피리 소리 노을 되어 동녘 샛별 빗겨 난다
제 비록 노리와 춤 질정 없이 못할지나
속기 없는 참된 풍류 누항 잡속 씻어 낸다.

얼핏 보아도 나타나는 바와 같이 이 작품의 운자는 인, 신, 신, 진, 빈 (人, 身, 臣, 辰, 貧)이다. 이런 운자를 난사에서 받고 처음 내가 생각한 제재들은 물론 한둘에 그치지 않았다. 여러 가지 제재를 생각하다가 내가 떠올린 것이 인물을 다룬 작품이었다. 그 동기가 된 것이 첫째 운자인 인 (人)자였다. 그 다음 단계에서 내 뇌리를 스친 것이 황진이였다. 그는 내가 청소년 때 탐독한 이태준의 소설 『황진이』의 주인공이었다. 또한 나에게 저작을 보내 준 김탁환 교수도 같은 제목의 소설을 썼다. 뿐만 아니라 재북작가(在北作家)로 홍명희의 손자인 홍석현도 「황진이」라는 작품을 만든 바가 있다. 홍석현은 내가 읽은 이북 소설 가운데는 거의 유일하게 재미를 느끼게 한 작품을 쓴 작가였다. 이렇게 다소간의 중간과정을 거친 다음 내 「황진이」 쓰기 제목이 결정되자 나는 곧 작품을 만드는 데 필요한 정보 수집에 착수했다.

황진이에 관한 기록으로 우리가 참고할 만한 것에는 『어우야담(於于野談)』, 『수촌만필(水村漫筆)』, 『파수집(破睡錄)』 등이 있다. 그들에 따르면 황진이는 서얼 출신이다. 어려서 노래와 춤을 배우게 되자 곧 그 솜씨가 무리에서 빼어났다. 또한 여류의 몸이면서 한시를 익혀 그 솜씨가 주변의 선비를 뒷전에 돌릴 정도가 되었다. 그 위에 빼어난 미모를 지녔고 속류들이 감히 범접할 수 없는 기품도 있었다. 그의 주위에는 당대의 시인, 묵객들이 모여들었고 그에 곁들인 화제도 꼬리를 물었다.

황진이의 여러 재주 가운데 특히 이색적인 것이 한시를 짓는 솜씨였다. 소세양(蘇世壤)과 그의 이야기는 그런 사실을 증명하는 사례의 하나로 전한다. 소세양은 일찍 뜻을 수기(修己)와 잠심찰물(潛心察物)을 통해 높은 차원의 정신세계를 개척하려는 데 두고 있었다. 평소 그는 사대부 집안의 남자가 여색(女色) 때문에 자신이 할 일을 게을리하거나 인생 행보(行步)를 그르치는 일은 있을 수 없다고 장담을 하며 다녔다. 그런 그가 송도에 이르렀다가 황진이와 자리를 같이하게 되었다. 처음 그는 한 달간만 개경에 머물며 황진이와 정을 나누다가 떠날 것이라고 말했다. 그런데 일단 황진이와 같이하는 자리가 거듭되자 그 자신도 모르게 그의 매력에 취해 버렸다. 자신이 발설한 한 달간이 문자대로 꿈결처럼 흘러가 버렸다. 그 나머지 그 스스로가 말한 바 선비의 본분을 잊고 작시(作詩), 가무, 강산풍월(江山風月)에 빠져 버렸다. 그것이 감정이입 상태가 되자 황진이도 그의 정감에 화답하는 시를 썼다. 오언율시 한수가 그런 정서를 바탕으로 이루어졌다.

月下庭梧盡
霜中野菊黃
樓高天一尺
人醉酒千觴
流水和琴冷
梅花入笛香
明朝相別後
情與碧波長

달빛 젖은 뜨락에 오동잎 지고
서릿발 속 들국화도 시들었구려
다락은 높아 높아 하늘에 닿고
오고 간 잔 돌고 돌아 술이 천 잔
흐르는 물소리가 가얏고인가
매화 향기 스며든 피릿소리여
내일 아침 우리 서로 헤어진대도
정이야 길고 푸른 물결 되려니

— 「奉別蘇判書世壤」 전문

여기서 물소리가 가얏고에 어울려 서늘하다든가 매화 향기가 피리 소리에 섞여 향기롭다는 표현은 공감각(共感覺)의 차원이다. 그것으로 시각과 청각, 후각과 촉각 등의 영역이 서로 뒤섞이고 어울리면서 감각의 혼융이 이루어졌다. 야담에 따르면 송별의 자리에서 이 노래를 들은 소세양은 크게 감탄했다고 한다. 그 나머지 그는 친구들 앞에서 거듭한 공언을 뒷전으로 돌리고 사흘을 더 머무르면서 황진이와 정을 나누었다.

4.

내가 황진이를 제재로 한 사율(四律)을 생각하고 있었을 때 마침 TV에서 그를 주인공으로 한 연속극이 방영되었다. 물실호기(勿失好機)로 그것을 보면서 나는 그 연속극에서 가장 높은 평점을 줄 수 있는 부분이 도입부와 그에 이은 전반부 일부라고 생각했다. 이미 드러난 바와 같이 이 방송극의 주인공은 황진이였다. 그런 황진이를 제작진들은 노래와 춤, 그리고 풍류를 스스로 만들어 내는 인격적 실체로 부각시켜 내었다. 이 부분에서 가장 인상적인 것이 황진이의 가야금을 뜯는 솜씨였고 춤을 익히기에 전심전력하는 모습이었다. 그것을 제작진은 황진이 나름의 걸음걸이, 앉음새와 말, 행동거지로 표현했다. TV를 보면서 나는 황진이의 그런 모습이 그가 입은 의상의 선과 빛깔, 그것들이 빚어낸 양감과 질감과도 잘 어울리게 한폭의 동영상이 되는 것이라고 생각했다.

우리 전통 사회에서 여인들, 곧 딸들과 새댁네가 입은 옷은 그 빛깔과 모양새가 크게 두 가지로 구분이 가능하다. 하나는 무명이나 삼베 등을 감으로 하고 만든 검정이나 회색 계통, 황토색의 치마 저고리들이다. 그리고 그 다른 하나가 명주와 비단으로 만든 옷이다. 이들은 그 빛깔을 청홍, 녹황 등을 주조로 한다. 이들 옷을 우리네 딸들과 새댁들은 나들이나 잔치 마당에 입고 나갔다. 그에 반해 전자는 일종의 생활복이다. 생활복이기 때문에 그 빛깔은 검정이 아니면 때가 묻어도 눈에 잘 띄지 않도록 잿빛이나 황토색이 되어 있었다. 그러나 나들이나 잔치 마당에 입고 나갈 옷들은 그와 전혀 달랐다. 그것은 때로 색동저고리가 되기도 하고 모란

꽃이 점 찍히듯 수놓인 치마가 되기도 했다. 그런 옷으로 우리네 딸과 새 댁네들은 집 안과 마을을 꽃밭으로 바꾸어 내고 청신한 바람과 햇살이 가 득한 축연의 자리로 만들 수 있었다. 나에게는 방송극 〈황진이〉에 등장한 주인공의 의상이 바로 그런 감각에 상관된 듯 느껴졌다.

다시 적어 보면 황진이는 여느 가무의 자리, 또는 여럿이 모여서 재주 를 겨루는 연희 마당에는 한껏 화려한 빛깔의 옷을 입고 나섰다. 그러나 살뜰하게 생각하는 정인을 만나는 자리나 제 나름대로는 품격을 갖추어 야 할 선비들의 시회, 격식과 예법을 따질 수밖에 없는 제례(祭禮)와 법식 (法式)의 공간에서 그는 원색이 아닌 간색 계통이나 때로 순백색 의상을 택해서 입었다.

이런 경우의 좋은 보기가 되는 것이 송도교방(松都教坊) 행수가 죽음을 맞이했을 때 황진이가 입은 옷이다. 송도교방의 행수는 황진이의 파격적 행동을 비호, 두둔하다가 주검이 되어 버린 인물이다. 그의 장례식에 황 진이는 흰색에 가까운 청회색 계통의 치마와 미색의 저고리로 임했다. 그 런 차림으로 그는 먼 산과 가까운 땅을 빗질이라도 하듯 휘젓는 손길로 춤사위를 벌였다. 그 반주가 된 가락은 부드러운 가운데 가늘게 길게 늘 어지고 가녀리며 구슬픈 음색을 띤 것이었다.

우리에게 죽음이란 그 어느 경우이고 슬픔이며 그와 함께 우리 가슴을 아쉬움과 그리움으로 젖게하는 정감 자체이다. 더욱이 송도교방 행수는 황진이가 목숨으로 받드는 춤과 예술의 유일무이한 스승이었고 그의 목 숨을 지키기 위해 대신 죽어 간 사람이다. 그런 자리에서 황진이는 마땅히 피를 토하는 울음을 울어야 했다. 땅을 치고 통곡하면서 몸부림으로 그의 죽음을 슬퍼할 수밖에 없었다. 그런데 방송극 〈황진이〉에서 황진이는 그 런 우리 통념과는 거리를 가지는 모습을 보였다. 높은 소리로 울부짖는 통곡 대신 그는 순색에 가까운 옷을 입고 그 자리에 임하여 느릿하면서 조용하다고 생각되는 동작으로 그의 슬픔을 표현했다. 강물과 산을 향해 뻗친 손길로 죽은 자의 한을 담아 풀어내고자 했다. 해를 가리키며 땅과 물과 푸나무들을 휘젓는 몸짓으로 망자의 한을 달래려 들었을 뿐 그 모습이 미란스럽지가 않았다.

　　나는 방송극 〈황진이〉의 가장 큰 노림수 가운데 하나가 이야기와 사건을 뒷전으로 돌린 가운데 우리 주변의 기쁨과 슬픔을 심상으로 제시해 내고자 한 점이 아닌가 한다. 방송극도 하나의 연극이다. 연극이기 때문에 그것은 바로 종합예술 양식이다. 방송극 〈황진이〉는 그런 양식적 특성을 춤과 가락, 등장인물들이 벌이는 행동과 그것을 바탕으로 한 사건을 통해서 십분 살려 내어야 했다. 그런데 방송극 〈황진이〉는 연극의 정석 대신 이야기의 각 단위들을 흐르는 가락, 등장인물이 만들어 내는 몸짓과 그를 통해 빚어내는 정서로 바꾸어 제시해 놓고 있었다. 그러니 방송극 〈황진이〉에서는 이 극작의 정석(定石)이 제대로 지켜지지 않았던 것이다. 거기서는 등장인물이 만들어 내는 사건과 이야기가 부차적인 것이 되고 그 대신 슬픔이나 기쁨 등 우리 자신의 정감이 심상이나 율조로 대치된 상황이 전개되었다. 이렇게 보면 이 작품은 극작의 기본 속성인 서사예술이기 전에 서정시에 가깝다고 보아야 할지 모른다.

　　5.

　　이야기 방향이 빗나가 버렸다. 다시 내 한시 쪽으로 말머리를 돌린다. TV극인 〈황진이〉를 본 다음 그에 자극되어 나는 내 작품을 "무수번공(舞袖飜空)"이라든가 "반운착지(伴雲着地)" 등의 말로 시작했다. 합평회 자리에서 이 두 줄 가운데도 논란거리가 된 부분이 있다. 첫줄의 마지막에 쓰인 조인(鳥人)이 그것이다. 이 말이 중국의 당시나 우리 고전문학 작품에 쓰인 예는 거의 나타나지 않는다. 우리가 쓰는 한시에서는 전례가 없거나 격식에 맞지 않는 말들이 나오면 그것을 어가지 글귀로 보고 생문자(生文字)라고 한다. 황진이의 춤을 그리기 위해 그런 말을 쓰면서 나는 난사에서 그런 말이 나오지 않을까 걱정을 했다. 그런데 정작 합평회 자리에서는 이 말이 일본식 한자어지만 허용이 될 수 있겠다는 판정을 받았다.

이와 함께 내가 또 하나 신경을 쓴 부분이 경련에 나오는 "유수화금연북곽(流水和琴連北廓)"과 "부하입저향동진(浮霞入笛向東辰)"의 구절이다. 얼핏 보아도 드러나는 것과 같이 이 구절들은 황진이의 「봉별소판서세양(奉別蘇判書世壤)」의 경련을 패러디화한 것이다. 단 내 작품에서 매화(梅花)가 부하(浮霞)로 된 데는 그 나름의 까닭이 있다. 본래 이 구절은 유수(流水)의 짝이 된 부분이다. 그런데 다음 행의 매화(梅花)는 명사만으로 되어 있어 엄격하게 따지면 수식어+명사인 유수(流水)와 꼭 일치가 되는 짝이 아니다. 또한 황진이의 원시에서 이 구절 하단 석 자는 '입저향(入笛香)'이다. 그것으로 이 행이 매화(梅花)로 시작되어도 무리가 없는 문맥이 된다. 그러나 내 시에서와 같이 향동진(向東辰)이 후반부에 오는 경우 매화입저(梅花入笛)는 적지 않게 이상한 말이 되어 버린다. 여기에 내가 매화(梅花)를 그대로 쓰지 않고 부하(浮霞)로 바꾼 까닭이 있다.

이 작품을 만들면서 내가 가장 신경을 쓴 부분이 마지막 두 줄이다. 현대시에도 그런 것이지만 한시, 특히 절구나 율시에서는 처음과 가운데 부분이 그럴듯해도 마지막 작품의 어세에 긴장감이 빠져 버리면 그 작품은 성공적인 것이 못 된다. 나는 중국의 한시 중 두보(杜甫)의 것을 가장 좋아한다. 그 가운데서도 절창으로 생각되는 두 수를 고르라 하면 오언시로 「춘망(春望)」을, 그리고 칠언시로는 "옥로조상품수림(玉露凋傷楓樹林)"으로 시작하는 「추흥(秋興)」 중 하나를 들고 싶다. 앞의 것은 "국파산하재/성춘초목심(國破山河在/城春草木深)"과 함께 경련의 "봉화연삼월/가서저만금(烽火連三月/家書抵萬金)"의 비감에 찬 말투가 아주 좋다. 또한 후자에는 "강간파랑겸천용/새상풍운접지음(江間波浪兼天湧/塞上風雲接地陰)"과 함께 "총국양개타일루/고주일계고원심(叢菊兩開他日淚/孤舟一繫故園心)"이 있어 절창으로 평가된다.

이 두 작품 가운데서 꼭 하나만을 골라 보라는 경우가 생각될 수 있다. 그럴 경우 나는 아무래도 「춘망」보다는 「추흥」 쪽으로 손이 뻗칠 것 같다. 그 이유는 별로 복잡한 데 있지 않다. 널리 알려진 대로 위의 두 작품은 당시(唐詩)의 중요 유형에 속하는 변새시(邊塞詩) 가운데 하나다. 흔히 이 유형에 속하는 작품들은 난리로 고향을 등지고 멀리 변경을 떠도는 화자의 심경을 바탕으로 삼는다. 그런데 이때 토로된 화자의 비장한 심정은 그 정도로 보아 「춘망」이 「추흥」보다 앞섰으면 앞섰지 뒤처지지 않을 것이다. 그런 감정을 「춘망」은 "흰머리 다시 긁으니 새삼 짧게 느껴지고/그 모두 다 모아도 비녀를 꽂을 양도 못 되네(白頭搔更短/渾欲不勝簪)"로 막음했다. 변새시의 성격에 비추어 보면, 이 작품의 어세는 이 부분에 이르러 다소간 해이해진 느낌이 있다. 그런데 이에 대비되는 「추흥」의 마지막 두 줄은 "겨울철 옷 마르재는 가위 자 소리 여기저기 들리는 철/솟아 높은 백제성에 저무는 해 다듬이 소리(寒衣處處催刀尺/白帝城高急暮砧)"이다.

「춘망」의 마지막 두 줄이 두보의 개인적 감정 토로에 그친 데 반해 「추흥」의 이런 결말은 그 목소리가 사적인 차원에 그치지 않고 좀 더 그 뜻이 공적인 쪽으로 뻗어나 있다. 적어도 여기에는 난리 속에서 겨울 지낼 차비를 하는 사람들의 창망한 생활 감정이 읽는 이의 피부에 닿을 정도로 제시된 느낌이 있는 것이다. 특히 백제성을 이끌어 들인 다음 거기에 한 해가 저물고 어둠이 깃드는 정경과 함께 성급히 두드리는 다듬이 소리를 곁들인 솜씨는 일품이다. 이것으로 「춘망」의 경우와 달리 「추흥」의 결말 에는 작품의 어세가 상당히 기능적으로 살게 되었다. 이런 보기에서 얻을 수 있는 교훈은 명백하다. 그것이 한시의 많은 작품, 특히 금체시의 절구 나 율시의 성패를 결정하는 중요 요소의 하나가 결구인 점이다.

이미 드러난 바와 같이 내가 만든 「황진이」 시는 첫줄에서 여섯째 줄까 지가 춤과 노래, 시를 소재로 한 것이다. 끝자리를 차지하는 종련에서 작 품의 마지막 어세를 결곡된 말로 끝맺을 필요가 있었다. 뿐만 아니라 이 때의 선결 조건 가운데 하나가 종결행의 운자로 '빈(貧)'자를 써야 하는 점 이었다. 얼마간의 검토 과정을 가진 다음 나는 춤과 노래, 풍류, 연희를 아우르는 개념으로 이원(梨園)이 있음을 생각해 내었다.

두루 알려진 것처럼 이원(梨園)은 당나라의 현종(玄宗)이 손수 설립한 왕 립예술학교였다. 유난히 풍류 가무를 좋아한 현종은 관계자들에게 명하 여 일종의 배우 양성기관을 만들고 그 이름을 이원이라고 하였다. 제왕 의 신분임에도 그는 때로 그곳에 나가 손수 거문고를 타고 춤사위도 시범 해 보였다고 한다. 이런 사실에 생각이 미치자 나는 내 작품에 이 말을 써 보기로 했다. 또한 마지막 운인 '빈(貧)'을 소화하기 위해 나는 가무, 연희 를 두 종류로 나누어 보았다. 음주, 가무가 정신의 높이를 지닌 가운데 이 루어지면 그것은 정악(正樂)의 갈래에 속하게 된다. 그때 우리는 성정(性 情)을 도야할 수가 있고 소재 상태의 감정, 곧 희, 노, 애, 오를 다스릴 수 가 있다. 이와 다른 유형의 가무, 연희에 속악, 일악(佚樂)이 있다. 우리가 그런 것에 빠져들면 마음이 미란스러워지며 비루한 생각을 품게 된다. 이 런 개념들을 이용하여 나는 황진이의 예술을 질악이 아니라 정악의 갈래에 드는 것으로 판단했다. 그 결과 "수운유페이원사/탈속풍소초누빈(雖云 有弊梨園事/脫俗風騷超陋貧)"의 두 줄을 별로 힘을 들이지 않고 쓸 수가 있 었다.

6.

내가 만든 「황진이」 시에는 작품 자체로서만이 아닌 외재적 사실, 또는 일종의 객담같은 것도 곁들이게 되었다. 방송극 〈황진이〉에는 실재 인물 이 아닌 허구상의 인물로 김정한이 등장한다. 그는 조정의 벼슬아치로 송 도에 들렀다가 황진이를 만났다. 한번 황진이와 만나자 그는 곧 황진이의 미색과 재주에 매료되었다. 그 나머지, 임금과 조정의 기대를 저버리고 직분에 위배되는 잘못을 저지르게 됐다. 대간과 반대파들이 그것을 놓칠 리가 없었다. 그는 체포, 구금되어 죄인으로 서울에 압송되었다. 황진이 가 그를 구하기 위해 임금 앞에 나갔다. 마침 왕이 친림하는 연희의 자리 에 그는 연꽃 모양의 가마를 타고 나가 한 수의 시조를 바친다. 이 예기치 못한 사태에 임금이 어리둥절해하고 조정 신하들 모두가 놀란다. 황진이 가 이때 왕에게 바친 작품이 시조 「동짓달 기나긴 밤을」이다(소설, 『황진 이』의 원작자 김탁환 교수의 말에 따르면 이런 내용은 그의 소설에는 없 는 것으로 방송 작가가 각색 과정에서 만들어 넣은 것이라고 한다. 김정 한이란 인물 자체가 원작에는 없는 인물이다).

우리가 알고 있는 한 방송극도 소설과 꼭 같이 엄연한 창작 양식이다. 창작에서는 등장인물이 반드시 실재한 사람일 필요는 없다. 그런 양식에 서는 필요한 경우 얼마든지 가공의 인물을 등장시킬 수가 있고 또한 허구 로 사건을 만들어 낼 수가 있다. 그러나 그런 경우 허구가 터무니없는 말이나 행동으로 그쳐서는 안 된다. 창작에서 허구의 전제 요건이 되는 것은 꾸민 것이지만 실재 이상의 진실이 거기에서 느껴져야 할 것이라는 단서가 붙는다. 내 생각으로는 TV극에서 황진이가 어전에 나아가 시조를 바친 일은 이런 창작의 기본 원리에 비추어 어느 정도 틈새가 나는 일이 아닌가 한다.

두루 알려진 것처럼 조선왕조의 지도 이념이 된 것은 주자학적(朱子學的) 이데올로기이다. 주자학적 이데올로기에서 뼈대가 된 것은 인격 도야를 통한 자아 완성이었다. 이때의 자아 완성이 삼강오륜을 기본 강목으로 한 계율 지키기에 직결됨을 망각해서는 안 된다. 그것은 매우 강하게 반감각주의 행동 철학을 낳았고 희, 노, 애, 오를 다스리는 쪽으로 작용했다. 이런 행동 이념에 따라 조선왕조는 그 전 기간을 통해서 우리 사회를 일종의 금욕주의 일색으로 도색했다. 특히 이성 간의 애정 표시는 매우 사소한 것이라도 금기의 대상이 되었다. 한마디로 조선왕조 시대에는 일체 남녀 관계가 윤리, 도덕적 기준에 의한 법식으로 재단되었고 감정의 자연스러운 방출은 극도로 제한, 배제된 것이다. 속류, 천민이 아닌 남자와 여자는 그 어느 자리에서도 직설적으로 애정 표현을 할 수가 없었다. 포옹이나 접순은 절대 금물이었다. 그런 일을 당시의 지배계층인 사족(士族)들은 남녀상열의 행위로 규정하고 타기할 폐습으로 보아 단호하게 배제해 버렸다.

위와 같은 상황, 여건에 비추어 보면 황진이가 기습적인 행동으로 대궐에 들어가 임금 앞에서 시조를 바친 장면은 허구의 이론이 성립될 수 없는 경우다. 황진이가 신원(伸冤)을 꾀한 김정한은 나라의 법도를 어긴 죄인이었다. 그를 건져 내기 위해서는 그의 죄과를 상환하고도 남을 만한 사면의 명분이 제시되어야 했다. 그런데 그 자리에 나타난 황진이가 명백히 남녀상열지사(男女相悅之詞)에 지나지 않는 시조 「동짓달 기나긴 밤에」를 바쳤다. 그것을 읽고 검토할 왕과 대신들은 모두가 예외없이 유학적 계율을 금과옥조로 지킨 환경에서 태어나 자란 사람들이다. 그들에 의해 황진이의 시조는 타기할 치정 사건의 자료로 해석될 수밖에 없었다. 그 결과는 너무도 뻔하다. 그 자리에서 김정한은 선비가 아닌 시정잡배로 격하되었을 것이다. 또한 유례가 없는 탈선 행위로 해석될 수밖에 없는 황진이의 김정환 구명 운동도 아예 성립될 여지가 없었던 것이다.

내가 본 방송극 〈황진이〉에는 인물 설정에도 평가될 수 있는 부분과 그렇지 못한 부분이 있었다. 이 방송극에 등장하는 중요 남자 주인공들은 글방 도령과 악사장, 벽계수(碧溪守), 김정한, 서화담(徐花潭) 등이다. 이 가운데 글방 도령은 그 성격과 행동이 매우 성공적으로 부각되어 있다. 그는 한 번 본 다음 좋아하게 된 황진이에게 순진무구한 사랑을 바친다. 그리고는 봉건 유습의 희생양이 되어 목숨을 잃는다. 그와 황진이의 사랑은 방송극의 첫머리를 장식하기에 족할 정도로 애틋하며 서정적이었다. 악사장(樂士長)에게도 비슷한 이야기가 가능하다. 송도 교방의 음악을 주재하는 그는 예술을 사랑하고 인간으로서도 따뜻한 정을 가진 사람이다. 그는 황진이의 재주를 아껴 극진한 배려를 가하다가 죽음을 맞는다. 그런 인간상이 잘 부각된 점에서 방송극 〈황진이〉의 악사장 그리기도 성공적이다.

참고로 밝히면 방송극 〈황진이〉에서 악사장의 원형으로 추정되는 사람은 『어우야담』에 선전관으로 나오는 이사종(李士宗)이다. 그는 황진이가 매료될 정도로 '소리를 잘하는 사람(善歌者)'이었다. 그의 노래 솜씨에 반하여 황진이는 스스로 청하여 그와 살림을 차렸다. 이에 대비되는 벽계수는 조선왕조의 어엿한 핏줄을 이은 종실의 몸이었다. 『금계필담(錦溪筆談)』에 따르면 그는 뛰어난 재주를 가진 피리의 명장이었다. 그런 그가 친구인 이달(李達)과 내기를 한다. 이달은 황진이에게 마음을 둔 벽계수에게 말한다. 성정이 도도한 황진이는 기개를 지니지 못한 사람이면 거들떠보지도 않는다. 그런 그와 눈이 마주쳐도 자네가 아랑곳하지 않을 수 있겠는가. 그럴 수 있으면 황진이가 자네를 따라올 것이라고.

그런데 실제 방송극에서 벽계수는 황진이를 보게 되자 그 아름다운 모습에 혹하여 그에 앞선 호언장담과는 전혀 다른 감정에 사로잡힌다. 그 나머지 노새를 타고 황진이를 따라가다가 노새에서 떨어져 버린다. 이것으로 그는 황진이의 마음을 얻는 데 실패했다. 방송극에서는 그런 그를 여성 유린의 폭군으로 부각시켰다. 부수적인 인물이지만 이것으로 벽계수는 방송극에서 원형과 상당히 동떨어진 인물이 되어 버린 것이다.

방송극 〈황진이〉에 등장하는 남성역 가운데 아쉬움을 가장 많이 남기고 있는 것이 서화담(徐花潭)이다. 그와 황진이의 이야기를 전하는 대표적 문헌이 『어우야담』과 함께 허균의 문집이다. 이 두 책을 보면 두 사람의 관계는 황진이가 서화담을 먼저 찾아간 것으로 시작한다. 황진이는 그전에 화담의 높은 이름을 들은 터였다. 그런 서화담을 황진이는 자신의 몸집의 곡선을 뚜렷하게 드러내는 차림을 하고 찾아갔다. 그런데 화담은 웃음으로 그것을 넘기며 응하려 들지 않았다. 황진이는 서화담의 그런 금도와 품격에 크게 감복했다. 그 나머지 송도삼절(松都三絶)을 말하였다. 그 첫째가 박연폭포이며 두 번째가 서화담 선생, 셋째가 황진이 자신이라고 한 말은 지금까지 우리 주변에서 설화로 전해 내려온다.

7.

방송극의 서화담과 황진이의 관계 설정에서 자칫하면 우리가 무심하게 넘겨 버릴지 모르는 부분이 있다. 처음 화담을 찾았을 때 황진이는 허리에 띠를 둘렀다. 그의 옆구리에는 유학의 기본 경전 가운데 하나인 『대학(大學)』이 끼어있었다. 유가, 특히 사대부들에게 허리띠는 선비의 길을 걷고자 하는 결의와 각오를 상징한다. 『대학』의 허두는 "명명덕 재신민 지어지선(明明德 在親民 止於至善)"의 구절로 시작한다. 이때의 명덕(明德)이나 지선(至善)은 선비가 지향하는 궁극적 정신의 경지다.

이제 문제되어야 할 황진이의 서화담 심방에는 두 가지 크게 상반되는 각도의 해석이 가능할 것이다. 그 하나가 지족선사의 경우와 같이 그를 시험해 보려는 심사로 그렇게 했을 경우다. 우리 사회에서 기녀들은 오랫동안 신분상의 차별을 받았다. 사족 출신인 선비나 벼슬아치 또는 부를 가진 상인들은 기녀들이 아니꼽게 볼 대상들이었다. 기회가 있으면 그들을 유혹하여 위선의 탈을 벗기고 체면을 구기게 만들고자 하는 생각들이 기녀들 가슴에는 내장되어 있었다. 분명히 황진이도 기녀의 한 사람이었다. 그런 그에게는 선비 중의 선비로 일컬어진 화담을 유혹하여 위선의 껍질을 벗기고 내동댕이쳐 보려는 심사가 있었을지 모른다.

위의 경우와 달리 우리는 황진이의 서화담 방문을 다른 차원에서 파악할 수도 있다. 이미 지적된 바와 같이 황진이는 가곡과 춤, 시를 포함한 풍류로는 당대 일류의 경지에 이른 기녀였다. 그다음 단계에서 그에게 풍류나 예술이면서 그 이상의 차원을 추구하고 싶은 욕망이 일어나지 않았을까. 여기서 우리가 다시 되짚어 보아야 할 것이 황진이가 가진 벽계수와의 관계이며 지족선사와의 설화이다.

이미 드러난 바와 같이 벽계수는 피리로는 그의 오른쪽에 나설 사람이 없을 정도로 당대의 명인이었다. 그런 그가 미색에 매혹되어 노새에서 실족하자 기다리기라도 한 것처럼 황진이는 그를 팽개쳐 버렸다. 방송극에서 황진이는 그에게 변변한 말조차 걸지 않은 채 돌아선 것으로 나타난다. 이것은 황진이가 벽계수에게 기대한 것이 풍류, 예술 이상의 것이었음을 뜻한다. 지족선사의 경우에도 이와 꼭 같은 해석이 가능하다. 황진이가 신분 차별에서 얻은 울분을 풀기 위한 대상으로만 그를 택했다면 그 선택은 현명하지 못했다. 승려들이 상당한 명예, 권세를 누린 것은 고려시대까지였다. 조선왕조에 접어들면서 그 국시는 숭유배불로 바뀌었다. 그에 따라 하루아침에 승려의 지위는 격하되었다. 조선왕조 중기에 이르자 몇몇 고승대덕을 제외하고 그들은 서민들에 대비될 정도의 대우밖에 받지 못했다. 지족선사는 황진이의 설화에 나올 뿐 우리나라의 어떤 승보론, 불교 법통사에도 그 이름이 나타나지 않는다. 그렇다면 그의 파계에 따른 사태 해석에는 재해석의 여지가 생기는 셈이다.

여기서 우리는 황진이가 서화담을 찾은 시기가 벽계수와 지족선사를 거친 다음임을 주목해야 한다. 그 무렵에 이르러 황진이에게 노래와 춤 등 외표적(外表的)인 생활에 회의가 고개를 쳐든 것이라고 볼 수는 없을까. 두루 알려진 것처럼 불교는 철저하게 인간과 세계의 궁극을 화두로 삼은 종교이다. 거기서는 세속적인 영예와 부귀가 모두 티끌이나 먼지 같은 것이다. 풍류와 예술도 그 예외는 아니다. 한 차례의 창작 활동 다음 그것을 초극할 길이 없을까를 모색한 황진이가 그다음 자리에서 그런 회의를 품게 되었다면 우리 이야기가 어떻게 되는가. 풍류와 예술 이상의 경지를 지향한 황진이가 감각적 세계를 넘어 제일원리, 한마디로 그것은 심미적 차원에 그치는 예술 활동을 지양, 극복하고자 했음을 뜻한다. 또한 그런 그가 무아(無我), 초공(超空)의 문을 두드리고자 한 것은 형이상, 제일원리의 차원에 관심을 가진 것으로 해석이 가능할 것이다. 그런데 상당한 기대를 걸고 찾아간 지족선사는 당시 황진이가 가진 정신적 갈증을 풀어낼 만한 존재가 아니었다. 그는 오히려 비루한 짓거리로 황진이를 희롱하고자 했다. 이에 황진이가 그를 박찬 것이라고 보아야 한다.

이제 우리는 황진이가 서화담을 찾은 까닭을 위의 보기와는 전혀 다른 시각에서 찾아내어야 한다. 새삼 밝힐 것도 없이 서화담은 회재(晦齋) 이언적(李彦迪)과 함께 조선왕조 중기에 쌍벽을 이룬 큰 선비였다. 두 사람 가운데 이언적은 한때 도의 정치의 실현을 기하고 현실 정치에 관계했다. 이에 반해 서화담은 평생을 산림에 묻혀 경학의 깊은 이치를 궁구하고자 했다. 그가 필생의 화두로 삼은 것이 무극이태극(無極而太極)으로 시작하는 송학(宋學)의 제일원리 탐구였다. 『근사록(近思錄)』의 허두에 집약되어 있는 바와 같이 송학은 사물과 우주, 삼라만상의 본질을 파악하기를 기한 본체론(本體論)으로 시작한다. 그 세계를 파헤쳐 터득하기 위해 서화담은 유학의 기초 경전인 사서삼경(四書三經)까지를 부차적인 것으로 돌렸다. 그가 파고든 것은 격물치지(格物致知)를 통해 터득하기를 기한 인간과 세계의 근본 원리였다. 이것을 다른 말로 하면 철두철미한 형이상의 차원, 제일원리 지향이 될 것이다. 우리가 서화담의 모습을 위와 같이 파악하고 보면 황진이가 그를 찾은 까닭이 저절로 밝아진다. 황진이는 풍류와 예술의 막다른 골목에서 사상, 철학을 향한 정신적 비약을 꾀하지 않을 수가 없었다. 그런데 당시 그가 알고 있는 그 분야의 최고 권위가 서화담이었다. 그의 생각이 이에 미치자 황진이는 서화담의 문을 두드린 것이다.

이제 우리는 황진이의 본체론 터득이 과연 성공한 것인가를 살필 단계에 이르렀다. 그 재주로 보아 황진이가 『대학(大學)』과 『중용(中庸)』, 『근사록(近思錄)』 등으로 이어지는 유학의 경전을 읽고 익히고자 하지 못할 바는 아니었을 것이다. 그러나 글을 말이나 문자로 읽는 것과 그 참뜻을 파악해 내는 일은 동일한 차원의 것이 아니다. 거듭 확인한 바와 같이 예술 이상의 세계를 지향하고자 했을 때 황진이에게 요구된 것이 제일원리의 차원을 터득하는 일이었다. 그것은 성리학의 본질을 파악하는 일이었고, 주기론(主氣論), 주리론(主理論)의 경지를 넘보며 터득해야 할 경지였다. 아마도 말년에 이르기까지 황진이는 그런 경지에 이르기에는 성공하지 못했던 것 같다. 우리가 거듭 확인한 대로 그의 남다른 재주는 노래와 춤, 언어예술을 통해 발휘되었다. 끝내는 사변적이기보다 감각적인 체질의 소유자로 생각되는 황진이가 그런 경지를 벗어나 이기철학(理氣哲學)의 높은 경지를 터득해 내는 일은 쉽지 않았을 것이다.

끝으로 지금 우리는 도도하게 상업지상주의가 지배하는 시대를 살아가고 있는 중이다. 상업주의를 지배하는 기본 교의는 수요, 공급의 지수에 밀착되어 있다. 수요, 공급의 지수를 결정하는 것을 우리는 시장성(市場性)이라고 말한다. 시장성의 양과 질을 결정하는 것은 불특정 다수 대중이다. 그런데 우리 시대의 다수 대중이 요구하는 바는 격조가 있는 정신문화의 형성, 전개가 아니다. 그들에게는 그런 차원의 문화보다 현란한 빛깔로 집약되는 육감적 세계의 파장이 더욱 매력적이다. 그 연장 형태로 우리 주변의 예술과 문화도 강하게 탈정신, 자극 계열이 강한 성향의 작품들을 선호한다. 그러나 키에르케고르가 말한 바와 같이 쾌락의 윤작(輪作)은 우리를 타락시켜 죽음에 이르는 병을 갖게 한다. 언제나 우리에게 약이 되는 문화는 냉철한 이성의 개발과 함께 이루어지는 세계 인식의 자리에서 피어난다. 그 가운데도 유무상생(有無相生), 인간과 우주, 삼라만상을 아우르는 철리를 탐구하는 일은 우리가 어느 때 어느 자리에도 포기할 수 없는 우리 모두의 존재 방식이다. 방송극 〈황진이〉를 본 다음 나는 생각했다. 다시 이런 유형의 작품이 기획, 제작될 때는 감각적 차원에 그치는 예술이 아니라 그 지양 극복 형태인 형이상의 경지에 이른 창작극이 될 수는 없는 것인가. 화제가 우리 시대의 문화예술에 기울면 문외한에 지나지 않는 내 생각은 가지에 가지를 치고 잎새를 달아 그칠 줄 모른다.

김재은

나는 지금도 감동받고 싶을 때가 있다
— 진정한 감동은 어디에서 오는가?

대중가요에도 치유력이 있다

나는 지금도 감동받고 싶을 때가 있다
— 진정한 감동은 어디에서 오는가?

내게 재미있는 사진 한 장이 있다. 1986년, 그러니까 서울 올림픽이 있기 이태 전이다. 씨름 선수 이만기가 장사 씨름 대회에서 드디어 천하장사가 된 것이다. 나이 만 23세 때였다. 그때 그가 모래판에서 두 팔을 힘차게 뻗어 올리고 감격에 겨워 함성을 지르는 장면의 사진이다.

이 사진은 대회 이튿날 아침 동아일보에 실렸던 것인데, 내가 동아일보 스포츠 기자이던 김인권 씨에게 원판에서 한 장 프린트해 달라고 부탁해서 얻은 사진이다. 나는 12 X 18센티미터 크기의 이 사진을 액자에 넣어 내 서재에 오랫동안 걸어 놓았었다. 김 기자는 내가 연세대에 출강할 때 내게서 1년간 강의를 들은 사람이어서 잘 알고 지내던 사이였다.

왜 내가 이만기의 사진을 이토록 아꼈는가? 나는 이만기와 아는 사이도 아니고, 이만기의 팬도 아니고, 스포츠를 좋아하는 사람도 아니고, 더구나 씨름을 사랑하는 사람도 아니다. 다만 이만기의 사진 속의 그가 보여 준 절정적 환희의 표정과 퍼포먼스에 끌렸던 것이다. 승리의 순간의 그가 감격해하는 그 장면이 보기 좋았기 때문이다. 그런데 과연 한 사람의 생애 중 이만기가 경험한 것과 같은 감격을 얼마나 자주 맛볼 수 있을까? 나에게는 일생 동안 그런 절정적 감격의 경험이 있었던 기억이 별로 없다.

스포츠 스타들이 게임에서 승리하는 순간 감격해하는 장면을 우리는 무수히 본다. 또 가끔 TV에서 보지만, 영화인들, 방송인들, 연극인들이 연말 시상식 장면에서 감격에 겨워 우느라고 인사말을 잇지 못하는 경우도 많이 본다. 그런데 그런 승리의 기쁨이란 한 순간 이어지는 것이지 영원히 지속되는 것이 아니다.

승부의 세계에서 지고 이기는 것은 병가지상사(兵家之常事)라고 하지 않던가? 예술가들의 경우도 마찬가지다. 그들도 경쟁의 틀 속에서 작업을 한다. 특히 음악의 경우 솔리스트로 데뷔한다거나 미술의 경우 신진 작가로 데뷔하는 경우는 더욱더 그 경쟁이 치열하다. 예컨대 신진 바이올리니스트나 피아니스트의 데뷔를 돕는, 역사가 깊은 국제적 콩쿠르가 여러 개 있고 발레의 경우도 그런데, 거기서 상위 입상을 하려면, 음악의 경우는 공부를 시작해서 18년, 매일 다섯 시간 이상을 연습해야 한다. 이 통계는 미국 시카고 대학의 블룸 교수가 조사에서 밝혀낸 기록이다. 다른 예술 장르에서도 별반 차이가 없을 것이다. 그러니 이런 콩쿠르에서 금상을 받았다고 하면 그 감격은 까무라칠 정도로 클 것이다. 이런 경사가 일생에 한두 번이지 여러 번 있지도 않을 것이니 이와 같은 승리의 뒤에 따라오는 엄청난 명예와 부, 셀러브리티는 당연한 권리라고 인정해도 좋을 것이다. 그러나 그것이 또한 무거운 짐이 된다. 언젠가는 그 정상의 자리에서 내려와야 하기 때문이다. 왜냐하면 피나는 노력을 하지 않으면 계속 그 자리를 유지하기 어려울 뿐 아니라 다른 사람에 의해서 기록은 계속 깨어지기 때문이다. 기록은 깨기 위해서 있다는 말이 있지 않는가?

그러던 이만기도 4년 만에 7년 연하의 후배 강호동에게 정상 자리를 내주어야 했다. 그리고 그의 명성은 기록으로만 남게 되었다. 그는 그 후 대학 교수가 되었고 지금 방송가의 유명 패널로 종횡무진으로 활약하고 있다. 강호동도 정상의 자리를 차지한 후 3년 반 만에 씨름계를 떠나 방송계로 진출했고, 지금 방송 연예계의 톱 MC로서 명성을 얻고 있는 것은 천하가 다 아는 사실이다. 역시 같은 자리를 계속 유지한다는 것은 극히 어려운 일이구나 하는 느낌이 든다.

스포츠계뿐 아니라 음악계, 미술계, 무용계, 영화계 등 다른 장르의 예술 분야에서도 그런 현상을 볼 수 있고, 정계, 경제계에서도 그렇다. 7전 8기해서 국회의원에 당선되었는데 선거법 위반으로 당선 무효되어 금배지를 날린 사람, 국무총리나 장관으로 지명받고 어떠 어떠한 하자로 한두 달 만에 낙마한 사람 등등, 그들이 느끼는 기쁨과 감격은 잠깐이요 회한은 영원하다. 비즈니스계에서도 비슷한 현상을 볼 수 있다. 시장점유율 1등 하던 회사들도 후발 경쟁자로 인해서 시장에서 냉대받고 드디어 문을 닫은 기업도 많다. 노키아, 소니가 다 그런 케이스가 아닌가?

우리가 즐겨 불러온 이태리 작곡가 마르티니(Martini)의 노래 〈사랑의 기쁨(Piacer d'Amor)〉의 노래 가사를 보면, 불어로는 이렇게 되어 있다. "plaisir d'amour ne dure qu'un moment, chagrin d'amour dure toute la vie." 새겨 보면 이렇다. "사랑의 기쁨은 한순간 머무를 뿐이고, 사랑의 괴로움은 일생 동안 이어진다"가 된다. 왜냐하면 그토록 사랑한 연인이였던 실비아가 언젠가 다른 사람의 품으로 달아나 버렸기 때문이다.

그러고 보니 내가 새삼 뭐 감동받을 일이 없나 하고 기웃거리는 것이 부질없는 노릇처럼 느껴진다. 그러니까 나 같은 늙은이가 이만기나 강호동이나 스타 예술가들이 최고의 자리에 올라섰을 때의 그 감격과 감동을 탐할 일이 아닌 것 같다. 그들은 그들대로 무거운 짐을 어깨에 항상 지고 산다. 거장 바이올리니스트인 메뉴인이 뉴욕의 메트로폴리탄 오페라 하우스에서 단독 공연을 하기로 한 하루 전날 "오페라 하우스에 오늘 밤 불이나 났으면 좋겠어"라고 했다니 얼마나 스트레스가 컸으면 그런 대가도 이런 고뇌에 찬 넋두리를 했겠는가? 일곱 살에 데뷔해서 20세기 대표적 바이올리니스트가 된 그도 이런 고통을 안고 있었다니 세상사에는 이상한 균형추(均衡錘)가 작동하고 있는 듯이 보인다. 신은 '한 사람에게 많은 것을 주지 않는'고 하지 않는가? 그러니 이만기나 강호동이가 맛본 그런 엄청난 감격 뒤에는 그것을 지켜야 하는 고통이 수반된다는 것을 의미한다. 그러니 나 같은 사람에게 뭐 그런 엄청난 감격이 있을 턱이 없으니 큰 기쁨보다는 소소하나 오래 간직되는, 가끔 떠올려지면 무릎을 치게 되고, 입가에 미소를 번지게 되는, 그런 감동이면 만족하리라. 그런 작은 감동이라도 나는 가끔 맛보고 싶다. 노인들에게는 큰 감동이 도리어 독이될 수도 있다. 예컨대 늘그막에 5억짜리 복권에 당첨되었다는 소식을 듣고 감격한 나머지 심장마비로 죽었다니 이럴 수도 있겠다 싶다. 나에게 있어서는 작은 감동이 삶에 활력을 더해 주고 삶의 의미를 되새기게 해주기 때문에 지금도 감동을 목말라하는 것이다.

감각수용기(감각기관)도 이젠 많이 낡아서 작동이 잘 안 되고, 정보의 입력 속도도 느리고, 처리 속도는 물론 출력 속도도 몹시 처진다. 그러나 한 가지 위안이 되는 것은, 잡다한 소음에 가까운 소리 정보나 너절한 쓰레기 같은 영상 정보는 자연히 걸러서 처리하게 되니 번잡한 수속에서 자유롭다는 점이다. 그뿐 아니라 아직은 중앙처리장치에 하자가 별로 없어서 출력물이 쓸 만하다는 점이다. 물론 이것이 나의 착각일지 모른다. 그러기를 소망할 뿐이다.

하드웨어의 성능이 좀 떨어지기는 해도, 저녁 무렵에 서쪽 하늘에 붉게 타는 노을을 보면 거기에 눈이 꽂히니 아직은 괜찮은 것 아닌가? 내가 사는 아파트 뜰에서 며칠 전 샛노랑의 아주 작고 앙증맞은 풀꽃을 발견하고는 엎드려 들여다보고, 냄새를 맡아 보기도 했다. 그리고 그 속에서 위대한 생명력과 자연의 조화와 신비감을 새삼 느낄 수 있었으니 감성이 아직 살아 있다는 증거가 아니겠는가? 이때 야생화에 미친 몇몇 친지들의 얼굴이 스치고 지나갔다.

가끔 이웃집 아기의 울음소리를 듣는다거나 창밖 한 길에서 처녀 아이들 몇이 하교하면서 제잘거리고 웃고 장난치면서 지나가는 모습을 보는 것도 즐겁다. 그런 광경에서 새 생명의 약동을 느낀다. 이것도 하나의 감동이다. 할아버지의 손을 꼭 잡고 뱁새 걸음으로 할아버지를 따라 아파트 단지에 산책 나온 다섯 살짜리 꼬마의 할아버지에 대한 무한한 신뢰감을 그 속에서 읽을 때, 아흔이 넘은 꼬부랑 할머니가 매일 딸딸이를 끌고 동네의 폐지를 수거하고 다니는 광경을 보고 느끼는 삶에 대한 강한 의지력에 접했을 때, 내가 사는 아파트 단지의 무성하게 피어오른 벚나무 숲의 신록의 신선함을 새삼 발견했을 때, 아흔이 내일 모레인 아내가 외출하자면서 이쁘게 치장을 하고 나오는 모습을 보았을 때, 나는 잔잔한 감동을 느낀다. 그러고 보니 감동은 밖의 사정이 아니라 내가 만드는 것이다. 내 안에 잠자고 있는 내심낙원(內心樂園)이 감동을 만드는 것이다. 얼마 전에 이만기의 사진을 철거하고 그 자리에 우리 손녀 사진을 걸어 놓았다. 사진의 세대교체를 한 것이다.

우연히(2014년) 나는 한 통의 이메일에 접하게 된다. 연세대학교의 부총장을 지낸 정치학자 신명순 교수가 보낸 이메일이다. 그 내용은 이렇다.

학자요, 정치가요, 목사요, 주한 미국 대사를 지낸(1993~1997) 제임스 레이니 박사는 대사 임기를 마치고 귀국해서 에머리대학의 교수가 되었다. 건강을 위해서 매일 걸어서 출근을 하던 어느 날, 쓸쓸히 테라스에 나와 의자에 혼자 앉아 있는 한 노인을 만났다. 레이니 교수는 그 노인에게 다가가서 다정하게 인사를 나누고, 말벗이 되어 주었다. 그 후 그는 시간이 날 때마다 노인을 찾아가서 잔디를 깎아 주거나 커피도 함께 마시면서 2년 동안 교제를 나누었다.

그러던 어느 날 출근길에서 노인을 만나지 못하자 그는 노인의 집을 방문하였고, 노인이 그 전날 돌아가셨다는 사실을 알게 되었다. 곧바로 장례식장을 찾아 조문을 하였는데, 그때사 비로소 그 노인이 바로 코카콜라사(社) 회장을 지낸 분이란 사실을 알게 되어 깜짝 놀랐다. 그때 한 신사가 레이니 교수에게 다가와서 봉투 하나를 건네주면서 "이 속에 회장님께서 당신에게 남긴 유서가 들어 있습니다"라고 전해 주었다. 레이니 박사는 그 유서의 내용을 보고 너무도 놀랐다. 유서의 내용은 이러했다.

"당신은 2년 동안 내 집앞을 지나면서 나의 말벗이 되어 준 친구였소. 우리 집 뜰의 잔디도 함께 깎아 주고, 나와 커피도 나누어 마셨던 나의 친구 레이니, 정말 고마웠어요. 나는 당신에게 25억 달러와 코카콜라 주식 5%를 유산으로 남깁니다."

너무 뜻밖의 유산을 받은 레이니 박사는 세 가지 점에서 놀랐다고 했다.

첫째, 세계적인 부자가 그렇게도 검소하게 살았다는 것.

둘째, 자신이 코카콜라사의 회장이였음에도 자신의 신분을 밝히지 않았다는 것.

셋째, 아무런 연고도 없는 사람에게 그렇게 큰 돈을 물려주었다는 사실이다.

레이니 교수는 받은 유산 전액을 에머리대학 발전 기금으로 내놓았다. 레이니 교수가 노인에게 베푼 따뜻한 마음으로 인해 대가 없는 엄청난 부가 굴러 들어왔지만 그는 그 부에 도취되어 정신을 잃지 않았다. 그가 그 돈을 학생과 학교 발전을 위한 기금으로 내놓았을 때 대학 이사회는 그에게 에머리대학 총장이라는 명예를 안겨다 주었다.

나는 이 메일을 받고 한동안 어안이 벙벙해 있었다. 나의 상상을 뛰어넘는 스토리였기 때문이다. 나는 드디어 엉뚱한 데서 진정한 감동거리를 발견하게 된 것이다. 아무런 개인적 연고도 없는 동네 노인에게 2년간 순수한 교제로서 말벗이 되어 주는 일도 그리 쉬운 일이 아니다. 레이니 박사의 따뜻한 인간미와 코카콜라 전 회장의 너그럽고 자유로운 정신이 만난 것이다. 말동무가 되어 드리리다 했을 때 아무런 의심 없이 에머리대학 교수니까 순수히 받아들였을 것이다. 그것도 2년이나 계속했다니 놀랍다. 이 두 분은 진정한 친구가 된 것이다. 어느 쪽도 노인의 신상에 관해서 언급이 없었다는 것도 그들 교제의 순수성을 입증해 준다. 우리 같았으면 입이 근질근질해서 본인이 실토했거나 상대편에서 물어보았을 것이다. 참 대단한 양반들이구나 하고 새삼 감탄하게 된다.

아무런 연고가 없는 사람에게 25억 달러(한화로 2조 5천억 원)라는 거금을 유산으로 내주는 미국의 명사. 이것 또한 감동을 주지 않는가? 코카콜라 전 회장이 레이니 박사에게서 인격적으로 얼마나 깊은 감명을 받았으면 저런 결정을 내렸을까? 그리고 또한 레이니 박사도 그 어마어마한 액수의 돈을 사심 없이 학교 발전과 학생들(남)을 위해서 쓰라고 내놓은 것 또한 감동적이지 않는가?

나는 이런 따뜻한 인간적 정서가 넘치는 스토리에서 큰 감동을 느낀다. 감동은 인간 정신에서 배어 나오는 것이라는 진리를 터득한 셈이다. 감동은 무슨 어마어마한 풍경에 접했거나 놀라운 개인적 성공에서만 나오는 것이 아니라 인간의 정서를 움직이게 하는 인격적인 향기에서 우러나온다는 것임을 알게 되었다. 그렇다면 아직 나에게도 기회가 있다. 나도 '인격적 향기'를 다른 사람에게 뿜어낼 수 있을 날을 위해서. 메일을 보내 주어서 내 눈을 뜨게 해 준 신명순 교수께 감사를 드린다.

(2015. 3)

대중가요에도 치유력이 있다

1.

나는 금년 4, 5월 두 달을 공쳤다. 4월 초에 허리를 다쳐(요추 2, 3번에 문제가 생겨서) 근 두 달을 치료하느라고 병원 신세를 졌고, 4월 중순에 두 군데 치아에 치수염(齒髓炎)이 생겨서 신경 치료 하느라고 5월 중순까지 한 달을 치과에서 보냈다. 모두 면역력이 떨어져서 그렇게 되었단다. 공쳤다는 말은 바깥 출입을 못했다는 말이기도 하고 누워 지내야 되니 집안에서도 아무 일을 할 수가 없었다는 말이기도 하다. 이제 겨우 앉아서 워드를 칠 수 있을 정도가 되어 이 글을 쓴다.

나는 병치레하는 동안 내가 늘 해 오던 청소, 쓰레기 처리, 설거지 등으로 아내를 도와주지 못해서 일이라고는 소파에 앉아서 노래만 열심히 불렀다. 통증의 완화를 위해서도 그랬고 무료한 시간을 효과적으로 보내기 위해서도 그랬다. 노래를 부르니까 치통, 허리 통증이 크게 완화되는 경험을 했기 때문이다.

음악생리학 책을 보면, 높은 'eeh(이이이)' 소리는 두성(頭聲)이 되고, 몸 아래쪽으로는 단전(丹田)에 힘이 들어간다. 그래서 몸 전체가 울리는 효과를 낸다는 것이다. 몸과 마음을 동시에 일깨워서 활성화시켜 준다. 그래서 이 높은 '이이' 소리는, 소리의 카페인(sonic caffein)이라고도 부른다. 커피를 마시면 순환이 활성화되고, 피로감이 줄고, 머리가 개운해진다. 높은 '이이이' 소리에도 그런 효과가 있단다. 그래서일까? 노래를 부르면 통증이 좀 완화되는 느낌이 드는 것은 사실이다. '이이이' 소리는 일종의 엔도르핀(endorphine)과 같은 효과를 준다니 경이롭다.

우리 집에는 상당한 양의 노래 책이 있고, 종류도 다양하다. 우리나라 민요 책부터 시작해서 흘러간 히트송 집도 있고, 베토벤 심포니의 총보(總譜, score)까지 있다. 젊었을 때에는 교향악단의 연주를 들으러 갈 때에는 총보를 미리 좀 읽어 보고 가곤 했다. 나는 음악 편식은 안 한 편이다. 교향곡, 오페라, 가곡(솔리스트), 세미 클래식, 라틴, 포크, 록, 재즈, R&B, 다 좋아했다. 해바라기, 유익종, 트윈폴리오, 이동원, 이미자 콘서트에도 다니고, 클리프 리처드, 톰 존스, 야니, 폴 모리아의 콘서트에도 갔다.

아르투르 루빈슈타인의 피아노 연주회, 영국 로열 심포니 오케스트라, 미국 내셔널 심포니 오케스트라, 요셉 보이스, 푸치니의 〈투란도트〉, 러시아의 볼쇼이 발레 공연 등에도 갔다. 40여 년 전 북창동에 있었던 "라 칸티나"라는 클럽에 가면 코코장, 박상규, 김준, 박형준 같은 재즈 뮤지션들을 만날 수 있었다. 그중 김준 씨와는 지금도 가끔 구기동 연주 홀에서 만나고 있다. 금년 봄에도 만났으니까.

이런 경험을 가진 내가 두 달 동안 집에 칩거하면서 부른 노래가 200곡도 넘는다. 요 근래 내가 즐겨 부른 노래는 대부분 대중가요이다. 예를 들면 :

- 이재하(소설가, 시인) 작사, 조영남 곡, 조영남 노래의 〈모란, 동백〉. 이 노래는 곡과 가사가 다 좋다. 세상은 늘 바람이 불어서 고달프고, 삶이 덧없어 보인다. 모란과 동백이 1년에 한 번씩 철따라 피어 주니 위로받고 살다가, 어느 날 어디에선가 사라지는 것이 인생이지만, 모란과 동백이 필 때에는 나를 한 번쯤 기억해 달라는 노래이다.

- 하광훈 작사, 작곡, 패티김 노래의 〈그대 내 친구여〉. 이 노래는 너무 높아서(b까지 올라간다) 쉽게 부를 수 있는 곡은 아니지만, 가사에 이런 대목이 있어서 좋다. "어둠 속에서 혼자 울고 있을 때, 나의 손을 꼭 잡아 준 사람, 비바람 불어도 늘 곁에 있어 준 사람, 그건 바로 당신이었소……, 내 친구여, 내 사랑아, 나 죽어도 그대 잊지 않으리, 평생을 사랑해도 아직도 그리운 사랑, 그대는 내 친구여……." 평생을 사랑해도 아직도 못다한 사랑이여.

  이범희 작사, 작곡, 유익종 노래의 〈상처〉에는 절절한 짝사랑이 그려져 있다. "눈물이 흘러도 좋아요, 가슴이 행복하니까/마음이 아파도 좋아요, 사랑은 그런 거니까/그대 곁에 있어도 외로울 때가 많아요/그대 곁에 있을 때 나는 안개꽃이에요/눈물이 마를 때까지 가슴이 아파도 좋아요/나는 그대 곁에서 외로워도 마음은 행복해요." 사랑한다는 것은 가슴앓이를 하는 것이다.

- 신봉승 작사, 박정웅 작곡, 한세일 노래의 〈모정의 세월〉
- 고은(시인) 작사, 김민기 작곡, 최양숙 노래의 〈가을 편지〉

등등이 있고, 외국 노래로는 외국 민요, 예컨대 나폴리 민요를 비롯해서 유럽 각국의 민요, 오페라 아리아, 예술 가곡 등도 불렀다. 내가 특히 좋아하는 곡은 이탈리아 작곡가 토스티의 가곡 〈꿈(Sogno)〉과 〈이상(Ideale)〉이다. 이 두 곡은 너무도 아름답다. 그래서 거의 매일 불렀다.

그런데 한 5년 전에 비해서도 노래가 잘 안 된다. 목소리에 쉰 소리가 나고, 고음도 잘 안 나온다. 음정도 잘 안 잡힌다. 목소리가 자꾸 처진다. 기운이 달려서이겠지. 리듬과 감정만 살아 있다. 내 목소리가 어느덧 흔히 말하는 '돼지 멱따는 소리'로 변해 있었던 것이다. 성대에 기름기가 다 말라붙었는가 보다.

젊었을 때에는 클래식을 좋아하는 척도 했고, 대중음악은 노래방에나 가서 부르곤 했지만 나이 들어갈수록 우리나라 대중음악이 가슴에 와 닿지 않는가? 아무래도 그것이 우리들의 음악적 생리인가 보다. 서양 음악은 감상을 할 때에는 그 아름다움에 경탄을 보내지만 감동은 별로 수반되지 않는 것 같다. 우리의 흙에서 탄생한 소리가 아니어서 그런가? 음토불이(音土不二)인가 보다.

그래서 CD나 테이프도 새로 사게 되고, 밤에 잠이 안 오면 교향곡이나 오페라 아리아보다는 문주란이나 유익종, 이동원의 노래를 CD로 더 많이 듣게 된다. 한번은 한세일의 〈모정의 세월〉을 부르다가 울먹인 적도 있다. 오기택의 〈고향무정〉이니 문주란의 〈돌지 않는 풍차〉 같은 노래는 나의 정서를 몹시 동요시킨다. 그런데 오페라의 아리아를 듣다가 눈물을 흘린 기억은 없다. 내가 즐겨 불렀던 도니제티의 오페라 〈사랑의 묘약(Elisir d'amore)〉의 2막의 그 유명한 아리아 〈남몰래 흘리는 눈물〉의 가사 "남몰래 흘린 눈물이 두 뺨에 흐르네/내게로 향한 생각이 진정한 사랑이오." 하는 대목도 내 눈물샘을 자극하지는 못했다. 그러나 〈모정의 세월〉은 그렇지 않았다. 가사는 이렇다.

동지 섣달 긴긴 밤이 짧기만 한 것은/근심으로 지새우는 어머니 마음
흰머리 잔 주름은 늘어만 가시는데/한없이 이어지는 모정의 세월
아아, 가지 많은 나무에 바람이 일듯/어머니 가슴에는 물결만 높네

길고 긴 여름 날이 짧기만 한 것은/언제나 분주한 어머니 마음
정성으로 기른 자식 모두들 가 버려도/근심으로 얼룩지는 모정의 세월
아아, 가지 많은 나무에 바람이 일듯/어머니 가슴에는 물결만 높네

어떤가? 한세일이 중저음의 구성진 목소리로 부르면 눈물 나지 않겠는가. 물론 정서의 질이나 표현 방식이 서양과 크게 다르기 때문에 단순 비교는 어렵지만, 아무래도 한국인의 눈물 많고 복잡한 한(恨)이 서려 있는 정서는 직설적이고 단층적(單層的)인 서양인의 정서와 크게 비교된다.

2.

정신 치료에 음악 치료라는 기법이 있다. 인간의 정신은 아주 복잡하다. 정상적이라고 하는 사람들의 정신에도 개인 차와 집단 차가 커서 그 차이를 설명하는 데 엄청나게 많은 이론이 있는데, 거기에다 정신적으로 문제가 있는 사람들의 정신 상태를 설명하는 이론은 더 많아서 아마추어가 접근하기에는 너무 벅차다. 20세기에 들어와서 좀 심각한 정신적 문제를 안고 있는 사람들을 치료하는 데 정신분석학을 비롯해서, 실존주의 철학도 동원하고, 행동주의 심리학도 동원하고, 정신약물학도 동원하고, 심지어 생태학까지 동원하지만 정신적 문제는 그리 쉽게 해결되지 않는다. 사이코패스(psychopath)라는 인격붕괴의 무서운 증후군을 안고 있는 사람

은 점점 더 늘고 있지 않는가? 그래서 이런 사람들을 치료하는 데 정신과 의사나 임상심리학자의 노력만으로는 힘들다. 그래서 옆에서 거들어 주는 힘이 필요하게 되었는데, 그것이 예술 치료라는 장르이다. 음악 치료, 미술 치료, 춤동작 치료, 작업 치료, 연극 치료, 문학—시 치료라는 새로운 기법이 발전한 것이다. 그중에서도 음악 치료가 가장 효과가 좋은 것으로 정평이 나 있다.

내가 왜 음악 치료 이야기를 하느냐 하면, 최근 내가 바깥 출입을 못해서 집 안에서 내가 좋아하는 우리나라 대중가요를 열심히 신나게 불러 보니 답답했던 속이 시원하게 뻥 뚫리는 느낌을 받았기 때문이다. 그런데 서양 음악은 나폴리 민요가 되었든 독일 가곡이 되었든 오페라의 아리아가 되었든 별로 가슴에 와 닿지를 않는 것이었다. 그것이 이상하다. 왜 그럴까?

유명한 일화가 있다. 파리넬리 이야기다. 스페인 왕 필리페 5세(18세기 중엽의 스페인 왕)가 거의 미칠 지경까지 우울증을 심하게 앓고 있었는데, 치료가 안 되어 궁중 전의(典醫)도 사표를 내야 할 정도로 증세가 심했다고 한다. 그래서 그 전의는 최후로 음악을 이용하기로 결심했다. 이것을 위해서 전왕이 총애하던 카를로 브로스키 파리넬리가 이 실험을 위해서 파견되었다. 파리넬리는 왕이 좋아할 듯한 노래와 발성법의 실험을 거듭하면서 드디어 절묘한 발성법을 터득하게 되었다. 왕이 이 발성법(남자가 여자 소프라노 성역의 노래를 부르는 콘트라 테너 같은 창법이다)으로 인해서 차츰 우울증에서 벗어날 수 있었다는 이야기다. 그러니까 음악을 효과적으로 이용하면 정신병도 고친다는 생각은 일찍부터 있어 온 것이다. 구약성서에도 나오고, 희랍—로마 시대의 역사에도 나오고, 중국의 춘추전국 시대의 공자도 음악을 굉장히 좋아한 것으로 되어 있다. 그리고 그분은 이미 음악의 치료 효과를 알고 있었던 것 같다.

 5월 26일, 대한음악치료학회를 창설하고 음악치료연구소를 운영하고 있는 나의 이화여대 제자인 김군자 박사와 점심을 같이 한 일이 있다. 그는 이화여대 피아노과를 졸업하고, 피아노 교수를 하는 한편 뉴욕대학에 가서 음악치료사 라이선스를 받고, 다시 이화여대 심리학과에서 박사학위를 받은 한국 최초의 음악 치료 전문가이다. 그가 5년 전부터 영등포에 있는 성 요셉병원에서 노숙자를 위한 음악 치료 프로그램을 운영하고 있다고 했다. 재능 봉사이다. 그래서 내가 "그때 무슨 음악을 주로 사용하는가?" 하고 물으니까 〈목포의 눈물〉 〈동백아가씨〉 등을 하지요" 했다. "서양음악은 사용하지 않는가?" 하고 물으니 "그걸 사용해 봤는데요, 아무런 반응이 없어요. 그래서 할 수 없어서 우리나라 대중음악으로 돌렸는데, 그랬더니 반응이 격렬하고, 활기가 넘쳐요". 피아노 교수가 대중음악으로 치료를 한다? 어울릴 것 같지 않는데, 그것은 바로 이너 비트(inner beat : 내심으로 잡는 박자)라는 음악 수용자의 내적 음악에 호응하기 때문이다. 한 예를 들면, 영남 사람들 중에는 판소리를 잘하는 사람이 드물다. 호남 사람들 중에 판소리 대가가 많다. 그것에는 여러 이유가 있겠지만, 지방의 사투리와도 관계가 깊다. 판소리 선생들이 대부분 호남에서 자라고 호남에서 활동을 했기 때문에 그쪽 제자가 많은 것은 자연스러운 일이나 판소리 사설 중에 전라도 사투리가 많이 사용되기 때문에 영남 사람들이 잘못 부르는 것이다. 이와 마찬가지로, 대중들은 자기네 풍토에서 자연발생적으로 우러나온 가락과 장단에 호응하게 되어 있다.
 내가 늙어서 우리나라 민요와 대중가요에 빠지게 된 것은 바로 나의 내적 울림이 나를 소리의 본향으로 돌아가게 했기 때문이다. 우리 할머니는

찬송가 400장을 모두 한 곡조로 불렀다. 그것이 무엇인가 하니, 김 매면서 부르는 노랫가락 곡조다. 그것 하나로 400곡을 다 불렀던 것이다. 마찬가지 이치로, 노숙자에게는 우리의 대중음악이나 민속음악으로 치료를 해야지 서양음악으로는 한계에 부딪치게 마련이다. 그들에게 처음에는 나폴리 민요인 〈산타루치아〉나 〈오 솔레미오〉 같은 것을 가르쳤는데 전혀 호응이 없어서 전략을 바꿨다는 것이다. 지금은 그들이 자발적으로 합창반도 만들고, 책도 써서 내고, 밴드도 만들어 연주하게 되었단다. 사람이 달라졌을 뿐 아니라 그들의 인생이 바뀐 것이다, 음악으로 인해서.

3.

음악은 뇌와 정신, 그리고 우리의 몸 전체에 큰 영향을 미친다. 음악으로 화를 풀게도 하고, 우울 증세도 고치고, 비통해하는 마음에 위로도 준다. 긴장으로 인해서 두통을 앓게 된 사람에게는 긴장을 완화시켜 두통을 없애 준다. 혈압도 낮춰 주고, 심장 박동도 조절해 주고, 호흡도 가다듬어 준다. 수술실에서 음악을 들려주면 통증이 완화되고, 무감정한 사람에게는 감정을 되살려 준다. 실의에 빠진 사람에게는 용기를 북돋우어 주고, 기분 전환과 내장기관의 활동을 효과적으로 조절해 주어 우리의 몸을 편안하게 만든다. 울분을 삭여서 카타르시스 해 준다. 이렇게 음악이 정신 치료에 보조 요법으로 기여하고 있는 점은 이미 정설이 되었다.

KBS에서 세 가지 대중적인 음악프로를 내보내고 있는데, 〈열린 음악회〉, 〈콘서트 7080〉, 〈가요무대〉이다. 모두 역사가 오래 되었음에도 여전히 인기다. 열린 음악회는 다양한 배경을 가진 청중이 모이지만 주로 젊은 층이 많고, 〈콘서트 7080〉은 중년층, 가요무대는 중·노년층이 많다.

방송되는 화면을 보면 가수가 노래하는 동안 눈물을 훔치는 사람, 환하게 웃는 사람, 따라 부르는 사람, 손뼉을 치는 사람, 펄펄 뛰는 사람, 손을 흔들면서 열광하는 사람 등 반응은 다양하다. 감동을 받아서일까, 감격에 북받쳐서일까, 한이 서려서 그럴까? 어쨌든 연령대별로 반응이 다르기는 하지만 모두가 행복해하는 표정이다. 그래서 김군자 교수보고 대중음악과 국악의 심리 치료 효과에 관해서 논문을 써 보라고 권하였다.

두 달 동안의 내 칩거는 내 음악 취향을 크게 바꿔 놓았다. 내가 호기심으로 서양 오페라 중 흔히 우리가 접해 온 오페라의 가사와 우리나라 대중가요의 가사 내용을 비교 분석해 보고 좀 놀랐다. 결론을 말하면, 서양 오페라 가사는 고상하고, 대중가요 가사는 촌스러울 것이라는 내 편견이 깨진 것이다. 한 가지 예를 들겠다. 베르디의 〈리골레토〉의 3막에 나오는 〈여자의 마음(La donna e' mobile)〉의 가사 "바람에 날리는 갈대와 같이/항상 변하는 여자의 마음/어여쁜 얼굴에 웃음과 울음/항상 변하는 여자의 마음." 이 아리아의 가사는 뭐 별로 시적이지 않다. 평범한 가사다. 1851년 베네치아에서 초연했는데, 그 이튿날 베네치아 거리를 나다니는 젊은 청년들이 콧노래로 이 곡을 부르고 다녔다는 일화가 있다. 그러나 거기에는 멜로디라는 매력이 곁들여져서 유명해진 것이다. 그런데 이 노래 가사와 고은이가 가사를 짓고 김민기가 곡을 붙이고 최양숙이 부른 〈가을 편지〉나 전우가 작사하고 나규호가 작곡하고 배호가 부른 〈누가 울어〉, 박춘석 작사, 작곡, 최양숙 노래의 〈호반에서 만난 사람〉 등은 참 멋지지 않는가? 그 유명한 푸치니의 오페라 〈투란도트〉 제3막에 나오는 테너용 아리아 〈Nessum Dorma!(잠 못 이루고)〉는 멋있고 아름답지만 감동은 없는 아리아이다.

우리나라 작사가 중에 전우라는 작사가가 있었는데 젊어서 세상을 떠났다. 그는 서울대 철학과를 나온 전문 작사가였다. 배호의 노래 대부분이 그의 노랫말로 되어 있다. 예컨대, 〈누가 울어〉, 〈당신〉, 〈안녕〉 등은 부르는 사람이나 듣는 사람을 모두 뭉클하게 하는 노래이다. 얼마나 아름답고 정겨운 노래말이고 가락인가? 그래서 나는 마음을 고쳐 먹기로 했다. 우리 가요를 존중하고 열심히 부르자. 거기에 나(우리들)의 원초적인 정서가 담겨 있었구나 하고 새삼 평가하게 되었다. 나는 우리의 대중음악 때문에 통증 완화 효과를 톡톡히 보았을 뿐 아니라 그로 인해 새삼 행복감을 느끼게 되었다. 대중음악의 치유 효과에 대해서 나는 산 증인이 되어 주리라.

(2015. 5)

김창진

한시(漢詩) 읽는 즐거움
— 전자통신으로 오간 편지 1

백초(白初) 님

제목은 말씀 안 해 주셨으나, 당(唐) 전기(錢起)의, 참 좋은 시를 소개해 주셔서 고맙습니다.

> 藥徑深紅蘚
> 山窓滿翠微
> 羨君花下醉
> 蝴蝶夢中飛

> 작약 핀 길에는 붉은 이끼 깊고
> 산으로 난 창에는 취미가 가득하고나.
> 그대 꽃 아래 취해 누워
> 호접몽 속을 나는 것이 부러웁구려.

저는 송시(宋詩)의 주해(注解)된 책을 읽으려 해도 마음이 썩 당기지 않아, 이에 대한 콤플렉스가 있습니다. 그런데 우계(友溪) 님이나 백초 님께

김창진 한시(漢詩) 읽는 즐거움 203

서 더욱이나 요새는 채정까지 가끔 들려주시는 한시(漢詩)들을 접하면 그리 마음에 당길 수 없습니다. 공부하는 방법을 이런 편법에 기대다니.

모산(茅山) 님의 국어학 쪽 야단은 아직 멀리(?) 있고, '깊으고', '부러웁고'로 옮기시니 더욱 시흥이 돋구어지는 느낌입니다.

저의 경우, '스럽다' 같은 접미사를, 괜히 어떤 분위기에 겨워지면, 아무 체언에나 함부로 붙여 쓰고 있으니, 그뿐인가요. 맞춤법도 엉망으로 벗어나고 있고, (젊은 날에는 틀림없이 바르게 썼었는데 말입니다) 이건 기억력의 쇠잔에서 오기도 하고, 또 어떨 때는, 늙은이 특유의 '아무러면 어때'라는 어긋난 심사에 알게 모르게 물들고 있을 것 같습니다. 백초 님, 이야기는 제 경우이고, '깊으고' '부러웁구려'와 같은 멋진 번역에 이어진 얘기는 물론 아닙니다.

그런데, 백초 님, 위의 시 승구(承句)의 '취미(翠微)'를 그냥 '취미'로 옮기신 것은 딱 떨어질 시어(詩語)가 없어서 그러신 모양이지요. ① 산의 중턱 ② 먼산에 아른아른 보이는 엷은 푸른 빛 ③ 청옥빛을 띤 산의 색—이런 등속의 사전적인 풀이를, 한 어절로 바꾸기가 쉽지 않아서이겠지요.

　　① 정상에 오르지 못한 산의 중턱을 취미(翠微)라 한다.
　　② 凡山遠望之則翠, 近之翠漸微, 故曰翠微(무릇 산은 멀리 바라보면 푸르고 가까이 갈수록 점점 희미해지므로 취미라 한다) —「신하만필(慎夏漫筆)」
　　③ 그 취미의 '山氣靑玉色(山氣가 靑玉色)'이기 때문이다. —『이아(爾雅)』「석산(釋山)」에서

'취미'에 대한 이런 풀이들은, 제가 〈초우재통신〉의 한 회분(回分)에서 '청옥' 빛에 대해서 답답해하다가, 최완수 씨가 지은 『겸재의 한양진경』의 「취미대(翠微臺)」 항(項)에서 옮겨 보았던 것들입니다. '산의 중턱', '희미

한 푸른빛', '청옥색' 등으로 정리가 되나요. 이들의 뜻을 드러내는 시어 (詩語)나 시구(詩句)면 맞는지요. 쉬이 떠오르지 않습니다. 그래서 백초 님께서도 그냥 '취미'로 옮기신 모양이지요. 우계 님, 모산 님, 그리고 채 정에게 기대어 볼까요. 저는 한문에 익숙지 않아서 원시에서는 뜻을 겨우 찾으려 하고 좋은 번역을 만나서야 겨우 감동을 받곤 합니다.

영문학자(백초)와 한시(漢詩)의 만남, 불꽃이 튀는 것 같지 않습니까.

언제나 저는 밤 깊어서는 이리 세설이 많습니다.

용서하시길.

남정(南汀)

초우재 주인께

제목을 안 알려 드려 미안합니다. 사실 이 시는 그 제목을 알아야 제대로 음미할 수 있는 시입니다. 그렇지 않으면 "작약 핀 길"이 집 뜰에 난 작은 길인 것을 알 수가 없지요. 또 전기가 "그대"라고 칭한 사람이 어떤 사람인지를 아는 것도 감상에 도움이 되리라 생각합니다. 이 시의 제목은 「제최일인산정(題崔逸人山亭)」이라고 되어 있으니까 속세를 떠나 살고 있는 최씨 성 가진 지인의 정자에 가서 쓴 시입니다. "翠微"는 "이내"로 옮길까 하다가 전자가 "포르스름한 산 빛"이라는 뜻을 더 잘 전달하는 것 같아서 그냥 두었던 것입니다.

남정께서 당시 송시에 별 매력을 느끼지 못하셔서 한시를 보면 콤플렉스를 느낀다고 하셨는데, 전혀 그러실 이유가 없다고 생각합니다. 한시보다 몇 배 더 절절하게 우리의 감성에 호소하는 우리 시를 선생님은 무수히 외고 계시지 않습니까? 사실 한시에는 표현이 유형화되어 있는 것이 많지요. 그래서 역으로 시인의 느낌조차도 유형화, 규격화된 것 같은 경우가 많습니다. 제가 좋아하는 한시는 그런 틀에서 벗어난 것들입니다. 위의 시에서도 "꽃 아래 취해 누워 호접몽 속을 난다"는 이미지가 독특해 보였고 그래서 제게는 무척 신선했던 것입니다. 이런 점 때문에 저는 전기를 좋아합니다.

내친 김에 전기의 작품 중에서 제가 좋아하는 또 다른 시를 소개하겠습니다. 이 시는 「강행무제(江行無題)」라는 제목의 두 번째 시입니다.

穩睡葉舟輕
風微浪不驚
任君蘆葦岸
終夜動秋聲

곤히 잠이 드니 조각배 가벼웁고   편히 자나니, 조각배 가볍고
바람 잦아드니 물결 아니 이누나.   바람이 고요해 물결이 일지 않네.
이제 난 모르네, 저 갈대밭에 나는 몰라라, 저 갈대 언덕에
밤 내내 가을 소리 서걱대어도.   한밤 내내 가을바람 스산한 것을.
                                                        — 김달진 역

'任君'은 원래 "그대에게 맡기네"라는 뜻이지만 거기서 발전하여 "난 모르네"라는 뜻도 된답니다. 그 마지막 두 구절이 좋지요?

이 시는 평이하게 읽을 수도 있습니다. 예컨대, 시인이 강 여행으로 피곤하여 배에 누워 잠드니까 스산한 갈대 소리는 안 듣게 되었다는 식으로 말입니다. 그런데 저는 그렇게 읽고 싶지가 않습니다. 우선 서걱대는 갈대 소리로 마음이 산란해져서 밤을 지새워 보지 않은 사람이 밤새도록 갈대가 서걱대는 것을 어찌 알겠습니까? 그래서 저는 시인이 이 시를 쓰기

전에 수심을 자아내는 그 "가을 소리" 때문에 적어도 하룻밤은 지새우고 났다고 생각합니다. 그래서 이제 피곤하여 곤히 잠이 들었건, 아니면 또 다른 이유로 단잠이 들었건, 어떻든 그 이전에 그런 잠 못 이룬 밤을 겪었기 때문에 "이제 난 모르네"(아시겠지만 이건 저의 자의적인 해석입니다. 김달진 씨의 "나는 몰라라"가 원문에 더 충실한 번역일 것입니다)라는 말이 분명한 의미를 갖게 된다고 생각합니다. 이 시의 초점은 밤잠을 설치게 하는 갈대 소리인데 그것을 겪어 보지도 않고 잠만 자겠다는 것은 제가 보기에 너무 시인답지 않습니다.

그러고 보면 처음 두련(頭聯)도 새로운 의미를 띠게 됩니다. 어떻든 단잠을 자게 되었으니까 시름을 잊은 것이고, 그 시름의 무게를 던 배는 그래서 가벼워졌죠. 그러면 편안해서 안정감을 주어야 할 터인데, "조각배가 가볍다"라는 표현에는 안정감보다는 불안정감, 불안함이 배어 있지 않습니까? 사실 저는 그 말에서, 조금만 물결이 일어도 배가 다시 요동을 치리라는 불안감을 더 강하게 느낍니다. 더구나 그 다음 연을 보면 지금은 바람이 잤으니까 물결이 잔잔하지만, 종작없는 가을바람이 마냥 잠자고 있을 리는 없으니까, 조만간 또 불기 시작하여 곧 다시 물결이 일어나리라는 불안한 예감마저 주지 않습니까?

이렇게 읽으면 시인이 자기의 잠을 "편안한 잠"이라고 한 것도 액면 그대로 받아들여지지 않습니다. 제가 보기에는 시인 자신은 불원간 배가 다시 요동을 치면 또 소스라쳐 깨 일어나 갈대 소리에 시달리며 불면의 밤을 지낼 것을 알고 있기에, 그 고통을 피하고 싶은 마음에서 짐짓 자기의 옅은 잠을 깨어나지 않을 "편한 잠"이라고 과장한 것이 아닐까 하는 생각이 든다는 말씀입니다.

이거, 제 나름의 엉터리 논설이 너무 길어졌습니다. 한 가지만 더 말씀드리지요.

제가 이 시에서 또 좋아하는 점은 시인의 자유로운 상상력입니다. 시인은 배 안에서 잠을 자고 있으면서 그런 자기 자신을 또 밖에서 바라보고 있습니다. 사실성이나 논리성에 얽매인 서양의 시인들로서는 감히 누릴 수 없는 상상의 자유지요. 재미있지 않습니까?

밤이 너무 깊었습니다. 안녕히 주무십시오.

백초 드림

채정, 남정 그리고 백초께

백거이(白居易)에서 시작된 우리들의 한담이 전기와 송대의 소순흠(蘇舜欽)까지 끌어들였군요. 마침 남정께서 2003년 7월 27일에 저에게 부치신 메일을 인용하셨기에, 제가 그 이튿날 보낸 답신을 아래에 인용합니다.

남정 선생께

수일 전에 〈초우재통신 49〉에 담아 보내주신 백거이의 시를 읽으니 어디선지 본 적이 있는 것 같아 제가 가진 당시 선집들을 여러 권 뒤졌습니다. 그러나 김달진(金達鎭), 임창순(任昌淳), 이병한(李炳漢)/이영주(李永朱) 편역본 등에서는 그 오언절구가 보이지 않았고 심지어는 근자에 중국서 간행된 『신시번역 당시삼백수(新詩飜譯 唐詩三百首)』라는 중국어 책에서조차도 찾을 수가 없었습니다.

그래서 아쉽지만 어쩔 수 없구나 하고 체념하고 있던 중이었기에 남정 선생께서 보내 주신 원시(原詩)는 그만큼 더 반가웠습니다. 이절(二絶) 중의 두 번째 시는 저도 알고 있는 것인데 이번에 다시 읽으면서 부평초로 덮인 연못 위에 배가 지나간 자국이 남았다는 대목의 절묘한 시적 이미지에 새삼스럽게 놀랐습니다.

김성홍 선생의 평문을 읽으면서 "그 처남에 그 매제구나"라고 생각했습니다. 그리고 "한 집안의 혈통은 속일 수 없구나"라고도 생각했습니다. 김동리 선생이 김범부 선생의 실제(實弟)라는 것은 알고 있었습니다만 동리 선생에게 중형이 계신 줄은 미처 몰랐습니다. 김범부 선생을 제가 뵈온 적은 없으나 제 친구요 철학자인 진교훈(秦教勳) 교수(서울사대 국민윤리과 퇴임)가 바로 그분의 사위이므로 그 집안에 대해서는 조금 들은 바가 있었거든요. 남정 선생께서 혹시 진 교수를 아시는지요? 아주 진지한 인간철학자인데 책이 나올 때나마 제게 보내 주어서 그의 학문 세계를 제가 조금은 짐작하고 있습니다.

…(중략)…

여기 백거이의 오절 한 편을 옮겨 놓으면서 이만 줄이겠습니다. 읽기 쉬운 데 비해 탈속의 기운이 잔잔하게 감도는 시라서 제가 평소에 애송한답니다. 안녕히 계십시오.

弄石臨溪坐 尋花繞寺行 時時聞鳥語 處處是泉聲

2003. 7. 28. 우계(友溪) 드림

5년 전에 쓴 위 메일에 대한 제 감회를 덧붙여도 될는지요?

⑴ 어찌하여 남정 주변 분들은 모두 남정을 닮는지요? 작년에 제가 채정 님을 처음 뵈었을 때 "그 스승에 그 제자"라고 생각했고 최근에 양평을

왕래하면서도 그런 생각을 자주 입에 올리곤 했습니다. 그런데 이제 보니 5년 전에도 김성홍(金性弘) 선생의 평문을 읽으면서 "그 처남에 그 매제구나"라고 생각했었군요. 대체 남정께는 무슨 감화력(感化力)이 있어서 이런 기적들을 일으키는지요?

(2) 백거이의 「지상이절(池上二絶)」은 근년에 구입한 『백거이시선(白居易詩選)』(北京, 1999)에도 수록되어 있지 않군요. 그러나 두 오언절구는 내용으로 보아 별도의 시임이 분명하고 뒤편은 김달진의 『당시전서(唐詩全書)』에 「지상(池上)」이라는 제목으로 실려 있습니다. 위 메일에서도 언급했습니다만, 저는 이 오절을 특히 좋아합니다.

小娃撑小艇 偸採白蓮回 不解藏踪迹 浮萍一道開

소녀가 배를 타고 연못에 몰래 들어가 백련을 꺾어 나오면서 그 종적을 감추어야 한다는 것을 미처 알지 못한 탓에 그만 개구리밥 — 부평초 — 위에 배 지나간 자취를 남기고 말았다는 뜻 아니겠습니까. 이 시에서 저는 전구(轉句)와 결구(結句)를 특히 좋아합니다. 이 대목은 바둑 두는 이들은 보이지 않고 바둑알 내리는 소리만 들린다는 앞 시의 마지막 두 행과 분위기가 비슷하고, 그래서 백거이는 이 두 편을 묶어 놓은 듯합니다.

2008. 10. 28. 우계

우계 님

지난번의, 백거이 시의 원문을 제가 찾아보기 전에,
제 망매(亡妹)의 남편, 그러니까 매제가 보내 왔길래, 우계 님은 벌써 알고 계시겠으나 재음(再吟)해 보셨으면 하고 부칩니다. 매제는 경주의 범부

(凡父)와 동리(東里) 형제 가운데 분의 소생인데, 동리 집안에서 유일하게 소설 쓰는 핏줄을 이어오고 있지요. 이름은 성홍(性弘)입니다. 김해의 제 집에 장가와선 내내 그 지방의 고등학교에서 교편 생활을 하면서 작품 활동을 했습니다. 3년 전에 상배의 어려움을 겪었는데, 음악으로 책 읽기로 글쓰기(근래 작품으로는 『문학과 사회』 여름호에 오영수의 만년―울주 은거―을 그린 「코끼리방–침죽재 여화」라는 중편이 있습니다)로 그리고 제가 권해서 컴퓨터에 빠지면서 그런대로 잘 견뎌내고 있습니다. 학교에서는 몇 년 전에 정년퇴직했습니다.

내외가 살던 단독주택에서 홀로. 나무와 난을 좋아해서 앞뜰을 바라는 데서 위안도 많이 받는 모양입니다. 〈초우재통신 49〉를 부쳤더니 회신을 이리 보내었습니다. 저에게의 사신(私信)이나 시들이 좋아서 그대로 우계 님께 보입니다.

너무 제 매제 얘기를 했습니다.

고맙습니다.

남정

초우재 주인과 채정께

저 역시 백거이의 시를 채정께서 올렸을 때, 한 번 그에 관해 말이 오고 간 것 같다고 생각했는데, 〈초우재통신〉을 통해서였군요. 제 기억으로 그때는 매우 덥고 긴 여름을 지내는 중이었습니다. 그때 남정께서는 그 시에서 그림자의 어두움에 관해 말씀하셨던 것 같습니다.

채정 님 덕분에 2절까지 알게 되어 고맙습니다. 저는 네 번째 연을 "只聞下子聲"으로 알았는데, "時聞下子聲"이군요. 그것이 훨씬 더 운치가 있습니다.

　남정의 매제께서 보내 주셨다는, 이 시에 화답한 송(宋) 시인 소순흠의 「하의(夏意)」라는 시도 매우 좋군요. 꽃 있고 새 울고, 송뢰(松籟)마저 있으니 그 가운데에서 낮잠을 잔다는 것은 신선놀음 아니겠습니까? 송대(宋代)의 시는 당시에 비해 감각이 밋밋하고 기교도 떨어진다는 평이 있는데, 그런 중에도 또 이런 일품(逸品)이 있군요.

백초 드림

형님께

池上二絕　　　　　　　　　　　　白居易(唐)

山僧對棋坐
局上竹陰清
映竹無人見
時聞下子聲

小娃撐小艇
偷茶白蓮回
不解藏踪迹
浮萍一道開

산승이 마주 앉아 바둑을 두는데
바둑판 위에 대나무 그늘이 시원하네
대나무 그림자에 가려 사람은 보이지 않고
때때로 바둑 두는 소리만 들리네

소녀가 작은 배 저어
연을 훔쳐 따 가지고 돌아오네

종적 감출 줄을 몰라
물풀 위로 산뜻 길이 하나 생겼네

* 娃 : 예쁜 계집아이 '왜'
* 偸 : 훔칠 '투'

위의 시에 답하여

夏意   蘇舜欽(宋)

別院深深夏簟淸
石榴開遍透簾明
松陰滿地日當午
夢覺流鶯時一聲

별당 깊숙한 곳 돗자리 시원한데
석류꽃 활짝 피어 주렴발 건너 눈이 부시다
한낮 마당 가득 소나무 그림자 덮였는데
낮잠 자다 꿈결에 어렴풋이 꾀꼬리 소리 듣는다

* 別院(별원) : 별당 마당
* 夏簟(하점) : 여름날 대청이나 바닥에 까는 대나무 돗자리
* 當午(당오) : 시간이 한낮에 해당하다
* 流鶯(유앵) : 나무 사이를 날아서 옮겨가는 꾀꼬리

　칠언절구의 이 시 승구(承句)의 밝음(석류꽃의 밝음을 아시겠지요. 그걸 또 발 건너에 보다니 밝기가 더하지요)과 전구(轉句)의 소나무 그늘의 어둠의 대비가 우선 비범하지만, 보다 존재론적 깊이를 더하는 결구(結句)의 맛은 대단한 게 아닌가 싶습니다. 꿈결인 듯 생시인 듯(이승에서인 듯 저승에서인 듯) 들려오는 저 꾀꼬리 소리. 나는 지금 어느 경지에 있는

가. 저 꾀꼬리 소리는 무엇을 알리는 신호인가. 날더러 어쩌라는 소리인가……. 낮잠에서 깨어날 때, 들리는 사람 소리는 나로 하여금 즉각 현실로의 귀환(歸還)으로 이어지게 하지만, 이럴 때 들리는 자연의 소리, 소나무에 부는 바람 소리라거나 계곡의 물소리, 그중에서도 새 울음소리는 예사롭게 들리지 않음이 한결 더한데 저만의 이야기인지. 다른 사람도 그런지. 확인해 본 일은 없지만 궁금한 것입니다. 이 시는 이런 저의 오랜 습벽을 확인하게 해 주고 있어 반갑습니다.

김성홍

지난지난 세기의 표정으로

지난지난 세기의 표정으로

― 전자통신으로 오간 편지 2

1.

8시 22분에서 23분으로 가고 있는 아메리칸 클록(American clock) 디자인의 10센트짜리 두 장, 뉴욕의 록펠러 센터 소장의 〈위즈덤(Wisdom)〉 상(像) 1달러 한 장, 그리고 1센트씩의 넉 장의 아름다운 티파니 램프,

이 일곱 장의 우표들이 퀼트 작품의 짜임 같이, '인쇄물 재중' 표시의 봉투를 수놓고 있습니다.

2011년 3월 며칠의 소인(消印)이 찍혔고 은송암(垠松庵) 발신입니다.

은송암은 미 서부 해안 마을입니다. 거기 저의 제자와 그녀의 부군이 살고 있습니다.

선생님께
저에게 흰머리가 생기기 전(1/4세기 전쯤 되겠지요)
워싱턴에서 스미소니언에 속한 현대미술관(Hirshhorn museum)에서 호퍼(Hopper) 작품을 처음 봤습니다. 그래서인지 〈오케스트라 첫 줄(First Row

Orchestra)〉은 제가 좋아하는 호퍼 작품이 되었지요. 푸른 휘장 앞에 자리잡은 노부부의 모습에서 각각 다른 생각에 잠겨 옆에 있는 배우자한테 무관심한 묘사를 보며 "늙으면 저렇게 되나" 하고 의문을 갖고 본 작품인데 저희도 벌써 그렇게 되었지요.

'Melancholy images of alienation'을 잘 표현하는 호퍼의 그림에서 고독과 어두움을 잘 읽을 수 있지요.

위의 작품은 구글에 들어가서 image for Edward Hopper 중 6페이지에 있다고 생각됩니다.

언제 함께 호퍼의 그림을 볼 수 있게 되기를 바랍니다.

2011. 2. 21. 우경 드림

우경의 이 사연은 얇은 한지에서입니다.

우경(又耕) 내외가, 4반세기 전에 들러 호퍼의 전시를 보았다는 스미소니언 박물관과 거기에 속한 허시혼 현대미술관을 인터넷에서 찾았더니, 그 외형만으로도 혼이 안정(安靜)되어 오는 느낌입니다. 저리 차분할까요. 그래서 우경 내외가 여름휴가의 해마다의 두 달을 열 번이나 넘게 워싱턴에 가서 헤매고 소요했던 모양입니다.

2.

보내주신 이메일에 선생님과 선생님의 동인들께서 에드워드 호퍼를 좋아하신다니 저희도 호퍼의 그림을 좋아하니 이런 것을 두고 동오소호(同吾所好)라 하겠지요. 저희는 2007년의 대륙 횡단 여행 때, 아이오와주의 수도인 디모인에 들려 그곳 미술관 소장의 호퍼의 〈일요일 이른 아침(Early Sunday morning)〉을 보고저 하였으나 전시가 되지 않아 실망하였는데 알고 보니 워싱턴의 내셔널 갤러리에서 호퍼의 특별전시 행사를 위해 보내졌다는 것이었습니다. 그래서 워싱턴으로 가서 그 그림과 그 밖의 많은 호퍼의 작품들을 감상할 수 있었습니다.

여기 특별 전시의 안내 팸플릿을 동봉하오니 읽으시면 참고가 되시겠습니다.

2011. 2. 21. 은송암에서 첨정

천문학자, 이제는 대학 강단에서 은퇴한 첨정(瞻亭)의 편지 글씨는 언제나 달필입니다. 괘지(罫紙)의 편지지 끝에 분홍 색종이 메모지에 급히 쓴 우경의 '추신'이 덧붙어 있습니다.

첨정이 잘못 기억했어요.
디모인에서 못 본 그림은 〈오토맷(Automat)〉입니다. 오토맷은 지금은 사라졌지만 옛날에 자동판매기에서 음식과 음료수를 골라서 먹던 곳입니다. 화장을 하고 옷을 차려입은 여자의 외로움은 아마도 요새 젊은 여인들의 모습인지 모르겠지요.

우경

〈오토맷(Automat)〉은 두 분이 보내준, 워싱턴의 내셔널 갤러리에서의 호퍼 작품의 특별전시회 때(2007~2008)의 팸플릿 표지에 나와 있어 더욱 반가웠습니다.

소장은 디모인 아트센터입니다. 그러니까 이 작품을 보려 했는데 워싱턴으로 출타 중이어서 거기 국립미술관으로 그림 따라 뒤쫓아 갔네요.

호박꽃!

오토맷의 간이 탁자에서 홀로 찻잔을 들고 있는 '화장을 하고 옷을 차려입은 여자의 외로움'에서, 나는 어릴 때 시골집 처마 위 초가지붕에서 자주 본 호박꽃들의, 조금은 무거운 노랑의 빛을 얼핏 떠올립니다. 저 여자의 눌러쓴 모자며 가슴께와 긴 다리, 그리고 그녀 뒤 화분의 조화(造花)인 양의 꽃잎들까지, 그들 빛의 무염(無染) 무광(無光)이라니.

김창진   지난지난 세기의 표정으로   *217*

3.

이제 우리들의 호퍼 찾기 차례입니다.

호퍼는 지난번 채정의 이집트 기행문에 언급되어 저도 처음 알게 된 작가입니다. 〈뉴욕의 실내(New York Interior)〉라는 그림의 하얀 속옷을 입고 무엇을 깁고 있는 여인의 뒷모습은 드가의 무희를 닮았다고 하는데 그가 드가 밑에서 미술 수업을 했다고 하는군요. 그러나 그 발랄한 무희와는 분위기가 전혀 다르군요. 특히 앞을 콱 막은 문이 맨해튼에서 제가 들었던 싸구려 호텔의 비좁은 방을 연상시킵니다.

저는 중절모를 쓴 자화상이 제일 마음에 듭니다. 그 한없이 선량해 보이고 쉽게 겁먹을 것같이 수줍은 눈이 좋습니다. 그리고 운두가 높은 중절모를 썼지만, 앞 챙 어딘가가 휘어 있는 것이 당당해지려고 애를 써도 안 되는 그의 타고난 숫한 성품을 전해 주는 것 같습니다.

2011. 2. 4. 백초

백초 선생님께서 일러주셔서 호퍼의 또다른 그림을 보았습니다. 여주인공이 화가로 나오는 TV드라마에서 그녀가 어느 그림 앞에서 자기가 가장 좋아하는 그림이라고 말하는 장면이 있었어요. 그 그림이 호퍼의 〈푸른 저녁(Soir Bleu)〉이더군요.

요즘 매체를 통해 호퍼의 이름을 자주 접하게 되는 것 같아요. 저도 최근에 읽은 책에서 그를 알게 되었는데 이상하게도 그의 그림에 쉽게 빠져들게 되는군요.

'호퍼의 인물들은 집에서 멀리 떨어져 있다. 그들은 혼자 앉아 있거나 서 있다. 호텔 침대 가장자리에서 편지를 읽거나 바에서 술을 마신다. 창밖의 움직이는 기차를 물끄러미 바라보거나 호텔 로비에서 책을 읽는다. 상처받은 듯 자기 내부를 응시하는 표정이다. 방금 누군가를 떠나왔거나 떠나보낸 것 같다. 시간은 주로 밤이다. 창문으로는 어둠이 다가오고, 넓은 시골 또는 낯선 도시의 위협이 그 뒤에 도사리고 있다.' (알랭 드 보통)

2011. 2. 5. 채정

이제 호퍼에 대해 잠자코 있으면 물결 저만치 밀어낼 기세군요.

그래서 부랴부랴 몇 곳 뒤져 보았습니다. 제일 만만한 곳이 『죽기 전에 꼭 봐야 할 1001 명화』 거기에 호퍼의 작품이 네 점 나와 있고 그 화풍의 특징들을 잘 설명해 놓았군요.

구글에 Edward Hopper를 클릭하면 위키피디아에서 자그마치 85점의 그림을 볼 수 있습니다. 그중 〈나이트호크(Nighthawks)〉(1942)가 대표작이라는데 이 그림뿐 아니라 '도시를 지배하는 외로움'이 그의 그림의 주조라 하는군요. 언제나 자연 외곬인 저는 빠져지지는 않는군요.

2011. 2. 7. 모산

그리고 보니 호퍼(1882~1967)라는 미국 화가의 그림들을 우리는 지금에사 그것도 인터넷에서나 즐기고 있습니다.

우경 내외가 4반세기 전의 허시혼 미술관, 가까이는 3~4년 전의 워싱턴 국립미술관 호퍼 작품 특별전에서 느꼈을 그 찬란한 '현장감'을, 우리는 어떻게 상상이나 할 수 있겠어요.

4.

내 회신이 이리 늦은 것은 그 고운 우표의 편지를 받았는데 쉬운 방법의 이메일로 띄운다는 것이 죄스러운 것 같아서, 여태 미루어왔기 때문입니다. 그런데도 여전히 저의 대답은 우표를 붙이지 못했네요.

우체국에 가면, 그림의 우표는 없고, 있어 보았자입니다. 한두 종류의, 그것이 그것입니다. 그냥 편지물의 무게와 우편의 종류에 따라 계산해서 즉석에서 만들어 주는, 간이 영수증과 같은 우표 두어 장 사이즈의 종이 딱지를 붙이는 것으로, 참 쉽게도 내 편지는 이 세상에 날아갈 티켓을 받은 것입니다. 이야말로 간편(簡便) 아니겠습니까.

우경은 언제나 우표입니다.

그것도 여러 장 때로는 열몇 장의 다양한 것들입니다. 몇 년 전인가요, 미국에서의 우표 축제(!)의 행사에 맞추어, 우표들 이름의 A부터 Z에 이르는, 그야말로 우표의 모두가 알파벳 차례대로 몇 달 동안 발행되는 날짜에 맞추어 우경은 나에게 편지를 띄웠습니다. 보내온 편지의 봉투를 수놓아 준 것입니다.

아, 우표 그림들의 다양함에서 보는 그들 역사와 문화의 짠짠하고 촘촘한 행진.

우리의 일상이 시작되는 이곳의 나날은 왜 이리 눈부시지 않지요.

어제 밤새 마음 설레며 쓴 편지의 봉투를 우체국 창구에 내밀며 우표를 붙여 달라면 나는 지난지난 세기의 표정으로 돌아가야 합니다.

호퍼 그림의 그 고독과 어둠입니다.

2011. 3. 초우재 남정

* 후기(後記) : 우리는 그 후 덕수궁 미술관에서, 미국서 건너온 호퍼의 그림 원화를, 특히 〈철길 가의 노을(Railroad Sunset)〉 앞에서 오랫동안 서 있었다.

'살구'로 주고받은 이야기
— 전자통신으로 오간 편지 3

1.

마침 밤늦이가 지면서 밤송이가 맺히는 사진을 찍어 온 게 있습니다. 누이가 그 꽃, 그 많은 꽃술에 밤송이가 몇 개 달리냐는 질문을 받은 차에 마침 좋은 교육 자료가 있어 담은 것입니다. 그 많은 수컷들이 저 한 송이를 위해 목숨을 걸었을 것을 생각하면 세상의 주인은 그 반대 컷이 분명하겠지요?

살구 따러 간다고 하였으니 살구 장면도 하나 보냅니다. 지금 집에는 살구도 그득하고, 또 96세 할머니가 손수 뜯어 준 비름나물도 푸짐하여 식탁도 마음도 요 며칠 가득가득하답니다.

2013. 7. 8. 모산

2.

살구야

살구야

너만 살구냐

― 할망구 보고

웬 노래냐고

했더니

짱구야 짱구야

너만 짱구냐의

패러디 ― 라길래

망구야 망구야

너만 망구냐

― 나는 대꾸했다

그렇네

살구야 살구야

너만 살구냐

친구야 친구야

그렇지 않는가

오

따먹지 못한

사랑이구야

사랑이구야

모산의 '살구' 사진 보고, 남정

3.

모산, 그리고

강릉 가셔서 사투리만 채집하고 오신 게 아니었군요. 한 바구니 싣고 왔다는 살구 그것 모산댁 마당에서 딴 건가요? 통통한 살구가 하도 오밀조밀 달려 있기에 저는 '자몽'인 줄 알았지 뭡니까. 자몽나무를 본 적은 없는 제가 'grapefruit'라는 영어 이름의 유래를 궁금해했더니 우리 학과의 한 분이 그 큰 열매가 마치 포도송이처럼 주렁주렁 매달려 있어서 그런 이름이 붙게 되었다고 하더군요. 지난 주말에 인근에 새로 생긴 코스트코(COSTCO)에 가서 자몽을 한 상자 들고 오면서 그 나무를 혼자 마음속으로 상상해 본 일이 있기에 모산의 사진이 그런 생각을 떠올리게 했던 모양입니다.

그런데 이놈의 살구—이걸 한 번도 사 먹어 본 적은 없습니다. 으레 동네에서 얻어먹었지 사서 먹은 적이 없어서 그럴 겁니다. 그것도 한두 개씩 얻어먹는 것이 아니고 적어도 큰 바가지로 가득히 얻어 오곤 했고, 먹고 남은 씨를 깨서 속에 든 행인(杏仁)이라는 걸 동무들끼리 모아서 들고는 이웃 한약방에서 계피(桂皮)와 바꿔 먹곤 했습니다.

돈을 내고 사 먹는 데 대한 거부감으로 말하자면, 살구 말고 감에 대해서도 똑같이 느끼고 있습니다. 제 기억에 외지의 장사꾼들이 와서 감을 사 가지고 가는 것은 보았지만 적어도 우리 고장 장바닥에서는 감을 쌓아 놓고 파는 걸 본 기억이 나질 않습니다. 그렇게 감이라는 것은 뒤뜰에서 따 먹거나 이웃에서 얻어서 먹는 것이었거든요. 그러니 이 나이가 되도록 저는 아직도 살구뿐만 아니라 삭힌 감이나 홍시를 돈과 바꾸는 데 대한 거부감이 있을 수밖에요.

그건 그렇고,

남정께서는 살구를 두고 재깍 즉흥시를 한 수 읊으셨네요. 그간 가벼운 해학만 농(弄)하신다 했더니 이번에는 아주 본격적으로 나서신 듯합니다. 패러디를 다시 패러디하면서 멀리 이솝까지 끌어 들이시네요. 잘은 모르 겠습니다만 남정의 시작 경지(詩作境地)가 혹시 바뀌는 게 아닌가 싶을 지 경입니다. 마치 피카소가 블루에서 핑크로 바뀌듯이 말입니다.

우계

4.

우계의 샘도 남정의 그것만 못하지 않아 꼭지만 틀면 콸콸 쏟아지네요. 감은 저도 사 먹지 않게 됩니다. 오징어도 그렇고 감자는 물론 그렇고.

우리는 살구씨를 양쪽을 갈아 구멍을 내서 그 속을 파내고는 줄을 꿰고 뱅글뱅글 돌리며 놀았지요. 그리고 살구의 신맛을 삭인다고 그릇에 담아 쌀독에다 하루 이틀 두었다 먹었는데 쌀독에 들어앉았던 살구의 그 환하 던 모습은 지금도 아련하답니다.

이번 살구 사진은 한 informant 마당에 있는 것입니다. 지난번 메일에 그 랬듯이 살구가 익었는데요 하는 전화가 와서 이번엔 거기에 맞추어 갔던 것입니다. 그런데 살구뿐 아니라 매실도 한 자루 얻어다 지금 술을 담아 놓았는데 신청하시면 한 병씩 분양하겠습니다.

살구, 그것은 고향이다. 복숭아꽃 살구꽃 아기 진달래, 노래에서도 살 구꽃을 고향의 꽃으로 읊지 않았는가. 꽃도 따뜻한 고향이요 열매도 발그 레 포근한 고향이다. 살구는 고향이다. 그렇지 않나요.

모산

5.

하, 살구 얘기라면 제가 빠질 수 없죠. 저의 보광동 집은 언덕 위의 집이 었습니다. 집 주위로 치마폭같이 둘러 있는 언덕의 사면(斜面)에 감나무는 한 그루, 앵두나무도 두어 그루가 있었는데 살구나무는 열두 그루나 있었 답니다. 봄이 되어 꽃이 필 때 학교 파하고 돌아오면서 언덕 아래의 길에 서 집을 올려다보면 흰색과 아주 연한 연분홍 살구꽃 속에 우리 집은 추 녀 끝하고 용마루만 보였습니다. 꽃구름 속에 떠 있는 선궁이었지요.

꽃이 지고 살구가 열려 익으면 그 빛깔도 빛깔이려니와 싱그러운 향기 가 참 좋았습니다. 살구가 하도 많이 나니까 어느 해에는 대광주리에 몇 접씩 넣어 리어카에 실어다 갖다 팔기도 했답니다. 그러니 집에는 살구가 지천이었지요. 나무는 다 같은 것 같아도 꽃 색깔도 조금씩 차이가 났고 특히 맛이 영판 다른 놈도 있었습니다―물렁하고 싱거운 놈, 단단하고 새콤한 놈 등. 이 단단하고 새콤한 놈이 잘 익으면 맛이 좋지요. 저야 언 제나 가장 농익은 것을 마음껏 골라 먹었지요.

모산, 살구가 고향이라고요? 옳습니다. 고향이 없는 저에게 살구나무로 둘러싸인 보광동의 그 옛집이 고향처럼 그립습니다.

백초

* 후기 : 저는 김해평야의 벌판에서 자랐습니다. 어머님의 장날 명주 수건에 들 려 온 몇 개의 감이 그리 반가울 수가 없었지요. 낙동강의 범람에 우리 고장이 떠 내려가고, 그래서 새로 지은 집의 뜰이나 장독간 가에서는 봉선화 채송화 등의 몇 원예화만, 다들 뜰에 나간 빈집의 봄날 가을날을 지키고 있었으니까요.

초우재통신(103)

— 대야미역(大夜味驛) : 우계에게

1.

대야미역,

대야미(大夜味),

야미(野迷),

참 여러 가지 생각이

지나가네요.

우계는 그 '황량(荒凉)한 역'이라고 하셨나요.

그래서 일찍 도착해서 어려움을 겪지 말라고요.

아닙니다.

재작년인가 그 역에 처음 내렸을 때, 참 빈번한 건물들의 숲에서 벗어나서 정말로 처음이라는 느낌이었어요.

무엇의 처음일까요.

한갓짐의,

잃어버린, 덜 빼앗긴 농촌의 아직도 조금은 남아 있는,

그래서 숨 쉴 수 있는,

친구를 멀리서 찾아갔는데 그 친구는 일찌감치 그 간이역에 나와서 어쩌다가 찾아오는 기차를 기다리고 있는 그런 정겨움의,

그러면서 조금은 황량한 들의,

이런 많은 것들의, 그러나 다 잃어버린 것들의

처음처럼 그런 느낌이었어요.

저에겐 아직도 그 느낌은 '미해결'입니다.

그래서 내일도 그곳에 내리면 조금은, 그때의 야미(野迷)의 기분이 찾아올 것 같은 설렘이 있습니다.

2.

어저께는 비가 왔지 않습니까.

제가 사는 신촌에서 서쪽 향의 수색(水色) 동네를 갔습니다.

그 길로 더 가면 경기도 고양의 화전리(花田里) 시골도 옛날에는 나타났고요. 그 수색에 한때에는 가까이 모셨던 시인 다형(茶兄) 선생의 여옥(廬屋)이 있었고, 지금은 내가 제일 친근하게 함께 살아온 형뻘 나이의 친구가 아파트 단지에 살고 있고요, 그는 수년 동안 앓고 있습니다. 찾아가면 그리 반가워할 수 없습니다. 그래서 한 달이 멀다 하고 서로 찾습니다.

어제는 서재의 침대에 누워 있었습니다.

날 만나자 울었어요.

이렇게 살아서 무엇하느냐고요.

나는 손을 잡고 쓰다듬으며 그러나 할 말이 쉬이 떠오르지 않아 애썼네요. 그는 환몽(幻夢) 같은 꿈결에 가끔 사로잡힌다는 것입니다. 찾아오지 않는 제자들이 막 왔다 갔다는—등의.

그의 침대에 걸터앉아 있는 내 눈에 서가에 꽂혀 있는 책들이 들어옵니다. 양주동 선생의『고가연구』『여요전주』 일석 선생의『국어학개설』, 그래서 우리는 대학 시절을 이야기했습니다. 아, 그런데 그 '옛날'에 대한 기억은 얼마나 확실한지요. 저는 어렴풋한데요.

내 눈에『문리대학보(文理大學報)』가 들어오는 것입니다. 그 '권두언'을 끝내 못 썼다는 제3권 제2호(통권 6호)의 것이 먼저 띄고, 그 앞 권, 송영택이 편집한 것이 바로 옆에 꽂혀 있었습니다. 내가 편집했다는 그 6호는 한 권이 더 있었어요. 아픈, 나를 만나자 반가워서 눈물이 글썽글썽한 이 친구에게서 한 권을 얻었습니다.

어제 저녁 나절부터 어쩌다간 밤중에도, 그것이 놓인 내 거실을 지나치면 어느덧 고서의 내음으로 꿈결처럼 다가오는 것입니다.

내 잃어버린 문리대 시절이 다시 찾아오는 감회입니다.

이 감회 또한 나는 쉽게 설명할 수 없네요.

향수(鄕愁)란 이런 건지요.

3.

대야미역,
문리대학보,
여러 생각에 젖습니다.
그 쓰지 못했다는 '권두언',

어제오늘의 '숙맥' 동인지의 머리말,

아, 이것도 쓰지 못했어야 하는 것까지도요.

내일,

대야미역을 찾아가겠습니다.

멀리서 친구를 찾아온 나그네처럼 그 간이역*에 말입니다.

일찍 내려서 '황량히' 두리번거리는

그 낯섦을 만나게요.

2010. 5. 19. 초우재 주인

* 어엿한 역인데 짐짓 이렇게 불렀다.

이상옥

큰 소동, 더 큰 실망 혹은 부질없음

1. '병약자 전용'이라고?

1964년 8월 하순 어느 날 나는 로마에서 출발한 에어프랑스 항공편으로 파리 국제공항에 도착했다. 시내의 공항 터미널까지 가기 위해서는 리무진을 이용해야 했지만 어디서 무슨 버스를 타야 하는지 도무지 알 수가 없었다. 그래서 공항 직원에게 물으니 손가락으로 특정 버스를 가리키며 그걸 타라고 했다.

그 차에 다가가 보니 'Invalids-Only'라는 표지가 보였다. 그 순간 내 머리에는 "아니, 병약자 전용이라고?" 하는 생각이 번쩍했다. 그래서 그 버스에 오르려다가 멈칫하고 말았다. 뒤로 물러선 나는 'Terminal'이나 뭐 그 비슷한 표지를 한 버스가 그 자리에 나타나기를 기다렸다. 그사이에 내가 타려던 그 버스는 몇 사람을 더 태운 후에 떠났고 얼마 후에 그 자리에는 다른 버스가 와서 멈췄는데 그 버스 역시 'Invalids-Only'라는 표지를 달고 있었다.

그 새로 나타난 버스가 승객들을 태우고 떠난 후까지도 터미널행 버스는 보이지 않았고 새로 당도한 버스도 역시 '병약자 전용'이 아닌가. 그런데 그 버스에 오르는 승객들이 겉으로 보기에는 '병약자들'이기커녕 하나같이 멀쩡해 보이기만 했다. 하는 수 없이 그들 중의 한 사람에게 그 버스가 터미널행 리무진이 맞느냐고 물으니 그렇다고 했다. 그래서 나는 꺼림칙한 기분을 누르며 그 버스에 올랐다.

터미널이라고 하는 곳에 내려서 그 버스를 다시 살펴보니, 이게 웬일일까, 그 버스에는 'Invalids-Only'가 아니라 'Invalides-Orly'라는 표지가 붙어 있지 않은가. 영국 유학을 한답시고 난생 처음 해외에 나왔던 나는 그 낯선 공항에 내려 그곳이 영어권이 아니라 프랑스어를 쓰는 나라라는 것을 잠시 잊고서 그만 'Orly'를 'Only'로 잘못 읽고 말았던 것이다. 그도 그럴 만한 것이 나는 '오를리(Orly)'가 공항의 이름이라는 것조차 모르는 채 그 공항을 통해 프랑스에 입국했던 것이다. 하지만, 오늘날의 샤를 드골 국제공항이 없었던 그 시절 해외 나들이에 처음 나선 사람이 오를리 공항은 다른 하나의 공항인 부르제(Bourget)와 함께 파리의 주요 하늘길 관문이었음을 어떻게 알 수 있었을 것인가. 그뿐이 아니었다. '레쟁발리드(Les Invalides)'라는 곳은 병약한 퇴역 군인들의 요양소, 군사 박물관, 나폴레옹의 무덤 등이 모여 있는 한 거대한 콤플렉스로 파리의 주요한 랜드마크 중의 하나라는 것을 알게 된 것도 오직 파리 시내 관광 안내 책자를 훑어보고 난 후였다.

돌이켜 생각하건대, Orly와 Invalides가 파리 고유의 지명임을 알고 있었거나, 아니면 only와 invalid 같은 영어 낱말의 뜻조차 아예 모르고 있었더라면, 그런 어이없는 오판을 저지르지는 않았을 것이다. 그야말로 "반풍수가 집안 망친다"라는 속설의 진실을 여실히 보여 주는 한 전형적 사례였다고 할 수 있겠다.

2. '수상 소감'이랍시고 썼더니

1993년 3월 나는 현대문학사가 제정한 제38회 '현대문학상'(평론 부문)을 받았다. 그 한 해 전인 1992년에 민음사에서 간행한 『이효석 ― 문학과 생애』가 수상 후보작에 오른다는 말을 듣고는 있었지만 정작 수상작으로 결정되었다는 통보를 받게 되자 너무 뜻밖이라 나는 기쁘다기보다도 어리둥절했다. 1954년 고등학교를 졸업한 이후에 40년이나 지나도록 나는 이런저런 상(賞)의 심사를 맡아서 해 본 적은 있지만 정작 나 자신이 상을 받아 본 적은 한 번도 없었다. 그렇기 때문에 그 수상 소식은 나를 머쓱하게 만들었다.

태평로 프레스센터에서 거행된 시상식에 나가기 위해서 내가 해야 할 일이 무엇일까 생각해 보니 적어도 수상에 대한 소감 한마디는 준비해 가지고 가야 할 것이 아니냐 싶었다. 그래서 그리 길지 않게 원고지 4~5매 정도의 글을 준비했다. 하지만 그런 짧은 글 쓰기는 늘 만만찮은 일이라 '수상 소감'이랍시고 몇 줄 쓰느라 꽤나 힘이 들었던 기억이 난다.

식장에 나가 보니 함께 수상하게 되어 있던 박완서(朴婉緖) 소설가와 임영조(任永祚) 시인이 와 있었다. 임 시인은 이름이 생소한 편이었으나, 박완서는 내가 애독해 온 소설가였고 그 당시 나는 그를 당대 최고 소설가들 중의 한 분으로 꼽고 있었다. 지금은 두 분 모두 이 세상 사람들이 아니거니와, 그날 나는 그분들을 처음 만났고 그 후에는 다시 본 적이 없다.

시상식은 상례적 식순에 따라 이루어지는 듯했다. 이윽고 수상 소감을 말하는 시간이 되자 소설 부문 수상자가 맨 먼저 호명되어 단상으로 올라

갔다. 그가 말하고 있는 동안 나는 다음으로 호명될 사람은 임 시인일까 아니면 나일까 궁금히 여기고 있었다. 연령순으로 한다면 당연히 내가 먼저 올라가야 할 테지만, 평론 부문이 시 부문을 앞선다는 것은 관례에 어긋나지 않겠느냐는 생각도 들었다.

박완서의 말이 끝날 무렵 나는 이래저래 꽤나 긴장하고 있었다. 하지만 그 긴장은 순간적으로 풀어지고 말았다. 주최 측에서는 단상에 올라갈 다음 수상자의 이름을 부르지 않은 채 시상식을 끝내고 말았기 때문이다. 이내 긴장은 실망감으로 바뀌었다. 아니, 이럴 수가! 싶어지며 그 실망은 작은 불만감으로 이어지기까지 했다. 마치 중등학교 졸업식장에서 한 학생이 졸업생 전원을 대표해서 답사를 읽듯이 현대문학상 시상식장에서도 한 수상자에게만 소감 피력의 기회를 주면 충분하다는 것이 주최 측의 생각이었음에 틀림없었다.

하지만 그것은 도무지 이해가 되지 않는 처사였다. '현대문학상'은 시상하는 세 분야가 엄연히 서로 다르지 않느냐? 그런데도 소설 부문 수상자로 하여금 시나 평론 부문 수상자의 소감까지 대표해서 발언하게 하고는 그것으로 끝내고 만다? 시상 분야가 많기나 한가, 겨우 세 분야인데 나머지 두 분야의 수상자들을 이렇게 홀대할 수가 있단 말인가?

아무튼 그날 나는 "닭 쫓던 개 지붕 쳐다보는" 격이 되고 말았다. 이제 와서, 다시 생각해 보아도, 주최 측의 생각이 너무 짧았다는 생각만은 버릴 수 없다. 뿐만 아니라 그날 저녁에 서운했던 느낌은 스물몇 해가 지난 이날까지도 내 마음 한구석에 생생히 남아 있다.

3. 산사의 염불 소리

벌써 스무 해쯤 전의 이야기이다. 어느 날 오후 나는 동네 인근의 산을 오르고 있었다. 등산로에 들어서니 멀리서 염불 소리가 들려왔다. 나는 별로 놀라지 않았다. 내가 가던 길목에는 한 작은 절이 있다는 것을 알고 있었기 때문이다.

그 절에 가까워질수록 염불 소리는 더 명료해졌고 더 낭랑해졌다. 그래서 경청해 보니 그 구성진 가락이 청산유수인 듯 거침없고 유려하기가 이를 데 없었다. 오랜 수행 끝에 크게 도를 통한 스님이 아니고는 저런 감동적이고도 매혹적인 염불을 할 수는 없을 것이라는 생각이 들었다.

절 경내에 이르자 나는 대웅전 쪽을 향했다. 그 스님의 뒷모습이라도 한 번 보고 싶었던 것이다. 전각의 옆쪽 층계를 올라서니 저만치 부처님이 보였지만 스님은 흔적도 보이지 않았다. 불당은 온통 염불 소리로 넘쳐나고 있었는데 그 소리의 주인공이 보이지 않았던 것이다. 그래서 가만히 살펴보니 그 소리는 생생한 육성이 아니라 어딘지 숨어 있는 녹음기가 스피커를 통해 재생해 내는 소리였다. 그 순간 나는 "속았다!" 싶었다. 얼마 동안이나마 그 독경 소리에 영혼이 사로잡혀 있는 듯한 기분이던 나는 실망감, 아니 배신감까지 느꼈다. 그날 그 일을 겪고 나서부터는 그 산을 오를 때 그 절 경내를 지나가는 대신에 일부러 우회로를 택하기까지 했다.

훗날 알고 보니 빈 불당 내에서 독경 소리를 들을 수 있는 곳이 그 절뿐만은 아니었다. 절에서 녹음된 염불 테이프를 돌리는 것은 아주 보편적인 관행인 듯했고, 일부 사찰에서는 아예 절 경내 여러 곳에 고성능 스피커를 설치해 놓고 독경 소리를 온 골짜기에 울려 퍼지게도 한다. 그 목적이 중생 제도(衆生濟度)에 있는 건지 아니면 불자들의 불공을 유치하자는 책략의 일환인지는 알 수 없지만, 그런 소리는 공연히 소음 공해나 일으킬 뿐 아니라 넓은 의미에서의 자연 질서 파괴 행위라 하지 않을 수 없다.

4. 오른쪽 귀 난청 소동

2013년 여름철 어느 날이었다. 아침에 일어나니 한쪽 귀가 멍한 느낌이 들었다. 손으로 왼쪽 귀를 열었다 닫았다 해 보니 청력의 차이가 분명히 느껴지는 데 비해, 오른쪽 귀는 막았을 때나 열었을 때나 별로 차이가 없었고 잘 들리지도 않았다. 그 전날까지도 멀쩡하던 오른 귀에 밤새 고장이 났음이 분명했다. 그날 종일토록 내 청력이 개선되는 기미가 보이지 않기에 오후 5시경에 나는 인근 이비인후과 의원을 찾아갔다.

의사는 내 증상을 듣고 난 후 이쪽 귀 저쪽 귀를 번갈아 들여다보았다. 그러더니 간호원에게 뭐라고 지시를 하고 나서 그는 무언가를 들고 귀를 후비는 눈치였다. 작은 연장이 여러 차례 귓속을 들락거린 후 의사는 드디어 입을 열었다.

"이쪽을 보세요."

내가 고개를 오른쪽으로 돌리니 간호원이 화장지 한 장을 내 눈높이로 받쳐 들고 있었다. 가만히 살펴보니 그 위에는 무언가가 소복이 쌓여 자그마한 더미를 이루고 있었다.

"귀집니다. 이게 모두 귀지예요. 이게 너무 두껍게 쌓여서 귀를 완전히 막고 있었던 겁니다. 그러니 잘 들리지 않았겠지요.─아마, 이제는 잘 들릴 겁니다."

그 말을 듣자마자 나는 종일 불안하던 마음을 한순간에 씻어 낼 수 있었다. 하지만 그와 동시에 그간 귀 청소를 하지 않으며 살아온 데 대한 수치심이 엄습해 왔다. 그래서 그 즉시 변명을 둘러대지 않을 수 없었다.

"고백하기 부끄럽습니다만, 저는 지난 수십 년간 귀를 후비지 않고 살아왔습니다. 성냥개비나 페이퍼 클립 같은 것으로 귀를 후비다가는 괜히 귓속을 다치기라도 할까 두려웠기 때문입니다."

이 말은 한 치의 거짓도 섞이지 않은 진실이었다. 나는 반세기 가까이 귀를 후비지 않았다. 젊은 시절 이발관에 가면 면도가 끝난 후 덤으로 귀 청소까지 해 주곤 했지만, 어느 해부턴가 나는 면도와 귀 청소 서비스를 사절하기 시작했고 그 버릇을 오늘날까지 예외 없이 지켜오고 있다.

"선생님, 어떡할까요. 앞으로는 이따금 귀지 청소를 할까요?"

"아뇨. 앞으로도 하지 마세요. 자칫하면 감염될 수도 있으니까요."

"그러다 또 막히면 어떡하나요?"

"막히거든 다시 오세요."

그러면서 의사는 검사를 해 보니 내 고막의 상태가 연령에 비해서는 아주 좋은 편이니 앞으로도 계속 조심하며 살라는 덕담까지 해 주었다.

사족(蛇足) — 귀지 청소를 하지 않으면 한 해에 한두 차례 귀에서 덜컥거리는 소리가 들릴 수도 있다. 하지만 한 사나흘 지나면 그 소리는 감쪽같이 사라진다. 귀의 안쪽 벽에 귀지가 붙어 쌓여 오다가 이따금 저절로 떨어진 후 귀 안에서 빠져나갈 때까지 이리저리 굴러다니며 내는 소리니만큼 별로 걱정할 것이 못 된다. 그러나 이건 내 돌팔이 소견에 불과하므로 누구든 이 말을 너무 신임하는 일이 없기 바란다.

5. '신종' 들꽃이라고?

2006년이었다. 디지털 카메라를 들고 들꽃을 찾아다니기 시작한 지 두어 해가 지났을 때였다. 6월 하순 어느 날 나는 인근 수리산 초막골을 구석구석 뒤지고 있었다.

어느 집안의 널찍한 묘역에 이르렀을 때 한 분묘 주변 여기저기 띄엄띄엄 하얀색의 작은 꽃들이 피어 있는 것이 눈에 들어왔다. 그 순간 나는 속으로 "신종이다!" 하며 쾌재(快哉)를 올렸다. 그 무렵 나는 산하를 누비고 다니며 처음 만나는 꽃을 카메라에 담아 와서는 도감을 펴 놓고 동정(同定)하는 재미에 푹 젖어 있었던 것이다.

꽃은 지름이 1센티미터가 될까 아주 작은 편이었고 전초의 키도 한 뼘 정도에 불과했다. 쪼그리고 앉아 꼼꼼히 들여다보니 꽃잎은 다섯 장이었고 다섯 개의 수술에 작은 점처럼 맺혀 있는 빨간 꽃밥이 인상적이었다. 잎이 고마리 잎을 연상케 하기에 혹시 고마리일까도 생각해 보았지만, 꽃의 생김새나 개화 시기가 고마리는 아님을 분명히 말해 주고 있었다. 그래서 그 자리에서 나는 그 식물의 요모조모를 카메라에 알뜰히 담았다.

집에 돌아오자마자 나는 사진을 컴퓨터에 내려놓고 그 꽃의 이름을 찾기 시작했다. 여느 때와는 달리 동정은 의외로 수월했다. 그것은 메밀꽃이었다. 하지만 그 순간 동정이 쉬웠다는 데서 빚어지는 안도감보다는 '신종 발견'이라는 희망 어린 꿈이 깨진 데서 오는 실망감이 더 컸다. 또 기왕에 꽃이 만개한 메밀밭을 한두 차례 본 적이 있었음에도 꽃과 잎을 세밀히 관찰해 두지 않았던 나 자신이 한심하게 여겨졌다.

희망과 기대감으로 잔뜩 부풀어 있던 한 편의 드라마는 그렇게 급전직하의 안티클라이맥스로 끝나고 말았다.

6. 은행 대여금고 사연

한 10년 전쯤이었을까. 어떤 거래 은행 지점에서 새 건물로 점포를 옮기게 되었다는 안내장과 함께 대여금고를 설치해 두었으니 이용할 고객들은 신청해 달라는 편지가 왔었다. 물론 나는 그 편지 내용을 읽는 둥 마는 둥 무시하고 말았다.

그 무렵 나는 디지털 카메라를 들고 다니며 들꽃 촬영에 흠딱 빠져 있었다. 처음에는 사진의 크기를 작은 사이즈로 찍었기 때문에 다루거나 저장하는 데 별 문제가 없었다. 그러나 이내 나는 사진을 큰 사이즈로 찍기 시작했고 저장해야 할 사진이 '기가' 단위로 쌓이기 시작했다. 뿐만 아니라 꽃을 찾아다니는 지역도 동네 뒷산이나 인근 산야에서 멀리 강원도나 삼남 지역으로 확대되었고, 그러는 사이에 들꽃 탐사와 촬영은 내 생활에서 가장 중요한 일이 되고 말았다. 나는 카메라에 담아 온 꽃들을 과(科)와 속(屬)으로 분류해서 저장했는데, 그 '창고' 관리가 점점 더 만만찮은 일로 되어가고 있었다.

그러자 한 가지 걱정이 들기 시작했다. 컴퓨터의 하드디스크는 언제든 불시에 깨질 수 있다고 하지 않는가, 내 컴퓨터에 저장된 소중한 사진들이 어느 날 갑자기 사라져 버린다면 그 손실감을 어찌 감당할 수 있을 것인가 하는 걱정이었다. 그래서 DVD디스크에다 사진 파일을 옮겨 담기 시작했다. 그러던 어느 날 문득 그 디스크들을 은행 금고에 보관해 두고 이따금 새로 추가된 디스크와 교체해서 보관하면 좋을 것 같다는 생각이 들었다.

은행에 전화해 보니 비어 있는 대여금고가 아직도 남아 있다는 것이었다. 그 즉시 나는 들꽃 사진을 담은 여러 장의 DVD디스크를 들고 은행을 찾아가 대여금고 속의 서랍을 하나 대여받았다. 그 후 1년에 두어 차례씩 새 디스크로 헌 디스크를 교체하곤 했는데 얼마 되지 않아서 그 작은 서랍은 점점 불어나는 디스크를 모두 수용할 수 없게 되었다. 그 무렵 마침 외장 하드디스크가 대용량으로 되어가는 데 비해 크기는 작아지고 값도 많이 떨어지기에 사진을 외장 하드에 담아 은행으로 들고 다니기 시작했다.

그 금고에 들락거리기 시작한 지 어언 10년이 가까워 오는데 아직까지도 나는 이따금 한 차례씩 사진을 새로 추가 저장한 외장 하드디스크를 은행으로 들고 가서 이전 디스크와 교체해 오곤 한다. 금고에 들어갈 때마다 담당 여자 행원은 내 손에 쥐고 있는 그 누런 서류봉투를 보며 그 속에 들어 있는 것을 무엇이라고 여길까가 궁금했다. 그 봉투 속에는 수만 장의 들꽃 사진과 그간 내가 쓴 책 및 미발표 원고, 그리고 사사로운 기록 같은 잡문의 디지털 텍스트를 담은 작은 장치가 들어 있을 뿐이라는 사실을 그 행원은 짐작이라도 할 수 있을 것인가? 만약에 그 사실을 눈치채기라도 한다면 내가 하고 있는 짓거리를 두고 부질없고 황당하다며 얼마나 비웃을 것인가?

다른 사람들은 대여금고를 무슨 소용으로 빌리고 있는지 모르겠으나, 짐작컨대, 귀금속이나 소중한 계약서 및 금융 관계 서류 또는 부동산 문서 등을 보관하는 데 이용하고 있지 않을까 싶다. 하지만 지난 세기 말엽에 우리나라가 겪은 세칭 IMF 외환 위기 때 우리 집에서는 혼례 때 마련했던 금가락지 한 쌍을 제외하고는 애들의 돌반지니 기념 메달이니 행운의 열쇠니 하는 금붙이들을 알뜰히 '공출(供出)'하고 말았다. 그리고 평생 은행돈을 한 푼도 빌려 본 적이 없고 남에게 주머닛돈 이상의 금액을 빌려 준 적도 없으니 소중한 금융 기록이 있을 리 없고, 부동산이라고는 살고 있는 집 한 채와 선대의 산소가 있는 산이 몇 군데 있을 뿐이니 안전하게 간직해야 할 문서 또한 없는 셈이다.

어느새 사진의 총 저장량은 수백 기가바이트에 달하게 되었고 그 속에는 10여 년 전에 찍은 꽃 사진들까지 그대로 담겨 있다. 1테라짜리 하드디스크가 두 개나 장착된 외장 하드 장치를 내 컴퓨터 옆에 두기 시작한 지도 어느새 서너 해나 된다. 게다가 지금은 원한다면 작은 USB메모리에도 수십 기가씩의 파일을 쉽게 저장해 둘 수 있으니, 은행의 금고 속에 외장 하드 한두 개를 넣어 두는 것이 무슨 의미가 있을까 싶다.

Much ado about nothing(아무것도 아닌 일에 큰 소동 벌이기).

셰익스피어의 연극 제목이기도 한 이 영국 속담 속에 담긴 풍자를 귀담아들을 때가 된 듯하다. 이제는 더 이상 헛소동을 벌이지 말고 대여받은 금고 열쇠를 은행에 반납해야 하지 않을까 싶다.

허식 없이 소박한 삶

— 맥타가트 선생 추념

  내가 아더 J. 맥타가트 선생을 서울대학교 문리과대학 강의실에서 처음 뵌 지도 어언 60년이 넘었다. 그리고 그와 비교적 가까이 지내기 시작한 지도 50년이 넘었다. 스물몇 살이었던 시절 나는 이따금 일요일 조찬에 초대받고 안국동에 있는 미국대사관 직원 숙소로 찾아가 그가 손수 구워주는 와플에 버터와 메이플 시럽을 발라 먹곤 했다. 또 나는 그의 권유 덕분에 J. D. 샐린저, 아이리스 머독, 뮤리엘 스파크 같은 당대 영미 작가들의 작품도 처음으로 읽게 되었다.

  하지만 그가 서울 주재 미국공보원에서 근무하던 시기에 한해서 내가 그를 만날 수 있었기 때문에 우리들의 만남은 아주 간헐적이었다. 그가 워싱턴에서 근무하거나 해외의 다른 공보원에서 근무할 때는 어쩌다 한 차례씩 우편으로 서신을 주고받았을 뿐이다. 그러나 언제나 나는 그가 나에게 각별한 관심과 정의(情誼)를 베풀어 준다고 느꼈는데, 훗날 알고 보니 많은 다른 한국인들도 나와 비슷한 생각을 하고 있었다.

  이제 돌이켜 생각해 보니 1960년대 중엽에 있었던 일 하나가 가장 먼저 떠오른다. 영국의 어느 대학에서 공부하고 있는 동안 나는 맥 선생 — 우리는 늘 그를 그렇게 불렀다 — 과 서신을 주고받았는데, 귀국이 가까워졌을 무렵에 받은 그의 편지 봉투 속에는 미화 100달러가 기입된 선생의 개인 수표 한 장이 동봉되어 있었다. 사연을 읽어 보니, 너는 영어 선생이니 귀국길에 미국에 들러, 영국과는 달리 미국의 땅덩이가 대단히 광대하다는 것만 보고 가도 도움이 될 것이다, 그러니 동봉된 돈을 노자에 보태어 워싱턴에 들렀다 귀국하는 게 어떠냐는 것이었다.

하지만 불행히도 나는 그 제안을 받아들이지 못하고 말았다. 런던 주재 미국대사관의 한 부영사는 후진국의 백성이던 나에게 비자 발행을 거부했고, 나는 마침 내 계좌로 입금하지 않은 채 지니고 있던 수표를 맥 선생에게 되돌려 보냈다. 그때 미화 100달러는 내가 브리티시 카운실에서 받던 월정 생활비에 근접하는 액수였는데, 그 돈의 많고 적음을 떠나, 그때 선생이 나에게 베풀어 주었던 그 따뜻한 배려를 나는 평생 잊지 않고 있다.

그와 가까이 지낸 사람들이라면 누구나 그가 비범한 분이었음을 의심하지 않을 것이다. 그의 비범함은 물론 한 평범한 사람의 비범함이었다. 내가 기억하고 있는 대로 맥 선생의 행적을 돌이켜 볼 때, 그의 생각이나 몸가짐 그리고 발언 등은 평범한 사람들에게도 으레 기대할 수는 있되 아무나 그것을 쉽게 실행하지는 못하는, 그래서 일단 실천될 때에는 아주 비범해 보일 수 있는, 그런 성격의 것이었다.

여기서는 맥 선생의 인품을 시사해 주는 경험담을 한두 가지 들춤으로써 그가 얼마나 꾸밈이 없고 소박한 분인가부터 짚어 보기로 한다. 첫째 이야기는 1960년 여름에 있었던 일이다. 아주 맑고 무더웠던 8월 어느 날, 그는 우리 몇 사람에게 뚝섬으로 물놀이를 가자고 했다. 그 당시는 서울 시내에 전차가 다니던 때라 우리들은 동대문에서 뚝섬 가는 전차를 갈아 타고 갔다. 차중에서 우리는 수영복이 없는데 무슨 수로 물에 들어갈 수 있을까 궁리하고 있었다. 뚝섬에 이르자 맥 선생은 나룻배로 강을 건너자고 했다. 서울이 요즈음에 비해 훨씬 덜 붐비던 시절이라 한강의 건너편 잠실 백사장에는 사람들이 전혀 보이지 않았다. 모래사장에 내리자 맥선생은 아무 말도 없이 옷을 훌훌 벗어 던지더니 강물로 뛰어드는 것이었다. 이 광경을 지켜보며 우리는 잠시 동안 어안이 벙벙했지만, 이내 맥 선생의 시범을 따르는 수밖에 없었다. 물론 요즈음처럼 강물이 더럽고 또 어디를 가나 인산인해를 이루는 상황에서는 생각조차 할 수가 없는 일이었지만 우리는 그날 그렇게 무더운 하루 오후를 물속에서 풍덩거리며 놀았다. 여기서 이런 이야기로 맥 선생의 사람됨을 일반화하여 말하기란 어렵겠지만, 적어도 맥 선생이 허례와 허식을 싫어하고 늘 숨김없이 솔직한 분이었음을 시사하는 하나의 일화는 되지 않을까 싶다.

둘째 이야기는 1970년대 후반에 있었던 일이다. 맥 선생과 내가 다 같이 회원으로 가입해 있던 한국영어영문학회 학술대회가 그해에는 대구 경북대학교에서 열렸는데, 그날 오찬은 경북대 김종희 총장이 차리도록 되어 있었다. 오랜만에 대구 바닥에서 만난 맥 선생은 오찬 장소인 교수회관의 음식이 맛없기로 악명 높다고 하면서 자기가 늘 다니는 음식점으로 나를 초대하겠다는 것이었다. 모처럼 내려간 대구에서 많은 구면들을 만나 오찬과 담소를 나누겠다고 잔뜩 기대하고 있던 나는 약간 실망했지만 맥 선생의 의사를 존중하기로 했다.

우리가 찾아간 곳은 경북대 후문 근처에 있는 한 초라한 자장면 집이었다. 좁은 식당에 들어가니 단골 고객은 학생들인 듯 여러 명의 젊은이들이 자장면을 들고 있었다. 제대로 된 중국음식점도 아닌 데다 워낙 장소가 협소하고 을씨년스러웠기 때문에 처음에는 적이 실망했으나, 맥 선생

의 초대니까 뭔가 괜찮은 데가 있지 않을까 여기며 음식을 기다렸다. 이
윽고 나온 자장면은 아주 초라하고도 변변치 못했다. 맥 선생은 대구에서
이런 좋은 음식을 점심으로 들 수 있는 곳이 그리 많지는 않을 것이라고
하면서 맛이 어떠냐고 물었다. 나는 얼떨결에 맛이 무척 좋다고 하면서
그릇을 비웠다. 그 자장면 집에서 나온 우리는 길거리에서 아이스크림 콘
을 한 개씩 사들고 먹으며 대학 후문을 들어섰다.

그날 나는 맥 선생이 나를 얕보거나 푸대접해서 그 허름한 곳으로 데리
고 간 것이 아님을 잘 알고 있었다. 그는 원래 소의소식(素衣素食)하는 분
으로 친지들로부터 대접을 받을 때에도 언제나 소주를 곁들인 불고기를
가장 선호한 것으로 알려져 있다. 아마도 그는 그 어떤 진수성찬에 대해
서도 부도덕하다고 여기거나 아니면 적어도 불필요한 낭비라고 생각하
고 있었을 것이다. 그런 태생적이고 따라서 자연스러운 확신이 없다면 도
대체 오랜만에 만난 사람을 그런 초라한 자장면 집으로 데리고 갈 엄두를
내지 못했을 것이다.

훗날 알게 된 사실이지만, 그 당시 영남대학교에서 전임교수로 가르치
고 있던 그는 허름한 거처에서 몸에 밴 독신 생활을 하고 있었는데 구멍
이 난 양말을 신고 다니면서 음식을 제대로 챙겨 먹지 않다가 영양실조
증세로 얼마 동안 병원 신세를 지기도 했다고 한다. 그렇게 절약해서 남
긴 돈을 그는 몽땅 장학금으로 썼고, 그때 장학금을 받았던 학생들은 모
두 훗날 학계와 금융·실업계에서 널리 활약했던 것으로 알려져 있다.

장학금 이야기가 나왔으니 말이거니와, 언젠가 한번 맥 선생은 장학금
으로 쓰기 위해서 소장하고 있던 이중섭의 그림 한 점을 아주 비싼 값에
팔았다며 흐뭇해한 적이 있다. 미술에 대해서도 남다른 안식을 가지고 있
던 그는 1950년대 전후(戰後)의 그 어려웠던 시절에 아직도 아무런 평판을

누리지 못하고 있던 화가 이중섭의 진가를 알아보고 대구의 미국공보원에서 개인전을 열 수 있도록 알선한 적이 있었는데, 그때 얻었던 그림 한 폭을 장학금 마련을 위해 아낌없이 내어놓았던 것이다.

또 한 가지 ― 맥 선생은 용기 있는 분이었다. 그것은 아무런 망설임이 없이 매사에 임할 수 있는 사람에게서나 기대할 수 있는 그런 도덕적으로 우월한 용기였다. 워싱턴 시내에 있는 그의 집은 흑인 밀집 거주 구역에 있었는데 나는 1972년 여름에 거기서 며칠을 머문 적이 있다. 집 앞 길가에서는 흑인 알코올중독자들이 꽥꽥 소리를 지르며 비틀거리기도 했고, 내 눈으로 보지는 않았으나, 걸핏하면 주먹이나 흉기를 휘두르는 인간들도 더러 설치고 다녔을 것이다. 맥 선생이 하필 왜 그런 곳에다 집을 장만했는지 그 이유를 물어보지는 않았으나, 아마도 그 구역의 인종적 특성을 조금도 개의치 않았기 때문이었을 것이다. 사실 흑인을 마음속으로나 실제 행동으로 미워하지 않는 사람이라면 흑인을 두려워할 이유가 없을 것이고, 흑인을 두려워하지 않는 사람이라면 흑인 밀집 지역을 굳이 기피하지 않을 것이다. 하여간 선생은 그곳에 살면서 일요일이면 이웃 성당에서 검은 피부의 신자들이 흑인 영가를 부르며 어깨춤을 추기도 하는 그런 특이한 미사에 참석하고 있었다.

그리고 1970년대 중엽에 베트남 전쟁이 끝난 후 한 베트남 난민 가족이 그 집에서 오랫동안 산 것으로 알려져 있다. 그들은 베트남 패망 직전까지 맥 선생이 국무성 직원으로 근무하던 후에 시(市)의 우체국장 가족이었다. 후에에서 거리를 활보하면서도 베트콩의 저격 대상이 되지 않았던 미국 시민은 맥 선생밖에 없었다는 소문이 있었는데, 그 소문의 진위야 어떠하든, 그가 현지인들의 존경과 신임을 받고 있었던 것만은 확실하다. 아무튼 그는 그때 사귄 친구의 가족을 미국에 맞아들이고 영어를 가르쳐서 정착할 수 있게 했을 뿐만 아니라, 자기 집을 내주어 안정된 삶을 살 수 있게 했던 것이다.

하늘을 우러러 조금도 부끄럼이 없고, 땅을 굽어보며 아무런 두려움이 없는 일생을 살 수 있다면 그야말로 성공적이요 본받을 만한 삶이라 할 수 있겠지만, 성인이 아니고야 누가 감히 그런 높은 삶의 경지를 넘볼 수 있을 것인가. 하지만 그런 우러러볼 만한 삶에 바짝 다가간 사람들을 우리는 드물게나마 볼 수 있으며, 그런 사람들 중의 한 분이 바로 맥타가트 선생이었음을 나는 믿어 의심치 않는다.

'메기다'/'메구' 고(攷)

몇 년 전에 N님께서 그간 들꽃을 두고 읊어 온 시를 한 권의 시집으로 엮어 낸다는 소문이 들리기 시작할 무렵이었습니다. 그즈음 우리 몇몇 친구들이 주고받은 메일 중에서 가장 빈번히 등장한 낱말은 아마도 '메기다'라는 동사가 아니었나 싶습니다.

돌이켜 생각하니 그 낱말을 가장 먼저 쓰기 시작했던 사람이 바로 나 자신이었으므로 이 자리에서 "메기다"에 대한 평소의 관견(管見)을 피력해 볼까 합니다.

> "저는 그저 M과 함께 꽃을 **메겨** 드린 공만 누리며…"
> "발문은 꽃을 가장 많이 **먹이신** U나 M이 쓰셔야…"
> "그 꽃을 시인에게 **멕이던** 몇 분 선생님들과…"

위는 그 당시 주고받은 메일에서 따온 구절들입니다. 이 밖에도 이와 유사한 구절이 더 많이 있을 테지만 지금 그 구절들을 다 찾아내어 나열할 필요는 없을 듯하네요. 여기서 문제 삼고자 하는 것은 바로 '메기다'라는 동사입니다.

이희승 편 『국어대사전』(제3판)에서 '메기다'의 뜻을 뒤져보니, (1) 화살을 시위에 '물리다'의 뜻이 있고, 또 (2) 강원 충북, 경북, 전북 지방의 사투리로 '먹이다' '기르다'의 뜻도 있다고 합니다. (3) 하지만 같은 사전에서는 '메기다'를, 다른 뜻에 앞서, '두 편이 노래를 주고받을 때 한쪽이 먼저 부르다'의 뜻이라고 풀이해 두고 있네요. 이는 바로 노래 따위를 '선창 혹은 선도하다'의 뜻이 아니겠습니까.

그간 저는 '메기다'를 바로 이 세 번째 뜻으로 써 왔습니다. 말하자면 시인에게 꽃 사진을 들이밀어 꽃 시를 읊도록 유도했다는 것입니다. 이런 뜻으로의 '메기다'는 물론 사투리가 아니고 표준말이라고 합니다.

그런데 이때 '메기다'의 어원을 굳이 따진다면 '먹이다'라는 사역형 동사가 사투리 '멕이다'를 거쳐 생겨난 것이 아닐까 싶고, 시위에 화살을 '물리다'라는 뜻으로의 '메기다'도 같은 어원을 가지고 있을 거라는 것이 제 생각입니다. 이렇게 볼 때 앞서 위에 인용된 '먹이신'이나 '멕이던'은 모두 엉뚱하거나 잘못 쓴 말은 아닐 듯싶습니다. 하지만 '메기다'라는 표준말을 존중해서 '먹이신'과 '멕이던'을 각각 '메기신'과 '메기던'으로 고쳐 쓴다면 더 좋지 않을까 싶습니다.

그건 그렇고—

이 '메기다'라는 말을 쓸 때마다 나에게는 언제나 '메구'라는 낱말이 떠오릅니다. 어린 시절 정월 대보름 날이 되면 동네 농악대가 우리 집에 들러 마당에서 한바탕 지신(地神)밟기를 했는데, 그때 농악대가 들고 있는 악기 중에서 꽹과리 소리가 가장 요란했지요. 우리는 언제나 그 꽹과리를 '메구'라고 불렀답니다. 하지만 이 '메구'가 사전에 올라 있지 않아 늘 곤혹스러웠습니다. 그러던 중 1970년대의 어느 날 대학 동료들의 회식 때

마침 옆자리에 국문학자 백영(白影) 정병욱(鄭炳昱) 선생이 계시기에 메구라는 말은 없는지 있다면 혹시 꽹과리의 사투리가 아닌지를 물어보았지요. 백영께서는 즉석에서 메구는 악기 이름이 아니고 농악 연주 자체를 의미한다고 하더군요. 그리고 보니 우리는 농악을 두고 '메구 치다' 혹은 '메구 치기'라는 말도 했던 기억이 납니다.

그러다 근자에 이르러 인터넷에 올라 있는 'Daum 사전'이라는 걸 들여다보니, 아니나 다를까, '메구'가 경상, 전라 지방에서 쓰는 '꽹과리의 방언'이라는 풀이가 눈에 띄었습니다. 그 순간 오랫동안 궁금히 여기던 낱말이 내가 어린 시절부터 알고 있던 뜻으로 꽤 널리 쓰이고 있다는 사실을 알게 되어 무척 기뻤습니다. 하지만 그보다는 우리나라에서 명성을 떨치고 있는 사전들이 더러는 재야에 굴러다니는 사전보다도 충실하지 못하다는 사실을 재삼 확인하며 적잖게 속이 상하기도 했습니다.

그런데 농악에서는 늘 상쇠가 꽹과리로 놀이를 선도하지 않습니까. "어허야, 지신아!" 하고 외친 후에 "째쨍~ 쨍~쨍 쨍~째 쨍~" 하며 꽹과리를 쳤거든요. 그걸 회상해 보니 그 선도/선창 악기였던 꽹과리 즉 메구에서 '메기다'라는 말이 나왔거나 아니면 거꾸로 '메기다'라는 동사에서 '메구'라는 명사가 만들어진 게 아닐까 싶기도 합니다. 이처럼 '메기다'와 '메구' 사이의 상관관계가 있을 것 같다는 심증이 짙은데도 그간 우리나라의 사전들이 '메구'라는 사투리를 깡그리 무시해 온 것은 도무지 이해되지 않는 일이네요.

어쭙잖은 논설이 너무 길어졌습니다. 국어학이나 어원학에 대한 전문적인 지식이 없는 터에 무모하게 이런 의견을 펴자니 전문가들의 핀잔 소리가 귀에서 쟁쟁거리는 것 같습니다. 한 양학도(洋學徒)의 어설픈 의견이니 너무 큰 나무람이 없기 바랍니다.

접두사 '개-' 고(攷)
— 식물명을 중심으로

참꽃이 한창이다 싶더니 어느새 개꽃도 만발해 있네요. 우리가 어렸던 시절에는 해마다 이맘때가 되면 어른들은 아이들이 개꽃을 참꽃으로 잘못 알고 따 먹을까 무척 걱정하곤 했지요. 그래서 우리는 먹을 수 있는 참꽃과 먹으면 큰일 난다는 개꽃을 구별하는 법을 해마다 새로이 익혀야 했습니다.

주지하다시피 참꽃과 개꽃은 각각 진달래와 철쭉의 이명(異名) 혹은 속명(俗名)입니다. 선인들이 이 두 이름에 각각 접두어 '참-'과 '개-'를 붙여 준 것은 꽃의 미모나 품위를 두고 차별화하자는 것보다도 오직 식용 가능 여부를 가리기 위함이었던 것 같습니다. 말하자면 개꽃의 '개-'는 식용 불가를 내비치고 있는 셈이지요.

우리가 주변을 조금만 살펴보면 이렇게 품질을 폄하하자는 의미로 쓰인 '개-'의 사례가 무수히 눈에 띕니다. 이를테면 개꿈, 개떡, 개복, 개살구, 개판, 개죽음 같은 낱말이 아주 비근한 예라고 할 수 있겠습니다. 그러고 보니 사전에서도 '개-'는 "참 것이나 좋은 것이 아니고 변변하지 못한 것"을 나타낸다든가 "마구 되어서 변변하지 못하다는 뜻"이라고 정의하고 있습니다.

한편 참꽃은 "먹을 수 있는 꽃으로 진달래를 일컫는다"라는 설명이 보이고, 개꽃을 그 반대말이라고 표시해 둔 사전도 있습니다. 하지만 참꽃이나 개꽃은 각각 진달래와 철쭉을 가리키는 이명(異名)일 뿐 먹을 수 있는 꽃과 먹을 수 없는 꽃을 통칭하는 일반명사는 아니므로 참꽃과 개꽃이 서로 '반대말' 관계에 있다고는 할 수 없겠습니다.

또 심심해서 이익섭 외 지음 『한국언어지도』(태학사, 2008)를 펴 보니 철쭉의 사투리인 '개꽃'은 강원도의 동남단과 영남의 북부와 서부 지방, 그리고 거의 모든 호남 지방에서 쓰이고 있다고 하네요. 하지만 이 책에서는 '참꽃'의 분포도를 그려 놓지 않았는데 이는 아마도 '참꽃'이 특정 지역의 사투리가 아니고 전국적으로 사용되는 진달래의 이명으로 간주되기 때문이 아닌가 싶습니다.

각설하고—여기서는 우리나라의 꽃 이름에 널리 사용되고 있는 접두어 '개-'의 용례를 몇 가지로 구분해서 생각해 볼까 합니다. 우선 그 예가 무수히 많다는 점에 주목해야겠습니다. 이우철의 『한국 식물명의 유래』를 보니 '개-'로 시작하는 이름이 무려 18페이지에 걸쳐 400개쯤 수록되어 있습니다. 물론 그중에는 '개구리발톱,' '개발나물' 또는 '개암나무'처럼 '개-'가 접두어로 쓰이지 않은 이름이 섞여 있고 또 상당한 부분이 이명이나 특정 지역의 향명으로 쓰이는 이름들입니다. 또 이영노의 『새로운 한국식물도감 I, II』(2006)의 '한국명 찾아보기'에는 '개-'로 시작되는 이름이 모두 165개나 올라 있으나 이 중에는 물론 '개-'가 접두어로 쓰이지 않은 이름들과 다수의 이명 및 북한명이 포함되어 있습니다. 그러나 분명한 것은 '개-'라는 접두어가 붙은 추천명이 적어도 100개가 넘는다는 사실입니다.

이 많은 이름들을 훑어볼 때 우리의 주목을 끄는 것은 '개-'가 반드시 위에서 언급한 사전적 의미로만 쓰이고 있지는 않다는 점입니다. 물론 '개-'가 한 식물의 식용 가치나 약리 효능이 변변치 않다는 뜻으로 쓰이는 사례가 다수 눈에 띄기는 합니다. 이를테면 개다래, 개머루, 개머위, 개보리, 개쑥갓 같은 이름은 각각 다래, 머루, 머위, 보리, 쑥갓과는 달리 식용 불가하거나 식용 가치가 떨어진다는 뜻을 나타내고 있습니다. 그리고 개감초, 개양귀비, 개옻나무 같은 이름에는 각각 감초, 양귀비, 옻나무에 비해 약리 효능이나 상업적 가치가 없거나 미약하다는 점이 암시되어 있습니다.

또 식용 여부나 상업적 가치와는 관계없이 오직 변변치 못하거나 보잘 것없다는 뜻으로 '개-'가 사용된 사례도 허다합니다. 이를테면 개연꽃, 개맥문동, 개지치가 그 대표적 사례가 되겠습니다. 개연꽃이라는 이름은 이 수생식물의 꽃이 그 볼품이나 문화적 함의(含意)에 있어서 연꽃에는 비할 수 없다는 뜻을 비치고 있겠지요. 그리고 개맥문동은 비록 우리 주변에서 아주 흔히 눈에 띄지만 맥문동보다 볼품이 없어서 원예용으로 재식되는 일도 없습니다. 또 개지치는 꽃이 비록 예쁘기는 하나 너무 작아서 눈에 잘 띄지 않을 정도이고 따라서 '-지치'라는 이름이 붙은 다른 여러 식물에 비해서는 작명에서 홀대를 받게 되지 않았나 싶습니다.

다음으로, '개-'라는 접두어가 과연 합당할까 싶은 식물명도 여럿 눈에 띕니다. 개싸리, 개쓴풀, 개쑥부쟁이, 개여뀌 같은 것이 그 좋은 예가 되겠습니다. 개싸리는 비록 일반 싸리만큼 흔하지는 않지만 꽃이 그 나름으로 한 인물 하는데 어찌하여 '개-'라는 딱지가 붙게 되었는지 모르겠습니다. 그리고 개쓴풀은 아주 희귀해서 들꽃 탐사 동호인들의 애호를 받고 있는데, 쓴풀속(屬)의 다른 몇 가지 종처럼 고유의 예쁜 이름을 가지지 못하고, 어쩌다 '개–'자를 뒤집어쓰게 되었는지 궁금합니다. 또 개쑥부쟁이도 '–쑥부쟁이'라는 이름을 가진 다른 여러 종에 비해서 조금도 손색이 없어 보이는데 부당하게 폄하되고 있네요. 뿐만 아니라 '–여뀌'라는 이름을 달고 있는 수많은 종이 모두 고유의 그럴듯한 이름을 가지고 있는 데 비해, 혹시 너무 흔해서일까요, 오직 개여뀌만이 변변찮은 종인 양 취급되고 있습니다.

끝으로, 이른 봄에 들꽃 애호가들의 각별한 사랑을 받는 꽃으로 복수초가 있지 않습니까? 눈을 뚫고 꽃대를 내밀고 화사한 금빛 꽃을 피우는 과정을 살펴보노라면 누구나 흥분하지 않을 수가 없지요. 그런데 우리나라의 서해안 지역에서 자생하는 것으로 꽃이 화려하고 잎이 풍성한 복수초를 굳이 별도로 구분하여 개복수초라는 이름을 부여하고 있으니, 만약 꽃에도 감정이라는 것이 있다면, 개복수초는 이 푸대접을 무척 억울해할 것입니다. 그리고 그 흔한 별꽃과 개별꽃의 경우에도 '개–'라는 접두어는 너무 당치 않아서 혹시 명칭 부여에서 주객이 전도된 것이 아닌가 싶을 지경입니다. 어디 그뿐이겠습니까. 여름철에 오랫동안 꽃을 피우는 개망초는, 비록 너무 흔해서 천대를 받지만, 꽃이 망초 꽃과는 비교되지 않을 정도로 예쁜데도 '개–'자를 달고 다닙니다.

이처럼 식물명에 붙어 있는 접두어 '개–'는 사전적인 의미로만 사용되지는 않았습니다. 혹시 그런 이름을 붙인 데에 식물분류학적인 근거라도 있는지 문외한으로서는 알 수가 없습니다만, '개–' 자가 너무 자의적(恣意的)으로 쓰이고 있는 듯한 경우가 많습니다. 또 더러는 식물의 생태적 특성이나 실용적 가치를 고려하지 않고 그저 작명 순서에서 뒤처졌기 때문에 '개–'로 시작되는 이름을 달게 된 듯한 경우도 많아서 너무 무성의했다는 생각이 듭니다. 그러므로 우리의 선인들이 참꽃과 개꽃이라는 이름을 지을 때 보여 준 그 분명한 의도를 고지식하게 따르지는 않는다 하더라도, 적어도 '개-'의 사전적 의미에 충실한 이름들을 지었더라면 좋았겠습니다. 특히 사물의 이름이 그 얼굴의 일부가 될 수가 있다는 생각을 하니 이 접두어 '개-'의 오남용(誤濫用)에 대한 아쉬움이 절실합니다. 한번 지어 놓으면 개명하기 어려운 것이 어디 사람의 이름뿐일까를 생각하니 그 아쉬움은 더욱더 커집니다.

정진홍

사탄이 전해 주는 지옥 이야기

　모호한 삶을 살았을 뿐만 아니라 술집에서 술값 시비를 하다가 참혹하게 살해된 영국의 극작가가 있습니다. 16세기, 셰익스피어와 동시대를 살던 크리스토퍼 말로(Christopher Marlowe)가 그 사람입니다. 그가 남긴 여러 작품 중에 「파우스트 박사(Doctor Faustus)」란 희곡이 있는데 독일 시인 괴테의 그림자가 짙게 드리워 있을 뿐만 아니라 이 역시 정본(正本)이 두 종류나 되어 어느 것이 진본인지 말이 많습니다. 그 원제도 실은 '닥터 파우스투스의 삶과 죽음의 비극적 역사'라는 긴 제목을 가지고 있습니다.

　문학은 물론이지만 더욱이 영문학에는 전혀 문외한인 제가 말로를 기억하는 것은 방금 말씀드린 문학사적인 흥미 때문이 아닙니다. 우연히 어떤 책을 보다가 그 저자가 피안(彼岸)을 설명하는 대목에서 그의 작품을 들어 자기 이야기를 펼쳤던 것을 읽은 적이 있는데 이를 기화로 더듬거리듯 말로의 책을 훑어볼 수 있는 기회가 있었기 때문입니다.

　방금 말씀드린 작품에서 말로는 거기 등장하는 사탄을 통해 지옥을 묘사하고 있는데 제가 잊지 못하는 것은 다음과 같은 구절입니다.

지옥은 끝이 없어/울도 처 있지 않아/그저 있는 공간이야/그런데 거기 우리가 있으면 그곳이 지옥이 돼/그러니까 지옥이 있는 곳에 우리가 있는 거지

천당과 지옥에 관한 이야기는 아득하기 한이 없습니다. 그리고 호칭이야 어찌 되었든 그런 피안의 묘사는 문화권의 울을 전혀 개의치 않습니다. 그렇기 때문에 그것은 먼 날의 다른 곳 이야기가 아닙니다. 그렇게 지속하는 이야기여서, 그리고 그처럼 보편적인 이야기여서, 실은 지금 여기의 이야기이기도 합니다. 죽어 좋은 데로 가는 사람이 있고, 죽어 나쁜 데로 가는 사람도 있다는 이야기는, 그러니까 그런 두 다른 곳이 있다고 하는 것은 사실이 아니어도 사실이어야 하는 이야기로 우리들에게 '살아' 있기 때문입니다.

그런데 그러한 이야기가 있어 사람들은 자신의 삶을 꽤 추스릅니다. 나쁜 곳으로 갈까 봐 고약한 짓이나 컴컴한 생각을 제법 스스로 다스리기도 하고, 좋은 곳으로 가면 더 큰 위로나 보상을 받을 수 있을 테니까 하면서 억울하고 분한 것도 삭이고 삼키면서 스스로 착하기를 지속하기도 합니다. 그러고 보면 천당과 지옥은 이미 있어 우리가 죽음 뒤에 가는 공간이 아니라 지금 여기를 '잘 견디기' 위해 우리가 요청한 것이라고 해야 옳을지도 모릅니다. 삶의 삶다움을 위한 필요니까요. 아무튼 사람살이는 여기 차안(此岸)에 있고 피안(彼岸)의 세계는 저기 있습니다. 그렇다고 하는 것이 우리에게 주어진 전승 내용이고 우리가 지닌 상식이기도 합니다.

하지만 말로는 달랐습니다. 그렇게 생각하지 않았습니다. 피안이 따로 있는 것이라고 주장하지 않고 있습니다. 특별히 지옥을 그렇게 말합니다. 그가 사탄의 입을 빌려 읊고 있는 지옥은 실은 없습니다. 있다면 그저 '빈 공간'인데 그것은 '없다'는 것을 묘사하는 다른 수사(修辭)일 뿐입니다. 그

런데도 지옥은 여실하게 있습니다. 그렇다고 하는 것을 서술하는 그 내용이 기가 막힙니다. 그는 사탄인 '우리'가 있는 자리가 곧 지옥이라고 말합니다. 그러므로 사탄인 '우리'가 없으면 지옥은 없습니다. 그래서 그는 이를 다시 역설적으로 '지옥이 있는 곳에 우리가 있다'고 강조합니다. 그런데 그 '우리'는 다른 것이 아닙니다. '못된 존재'들입니다. 사탄이니까요.

지옥에 관한 이러한 묘사는 흔한 서술이 아닙니다. 우리 모두 이리저리 고약함을 벗지 못하는 인간인데 그렇다면 그의 주장은 인간의 현존 자체가 곧 지옥이라는 말과 다르지 않습니다. 이처럼 더 우리를 아프게 하는 말은 없습니다. 아니, 아프다 못해 다시 어찌할 수 없는 절망에 이르게 합니다. 그래서 슬그머니 화가 나기도 합니다. 이따위 자학적인 생각만 하고 있었으니 당신의 죽음이 그리 비참하지 않았느냐는 항변조차 말로에게 하고 싶어집니다.

하지만 아직도 끝나지 않은 바다의 참사를 겪으면서 그 항변하고 싶은 용기를 잃었습니다. 옳은 말이었으니까요. 우리가 살아가는 여기가 지옥이니까요.

그런데 앞에서 인용한 사탄의 마지막 발언은 다음과 같았습니다. "천국 아닌 곳은 모두가 지옥이야!" 이 결구(結句)를 희망의 언어로 받아들여야 할지, 아니면 더 심한 절망의 언어로 받아들여야 할지 제 마음이 잡히지를 않습니다.

바나나와 돌

스무서너 해 전 일입니다. 집안에 우환이 있어 병원을 꽤 오래 드나들었습니다. 나중에는 거의 한 해를 병원에서 환자와 함께 기거하기도 했습니다. 그 무렵 저는 처음으로 호스피스 봉사에 관한 이야기를 들었습니다. 임종 환자를 돌보는 봉사 활동을 직접 보기도 했고 급기야 실제로 도움을 받기도 하였습니다. 이윽고 병원을 다시 드나들지 않게 되자 저는 직접 임종 환자들을 보살피는 일에 참여했습니다. 오래 하지는 못했습니다. 단단히 마음을 먹고 빚을 갚는 마음으로 열심히 했는데 생업을 유지해야 하는 일과 함께 하기에는 너무 힘이 들었습니다. 서너 달을 겨우 채우고는 더 잇지 못했습니다.

그런데 그 짧은 기간에도 여러 죽어 감, 죽음, 그리고 주검을 마주하면서 참 많은 것을 생각했습니다. 무엇보다도 삶이 저리도록 허무했습니다. 긴 서술이 필요하지 않습니다. 임종을 겪을수록 '이렇게 끝나는 건데 한평생을 그리도 안달을 했던 걸까?' 하는 느낌이 점점 진해졌습니다. 어떤 사람의 죽음도 다 그랬습니다. 남녀노소 빈부귀천이 다르지 않았습니다.

지난지난 세기의 표정으로

그렇다고 죽음 모습이 한결같지는 않습니다. 무척 다릅니다. 어떤 사람은 불안 속에서, 또 두려움 속에서 죽음을 맞습니다. 그런가 하면 어떤 사람은 의연하게, 그리고 편안하게 죽음을 맞기도 합니다. 때로는 분노와 원망을 끝내 놓지 못하는 죽음도 있습니다. 그러나 이러한 묘사도 이제는 쉽지 않습니다. 의술의 발전 탓이라고 해야 할 텐데 지금은 거의 모든 임종 환자가 온갖 치료 도구에 얽혀 의식은 없지만 살아 있는 주검인 채 유예된 죽음 선언만을 기다리는 경우가 많습니다. 그러니 죽음 모습이 제각기 다를 수가 없습니다.

그런데 임종의 현장에서 의도적으로 가려지거나 무심하게 덮여지는 '풍경'이 있습니다. 망자를 보내는 산 자의 모습이 그것입니다. 애통하는 절규도 있습니다. 소리 없는 눈물 속에서 고이 보내는 따듯한 이별도 있습니다. 임종의 순간에 바로 그 자리에서 벌어지는 산 자들의 악다구니도 있습니다. 죽음이 선언되는 순간 산 자들의 표정이 마치 악몽에서 깨난 것 같은 가벼움으로 환해지는 경우도 있습니다. 망자가 자기의 죽음을 어떻게 맞고 있는지를 그린다는 것은 비현실적이지만 망자를 보내는 산 자의 모습을 그리는 것은 결코 비현실적이지 않습니다. 그러나 이를 누구도 드러내려 하지 않습니다.

어쩌면 망자에 대한 산 자의 반응은 그 둘 간의 관계, 곧 그 둘 사이의 혈연, 정(情), 이해(利害) 등의 친소(親疎)가 결정하는 것일지도 모릅니다. 아마 그럴 것입니다. 그리고 그런 것은 산자의 삶을 위해 크게 도움이 되지 않는 한 드러내지 않는 것이 나을 거라고 생각해서 스스로 가리는 것 아닐까 하는 생각이 듭니다.

그러나 산 자도 곧 망자가 됩니다. 살아 있기 때문입니다. 그런데 흥미로운 것은 망자 앞에서의 산 자의 모습을 보면 대체로 자기도 또한 그렇게 된다는 것을 거의 모르고 있는 것 같기만 합니다. 다시 만날 수 없는 망자와 이별하는 예의가 어떠해야 할지를 알 법도 한데, 망자의 죽음이 자기 삶을 되돌아보는 계기일 수도 있을 것 같은데, 하다못해 자기도 후 련하게 치워 버릴 쓰레기 취급을 받을지도 모른다고 조금은 소심해질 만 도 한데, 알 수 없는 일입니다. 그렇다고 하는 것을 안다면 극히 적은 경 우를 제하고는 그렇게 서툰 반응만으로 일관할 수는 없습니다. 사람이란 그리 어리석은 존재가 아닌데 말입니다.

남태평양 웨말레족의 죽음 기원 신화는 우리에게 많은 것을 되생각하 게 합니다. 신은 스스로 지은 인간에게 바나나 나무와 돌을 보여 주면서 어느 것을 택하겠느냐고 물었습니다. 사람은 돌을 택하지 않고 바나나 나 무를 택했습니다. 신은 말했습니다. "딱하구나! 돌은 죽지 않는데 바나나 나무는 죽는다. 네가 죽음을 선택했으니 인간은 죽을 수밖에 없다." 죽음 은 그렇게 인간의 삶 속에 스미게 되었습니다. 그러나 신의 발언은 여기 에서 끝나지 않았습니다. 신은 이렇게 말했습니다. "하지만 사랑하는 인 간아, 너는 가장 현명한 선택을 했다. 돌은 비록 영원하지만 열매를 맺지 는 못한다. 그러나 바나나 나무는 비록 죽지만 열매를 맺는다! 너는 그것 을 알 만큼 현명하구나!"

나는 죽는다는 것, 아예 죽음도 살아야 한다는 것을 아는 것이 인간의 존엄인데 우리는 돌의 영속성에 빙의(憑依)되어 아무런 열매도 없는 삶을 '평생 죽지 않을 듯' 살고 있는 것은 아닌지 모르겠습니다. 아무래도 저는 다시 호스피스 봉사의 현장에 되돌아가야 할 것 같습니다. 성숙하기 위해 서요.

별 하나에

이제는 죽고 싶다고 하지 않아도 괜찮게 되었습니다. 나이와 몸이 그럴 필요가 없다는 것을 넌지시 가르쳐 주니까요. 그런데 어렸을 적에는 왜 그리 죽고 싶었었는지요.

이른바 '시설'에서 함께 살던 친구가 있었습니다. 이제는 세상에 없지만 그 친구는 트럼펫을 불었습니다. 저는 그 친구가 늘 부러웠습니다. 그래서 그가 밤에 공산성에 올라 금강 물이 출렁이는 벼랑 위에서 트럼펫을 불 때면 늘 따라가 저도 거기에 있었습니다. 구노의 〈아베마리아〉는 지금 어떤 연주가의 것을 들어도 저는 그 친구의 연주를 듣는 양 들어야 그 정감(情感)이 스밉니다. 그 친구의 얼굴, 그때 그 산성의 검은 나무들과 그 그림자들, 그리고 희끄무레한 백사장 이쪽으로 흐르던 어두운 강물, 그런 것들이 그 곡에서는 언제나 흐르니까요.

그 친구가 그렇게 나팔을 불고 있는 동안 저는 그 소리를 배음(背音) 삼아 강물을 멍하니 바라보고 있었습니다. 그러니까 그 친구는 트럼펫을 불려고 공산성에 올랐던 거고 저는 밤의 강물을 바라보려고 그렇게 친구와

산에 올랐던 거라고 해야 정확할지도 모르겠습니다. 우리는 그렇게 우리의 '탈출'을 겨우 숨 쉬곤 했습니다.

밤의 강을 어떻게 묘사해야 할지 저는 잘 모르겠습니다. 그것도 깎인 듯 높은 절벽에 올라 앉아 바로 아래로, 그리고 저만치까지, 마치 진하게 내려 그린 것 같은 폭으로 흐르는 강물의 짙은 고요. 그런데 거기 잔물결의 흔들림 속에서 별들이 반짝이는 것을 저는 아무리 해도 제 언어에 담을 수가 없습니다.

저는 참 자주 그대로 그 강물로 뛰어들고 싶은 간절함을 억제할 수 없었습니다. 그 물속에서는 거추장스러운 모든 것에서 풀려난 자유로운 유영(遊泳)이 가능할 거라는, 그래서 거기에서는 어제도 내일도 없는 다만 깊은 흐름에 나를 맡겨 둘 수 있으리라는, 그러다가 두 손을 뻗어 물에 내린 별들을 잡을 수도 있으리라는, 그러면 밤새 별들과의 놀이에서 모든 것을 잊을 수도 있으리라는, 그런 상념에 빠지면 저는 저도 모르게 절벽의 끝을 향해 다가가는 저를 의식하고는 깜짝 놀라 멈춰 서곤 했습니다. 죽고 싶은데 죽기는 무서웠던 것 같습니다.

그런데 정말 별들이 강물에 비쳐 반짝였는지는 잘 모르겠습니다. 달이 수면 위에 떠 있다든지 물에 빠진 달을 건진다는 이야기는 익숙해도 별이 강물에서 자기를 물결에 띄워 스스로 깨지며 비춰 주고 있다는 것은 아무래도 현실성이 없습니다. 제가 그렇게 이야기하면서도 그것이 그랬으면 좋겠다는 희구였는지 사실 그랬는지 알 수가 없습니다. 아마도 정말 본 것은 별의 흔들림이 아니라 그저 물결의 작은 몸짓이었을 것입니다.

그런데도 별이었다고 다짐하고 또 단정하는 것은 아무래도 별에 대해 지니고 있는 제 어떤 고정관념 탓이었던 것 같습니다. 무어라 설명할 수는 없지만 저는 막연하게 세상을 떠난 사람들이 어쩌면 여전히 살아 있는 것이 별이라고 여겼습니다. 그래서 별을 보면 '아버지'가 보였습니다. 시신도 찾지 못한 아버지의 실재를 저는 그렇게 확인하곤 했습니다. 그것은 제게 유일한 위로였습니다. 그래서 그랬겠습니다만 별이 출렁이는 강물에 뛰어들고 싶었던 것은 어쩌면 '아버지'와의 만남에의 희구가 충동한 가장 정직한 본능이었을지도 모릅니다.

그러다가 저는 윤동주의 「별 헤는 밤」을 만났습니다.

> ······ 나는 무엇인지 그리워/이 많은 별빛이 내린 언덕 위에/내 이름자를 써 보고/흙으로 덮어 버리었습니다······

충격이었습니다. 윤동주는 나였습니다. 윤동주는 나를 발언해 주고 있었습니다. '언덕'을 '강물'로 바꾸고 '흙으로 덮어 버린다'는 것을 '물로 흘러보낸다'고 하면 그렇습니다. 별은 시인의 전유물이 아닙니다. 아니, 누구에게나 '별의 경험'이 있어 시인에게도 별은 있습니다. 그래서 시인이 읊는 별에 공감하는 독자가 있습니다.

지난주, 서해에서 슬픈 소식이 들렸습니다. 아팠습니다. 언제쯤 그 아이들은 별로 떠 강물에 자기를 비추고 언제쯤 그 엄마 아빠는 강물에 비친 깨지는 별들을 안고 자유로운 유영을 할 수 있을는지요. 아니, 언제쯤 옛날 그랬었다는 회상을 '별 하나에 추억과/별 하나에 사랑과 별 하나에 쓸쓸함과······' 하면서 나긋나긋 이야기해 줄 수 있을는지요.

차 홀로 타기를 위한 변명

차를 운전하는 일이 점점 싫어집니다. 왜 그런지 알 수 없습니다.

연전에 아이엠에프 사태로 경제가 어려워졌을 때, 마침 저는 안식년을 맞아 외국에 1년 동안 가 있게 되어 있었습니다. 그래서 이런저런 준비를 하고 마지막으로 차도 팔았습니다. 여러 생각 끝에 다른 사람에게 쓰게 하는 것보다 그편이 훨씬 나으리라 판단했기 때문이라고 말하곤 했습니다만 실은 그 무렵 차를 운전하는 일이 조금씩 불편해진 것이 속내였습니다.

꽤 긴 기간 차를 운전해서 어느 정도 자신도 있고, 차와 내가 한 몸이 된 듯한 편리함도 누렸었는데, 알 수 없이 차를 운전하기가 점점 싫어졌습니다. 틀림없이 나이 탓이라 여깁니다만 아무튼 낮이면 교통이 번잡해 운전하기가 힘들어 싫고, 밤이면 어두워 거리를 짐작하는 것이 쉽지 않아 싫었습니다. 비가 오는 날이면 비가 와서 위험해 싫고, 눈이 오면 길이 미끄러워 싫었습니다. 누가 들으면 그러한 때야말로 자가용을 운전하고 다니는 일이 절실하게 필요할 뿐만 아니라 편리하기 그지없는 때라고 할 터인데 저는 바로 그러한 이유 때문에 차가 주체할 수 없는 커다란 짐처럼 그렇게 불편하곤 했습니다.

한데 떠나기 전전 날, 그 사태로 교수 해외 파견 계획이 모두 취소되었습니다. 당혹스럽기 짝이 없었습니다. 외국 대학에 이미 연구실과 아파트까지 확보해 놓은 상태였기 때문입니다. 그런데 그다음부터 차를 운전하지 않고 지내게 되었는데 어찌나 자유로웠는지요. 처음에 차를 마련했을 때는 차가 있어 날개를 단 것 같았는데, 차를 없애고 나니 이번에는 차가 없어 날개를 단 듯 가벼웠습니다.

그러나 오래지 않아 다시 차를 마련했습니다. 아내의 강권을 이른바 '가정의 평화'를 위해 마지못해 받아들인 것인데 막상 차를 운전하며 다녀 보니 처음 차를 샀을 때의 가벼움은 아니더라도 차를 사용하지 않다 다시 쓰면서 경험하는 또 다른 상쾌한 느낌이 없지 않았습니다. 마치 없던 기쁨을 누리는 듯 만족스러워하는 저 자신을 보면서 스스로 사람이란 참 간사한 동물이다 하는 생각마저 했습니다.

게다가 이번에 산 새 차는 여느 차가 아니었습니다. 그저 두루 사용하는 승용차에 비하면 생긴 꼴이 둔탁하기 짝이 없는 데다 키도 덩그마니 높고, 타이어도 넓적하고 커다란 이른바 광폭에다 사람을 태우려면 앞자리를 누르고 뒤편으로 기어 들어가게 되어 있고, 소음도 승차감도 다른 승용차에 비할 수가 없는 흔히 말하는 지프차, 그것도 아주 '고전적인' 지프차였습니다. 이제는 단종(斷種)이 되어 나오지도 않습니다.

사실은 아내가 다시 차를 사자고 했을 때 저는 모처럼 얻은 '차로부터의 자유'를 상실할 사태에 겁이 났습니다. 그래서 살 바에는 아주 작은 차를 사자고 우겼습니다. 우스갯소리로 차를 시동을 걸어 아무리 발진을 하려 해도 움직이지 않아 내려서 바퀴를 보았더니 껌이 붙어 있더라는 바로 그 차를 사자고 한 것입니다. 차 크기가 안전에 비례한다고 믿는 아내의 기막힌 '상식'을 역이용해 보고자 한 것입니다. 그 반격은 제법 효과를 내는 듯했습니다. 적어도 '당신을 사랑하는데' 그럴 수는 없다는 것이 그 사람의 변이었습니다.

그러나 며칠 지나자 아내의 '타박'은 다시 시작되었습니다. 아무래도 어떤 타협이 불가피하겠다는 사태를 짐작한 저는 그래도 마지막으로 다시한 번 역공을 펴기로 했습니다. 이번에는 아예 '살 바에는 아주 탱크 같은 차 한 대 사자!'고 내뱉은 것입니다. 그런 일이 있는 며칠 후 저는 아내의 퇴근 독촉 전화를 받고 놀라 집에 도착했는데 주차장에서 아내는 바로 그예의 지프차 옆에서 득의의 웃음을 웃으며 서 있었습니다.

알 수 없는 일입니다. 처참한 패배를 했는데도 새 차에 대한 호기심은 갑작스러운 첫사랑처럼 저를 들뜨게 했습니다. 직장에 처음으로 이 차를몰고 등장한 날, 동료들이 저를 힐난한 것은 지극히 당연한 일입니다. "네가 무슨 터프 가이라고 그런 차를……." 그렇습니다. 저는 이 차와 전혀어울리지 않습니다. 어떤 이유보다 늙었기 때문입니다. '늙은이와 탱크같은 차'는 어울리지 않습니다. 저도 그렇게 생각했습니다. 하지만 우리네 '상식'이란 것이 얼마나 허망한 것인지요. 또 얼마나 많은 '엉뚱한' 상식 때문에 바른 인식이 일그러지는지요.

저는 늙음과 탱크라는 대칭적 구조를 벗어나면 얼마나 많은 다른 것을볼 수 있는지를 열심히 설명했습니다. "아니, 어쩌자고 차에 기어 들어가니? 올라타야지!"에서부터 제각기 잘났다고 쪽 빠진 몸매를 자랑하는 차들 속에서 '최고'가 되지 못해 억지로 '실용성' 운운하며 자기 정당화를 하느라 피곤하기보다 땅바닥에 납작 깔린 차들을 내려다보며 확 트인 앞을질주하는 기분을 아느냐고 큰소리치는 데까지 이르고, 이에서 더 나아가승차감이나 소음을 지적하는 친구들에게는 "사나이 기상이 가마 타기보다는 자기 말을 타고 채찍을 휘두르며 달려야 하는 것 아냐?"에 이르기까지 제 설명은 끝이 없었습니다. 그리고 마침내 이렇게 일갈했습니다. "이 차는 늙은이를 위한 차야!"

그런데 운전하기가 점점 싫어집니다. 알 수 없는 일입니다.

제가 운전을 즐기는 것은 나만의 '세계'를 확보할 수 있다는 사실 때문이기도 했습니다. 운전하는 일이 조금 힘들다 하더라도 차를 몰고 다니면 출퇴근하는 긴 시간에 자신만의 공간을 확보하고 그 안에서 아무런 방해도 받지 않고 홀로 즐길 수 있다는 것이 그러한 불편을 상쇄하고도 남았습니다. 음악을 들을 수도 있습니다. 아파트에서는 전축도 마음대로 즐기지 못합니다. 그런데 차 안에서는 마음껏 크게 들을 수 있습니다. 소음이 없지 않지만 그래도 괜찮습니다. 방송도 들을 수 있습니다. 집 안에서 그렇게 선국(選局)을 하면서 여러 방송을 듣는다는 것은 생각할 수도 없는 일인데, 차만 타면 그것이 일상이 되고, 또 즐겁습니다. 그런가 하면, 다른 분들은 어떠신지 모르지만, 저는 큰 소리로 노래도 하고, 때로는 마음껏 '절규'도 합니다. 평소에는, 더 정확하게는 자가용 밖에서는 결코 하지 못하는 짓을 합니다. 사랑한다고 큰 소리로 외치기도 하고, 밉다고 격렬하게 욕도 합니다. 참 좋습니다. 어차피 시간을 내어 가야 하는 길인데, 그 시간 동안 자기만의 공간에서 '자기를 위한 자유'를 누릴 수 있다는 것, 어쩌면 자가용 홀로타기족의 배타적 폐쇄성은 바로 그러한 '자유에의 절실함'에서 비롯한 불가피한 필연인지도 모릅니다. 홀로 타는 자가용은 그대로 '절대공간'입니다. 그러니 자가용 함께 타기를 권유하는 안내문이나 전단을 받을 때 죄의식을 갖기도 하지만 자가용 홀로 타기가 주는 '유혹'과 '범죄'에서 벗어나기가 그리 쉬운 일은 아닙니다. 내가 지닌 차 안에 들어서면 그 순간부터 나는 '임금님 귀는 당나귀 귀'라고 외쳐도 아무 탈 없는 숲에 들어선 것과 다르지 않기 때문입니다.

그러고 보면 사람들 사는 것 참 안됐습니다. 함께 어울려 소용돌이치는 삶 속에서 자기만의 공간을 확보하기가 이렇게 어렵습니다. 그런데 그것이 얼마나 절실하게 아쉬운지요. 자가용 혼자 타기가 주는 축복은 어쩌면, 매우 비민중적이고 비환경친화적인 발언일 것이지만, 바로 이러한 공간의 확보라고 해도 좋을지 모르겠습니다.

그런데 어떻게 묘사해도 차 홀로 타기는 바로 그러한 이유 때문에 철저하게 자기를 '표류하는 섬'이게 합니다. 어차피 사람살이는 '산재한 섬들'일 수밖에 없지만, 그래도 그런 채 서로 잇는 물길을 사이에 두고 있어 살아가는 것인데, 차를 몰고 다닌다는 것은, 그것도 홀로 타기에 탐닉해 있다는 것은, 그 잇는 물길조차 거절하는 일이기 때문입니다. 차에서 나와 홀로 타기를 유보해 보면 자신이 얼마나 '표류'하고 있는지를 확인하는 일이 조금도 어렵지 않습니다.

전철을 타거나 버스를 타면 사람 냄새가 납니다. 한 사람, 한 사람의 표정을 읽으면서 저는 참 많은 이야기를 홀로 지어 냅니다. 서로 이야기를 나누는 일은 거의 없습니다. 하지만 감히 말씀드리자면 저는 거기 있으면서 비로소 제가 사람들 틈에 있다는 것을 절감합니다. 때로 지하철에서는 자신의 모습이 여러 사람과 더불어 창에 비치는 것조차 볼 수 있습니다. 그럴 때면 문득 자가용 홀로 타기를 하면서 절규하는 자신의 모습이 한없이 어리고 못난 모습으로 그려지기도 합니다. 그러고 보면 차를 모는 것이 싫어지는 것은 이제까지 충분히 진정한 삶을 살지 못해 온 내 삶의 흔적이 역겨워 그런지도 모르겠다는 생각이 듭니다.

학문한다는 것이 그랬었는지도 모릅니다. 내 공간을 확보하고 아무도 없는 바로 그 '절대적인 폐쇄 공간'에서 제법 그것이 삶 전체인 양 떠들어

댄 나르시시즘, 그것에 도취되었던 너무 긴 세월을 이제 겨우 벗어난 너무 늦은 아쉬움, 그것이 차를 운전하고 다니는 일이 점점 싫어지는 까닭인지도 모르겠습니다. 이제 더 늦기 전에 사람 냄새가 물씬한 공간으로 들어가 마지막 학문의 언어를 일상의 언어로 서둘러 바꾸어야 할 듯합니다.

며칠 전 이런 이야기를 친구에게 했습니다. 반응이 참 간단하더군요. "쓸데없는 철학 하지 말라고. 몸 늙어 삐걱대니 차 운전하기 겁날 것 뻔하고, 지하철 거저 타고 다니니 돈 들지 않아 더없이 즐거운 거고…… 젊은 사람들 겁나니까 자기 서재에 들어 앉아 자기도취에 빠지는 거고…… 그런 거지, 뭐!"

하긴 그렇습니다. 그런데 저는 그 탱크 같은 차를 치우고 제법 우아한 같은 또래의 다른 차를 장만했습니다. 꽤 세련된 탱크를 몰고 싶었기 때문인지도 모르겠는데 그보다는 아직도 불쑥 어느 날 혼자 내 절대공간을 몰고 나가 아무도 듣지 못하도록 '절규'할 것이 남아 있기 때문이라고 해야 옳을지도 모르겠습니다. 차는 운전하기 싫고, 홀로 있고 싶은 차는 가져야겠고, 아무튼 차는 '애물단지'임에 틀림없습니다. 마치 학문이 제게 그러하듯이요.

기억, 그 불안한 그늘

　자꾸 잊는 일이 잦아집니다. 요전에는 어떤 모임을 약속했는데 날짜를 착각하여 그 전날 모임 자리에 간 일이 있습니다. 말이 착각이지 실은 약속 날짜를 잊었던 것이죠. 이러한 따위의 일들이 점점 늘어납니다. 안경을 찾아 방방이 돌아다니다 본래 자리인 서재에 돌아와 책상 위에 펼쳐 놓은 책갈피에서 발견하는 일도 다반사입니다. 한겨울이면 장갑 서너 켤레, 목도리 한두 개는 예사롭게 잃습니다.

　하지만 진심으로 말씀드리건대 '옛날'에는 그렇지 않았습니다. 이를테면 이전에 읽던 책을 다시 읽다가 어떤 행간에서 몇 자 메모를 해 둔 것을 보면 갑자기 그때 그것을 읽으며 생각했던 것, 그때 기울던 햇빛, 때로는 방 안의 냄새까지 기억이 났습니다. 그런데 지금은 그렇지 않습니다. 글씨체를 보면 틀림없이 제가 써 놓았던 것인데 언제, 왜, 무엇을 이렇게 적어 놓았는지 도무지 생각이 나지 않습니다. 낯설기가 짝이 없습니다. 그런데 그 앞뒤 문장을 읽어 보다가 다시 새삼스럽게 놀랍니다. 내가 이런 생각을 이렇게 여기에 써 놓았다니! 그러한 생각을 했다는 것이 신통하기도 하고,

그 일을 까맣게 잊고 있었다고 하는 사실 때문에 서글프기도 합니다.

망각이 승(勝)한다는 것은 점점 늙어 간다는 것인데, 실은 늙음이란 낡음과 다르지 않습니다. 그리고 낡음은 '현실 적합성의 결여'와 다르지 않습니다. 그러므로 기억이 쇠잔해진다는 것, 그러니까 망각이 잦아진다는 것은 사람 구실을 이제는 더 할 수 없는 경지에 이르기 시작했다는 말이라고 해도 좋습니다. 그러한 사람을 사회가 '신뢰'할 수도 없으려니와 혹 그러한 일이 가능하더라도 서둘러 그 신뢰를 사양해야 하는 것이 이러한 경지에 든 사람들이 지녀야 할 마땅한 도덕이라고 해도 괜찮으리라고 생각합니다.

그러나 망각은 실은 이보다 훨씬 심각한 사태를 우리의 삶 속에 빚습니다. 기억의 상실은 그것이 짙게 그늘을 드리우는 경우 마침내 자기 자신에 대한 기억조차 할 수 없게 합니다. 우리는 치매 현상에서 이러한 사태를 얼마든지 증언할 수 있습니다. 치매는, 비록 의학적인 설명은 아니라 할지라도, 자기가 살아온 모든 삶의 상실, 그리고 더 나아가 자신을 상실하는 것과 조금도 다르지 않습니다. 어색하지만 동어반복의 방식으로 말한다면 '삶을 상실한 삶'이 바로 치매입니다. 모든 것을 잊은 채 살아가기 때문입니다. 그리고 그 잊음의 종국은 결국 '자기 상실'에 이릅니다.

그런데 '자기 상실을 살아가고 있는 자기'는 있습니다. 흔히 일컫는 치매의 비극성은 여기에 있습니다. '삶을 잃어버린 텅 빈 삶'을 살아가는 삶의 주체는 실은 살아 있는 주체일 수가 없습니다. 이미 기억할 어떤 것도 없는데, 지금 여기에서의 삶 또한 기억 안에 담길 까닭이 없습니다. 그에게는 과거가 없습니다. 현재도 없습니다. 그런 삶이 미래를 가지고 있다고 말하는 것은 매우 비현실적인 기대입니다. 그러므로 결국 그러한 삶의 주체는 자신의 존엄을 확보할 아무것도 지니지 못합니다. 여전히 살아 있되 그 삶이 존엄을 지닐 수가 없습니다. 이제 그는 사람이되 사람이지 않습니다. 사람이지 않은 사람으로 살 뿐입니다.

그런데, 참으로 알 수 없는 일이지만, 어떤 일은 삶이 낡아 가는데도 이전보다 더 생생하게 기억되는 것들이 있습니다. 더 정확히 말한다면 늙어 가는 삶인데 뚜렷한 기억들이 새 움처럼 무성하게 돋습니다. 아주 어렸을 때, 잣대가 보이지 않을만큼 어둑어둑해질 때까지 자치기를 하며 놀던 친구, 그 친구는 자기가 옳다는 것을 주장할 때면 목소리가 튀어 오르면서 얼굴의 근육조차 일그러지곤 했습니다. 그렇게 기억합니다. 그리고 지금도 때로는 그 표정을 뚜렷하게 봅니다. 눈만 감으면, 아니 눈을 초롱초롱 뜨고 있어도 보이고 들리는 것이 있습니다. 초등학교 조회 때, 운동장 교단에만 올라서시면 단군 할아버지에서 시작하여 을지문덕에 이르고, 강감찬을 거쳐 이순신에 이르면서, 이윽고 안중근에 이르러 마침내 모두 함께 만세를 불러야 훈화 말씀이 끝났던 그 교장 선생님의 목소리의 결, 그리고 멀리서 보이던 흰 머리카락마저 생생합니다. 그렇게 기억합니다. 대학을 졸업하기 직전, 한 번도 만나 이야기해 보지 못한 채 멀리서 그저 바라보기만 했던 어떤 이가 내 앞을 스쳐 지나갔을 때, 그때 팔락거리던 그이의 치맛단의 출렁임도 잊혀지지 않습니다.

그런데 기억은 아련한 그리움으로 지녀지지만은 않습니다. 때로 우리는 살기 어린 분노를 동반하는 회상도 합니다. 이제는 체념 속에서 그 기억들은 기억다움을 스스로 잃고 퇴색해 버린 지도 꽤 오래라고 해야 옳습니다만 전쟁을 겪은 세대에게는 타다 남은 부집게처럼 삶의 한 부분은 온통 한 맺힌 상처 덩어리입니다. 기억은 그 공포를 되살립니다. 그 증오를 되부릅니다. 기억은 그 절망적인 속수무책감이 사슬처럼 다시 나를 묶게 합니다.

기억은 부끄러움을 씻어 버리지 않기도 합니다. 애써 정직하게 잘못을 잘못으로 승인하면서 남아 있는 세월을 그 짐에서 벗어나 살고 싶은 그야말로 부끄러운 소원을 빌어 보지만 기억은 그 희망조차 짓눌러 버립니다. 그때, 거기서, 하필이면 내가, 하필이면 너한테, 하필이면 그런 말을 또는 그런 짓을 했던가 하는 저리게 가슴 아픈 회한에 빠지지만 기억은 그 소용돌이치는 늪에서 한 치도 나를 빠져나오게 하지 않습니다. 몸부림치는 정직함에 비례하는 징벌의 가혹함이 기억 따라 더 뚜렷해질 뿐입니다.

치매의 비극성과 마주하여 말한다면 이것은 '기억의 비극성'이라고 해도 좋을지 모르겠습니다. 잊으면 좋았을 것, 그러면 '업보'에서 자유로울 수 있을 것인데, 잊으면 지금 여기를 새삼 '실재'로 확인할 수 있을 것인데, 잊음 속에 지나온 삶을 담지 못해 그 짐을 지고 허덕이는 현실, 끝내 어떤 것도, 특별히 한 맺힌 사연들, 아니면 지금껏 지니지 못하고 잃어버린 가슴을 쥐어뜯고 싶을 만큼 아쉬운 삶들을 잊지 못하는 뚜렷한 의식을 지닌 삶, 이것은 비극입니다.

기억을 할 수 없다는 것, 그것은 분명히 인간의 존엄의 상실과 다르지 않습니다. 그러나 그렇다고 해서 기억할 수 있다는 것이 반드시 그 역의 상태를 마련하는 것은 아닙니다. 뜻밖에 우리는 기억에서 벗어나지 못하는 '저주'도 있다는 사실과 직면합니다. 기억이 지닌 증오와 한이 그러합니다. 누구나 겪는 일상입니다. 그것을 설명한다는 것은 공연한 짓입니다. 그런가 하면 모든 아름답고 참되고 착한 것들을 온통 기억에 담고 그 '아련한 실재' 속에서 지금 여기의 현실을 온통 부유(浮遊)하게 하는 경우도 그러합니다.

그렇다면 우리는 흥미로운 사실을 기술할 수도 있을 듯합니다. 지금 여기에서 살아가는 우리의 삶이란 기억의 상실이 빚은 것이기도 하고, 기억의 생생함이 빚은 것이기도 하다는 사실이 그것입니다. 흔히, 그리고 당연하게, 우리는 '지금 여기에서 약동하는 현실 인식'을 가지고 살아가는 의식의 주체라는 자존심을 갖습니다. 그렇습니다. 우리는 그렇게 살아갑니다. 하지만 그럼에도 불구하고 실은 철저하게 '기억을 상실한 기억이 빚는 현실'과 '기억을 기억하는 기억이 빚는 현실'을 살 뿐인지도 모른다고 말할 수도 있을 듯합니다. 다시 말하면 인간은 철저하게 '기억 예속적인 존재'라고 해야 옳은지도 모릅니다.

근대 이후에 우리를 가장 '번거롭게' 한 것은 이른바 '역사의식'입니다. 역사는 모든 가치를 판단하는 절대적인 준거가 되었습니다. 인간은 역사에서 탈출할 수도 없으려니와 역사를 또한 만들어 나아가지 않으면 아니되는 그러한 존재로서의 자의식을 지녀야 사람다운 사람으로 대접을 받게 되었습니다. 역사 기술을 위해 자료를 수집하고 선택하였습니다. 역사를 설명하기 위해 자신의 삶의 맥락을 성찰했습니다. 역사를 해석하기 위해 지난 일을 투사한 미래를 조망하는 일도 게을리하지 않았습니다. 그렇게 하고도 모자라 역사를 수식하고, 수정하고, 역사를 '치료'하고, 역사를 창조하였습니다. 그러면서도 역사를 벗어날 수는 없다는 '신념'을 지녔습니다. 더 나아가 역사는 모든 것의 판단 준거라는 사실의 외연을 확장하면서 역사 자체가 심판이라는 '고백'에 이르기도 하였습니다. 자유를 주창한 근대는 인간의 자유란 사실은 논리적 필연의 굴레라고 해도 좋을 인과의 법칙에 매여 있다는 것을 차마 발언하지 못한 마지막 자존심이 발언하는 의도적인 '수사(修辭)'였는지도 모릅니다. 마침내 역사주의는 근대가낳은 인류의 가장 체계화된 '현대 종교'가 되었습니다. 역사 안에는 자칭하는 신이 있고, 그에게 봉사하는 사제가 있습니다. 순교자도 있고, 경건하게 학습하고 봉헌하는 의례조차 있습니다. 정통과 이단의 쟁론도 있고,

살육을 마다하지 않는 투쟁도 있습니다. 그런데 그 역사는 우리가 '기술한 것'입니다. 그런데 그것이 '절대화'됩니다. 마치 종교의 경전이 한결같이 사람의 기술이면서 절대적인 신의 말씀으로 '고백'되어 그 고백이 그렇다고 '인식'하는 종교의 구조와 조금도 다르지 않습니다.

그런데 이 현란한 역사라는 거대한 지성소(至聖所)에 감히 들어가 보면 실은 그것은 그렇게 거룩하지 않습니다. 그것은 '기억의 관리'를 치장하기 위한 거창한 구조물일 뿐입니다. 역사학은 달리 말한다면 '기억의 관리학' 이상도 이하도 아닙니다. 모든 것은 서서히 퇴색한다고 하는 기억 상실의 두려움, 그런데도 생생하게 살아 있어 내 삶을 한시도 놓아 주지 않고 아예 나를 빚고 있는 잊혀지지 않는 기억들, 그런 것들이 주는 곤혹스러움을 견디려는 '기억의 관리학'이 역사학인지도 모릅니다.

기억의 관리인들은, 그러니까 역사의 사제들은, 자신의 지성소에서 누가 알까 조심스레 재물 관리를 해냅니다. 꺼내야 할 물품 목록과 두어야 할 물품 목록을 '지혜롭게' 나눕니다. 꺼내야 할 때와 넣어 두어야 할 때를 구분합니다. 얼마나 드러내야 할지도 판단합니다. 모여드는 신도들을 보고 판단하기도 하지만 아예 신도들의 결핍을 충동하여 고객을 만들기도 합니다. 중요한 것은 기억의 관리인들은 언제나 어디서나 창고에 넣어둘 '재물'들을 마음대로 확보할 수 있다는 사실입니다. '현대 종교'는 무릇 '자본주의적'입니다.

그래서 이 관리인들은 여기에서 자신의 일을 끝내지 않습니다. 기억은 끊임없이 생산됩니다. 그것은 판매되고 배분되면서 언제나 어디서나 효과적으로 소비됩니다. 사람들은 그것을 먹고 마시면서 자기를 살찌웁니다. 그렇기 위한 헌신을 쉬지 않습니다. 그것은 의식의 차원에서 이루어집니다. 그리고 곧 이어지는 허기를 달래기 위해 다시 그 생산 라인을 따라 다시 소비를 향유합니다. 물론 이 시장에는 미래라는 이름의 시제(時制)가 등장하기도 합니다. 그러나 그것은 기억을 구조로 한 논리적 필연의 법칙이 빚는 예상이라는 이름으로 개념화될 수 있는 것이어서 그 시제가 스스로 자신의 현존을 드러내지는 못합니다. 있는 것은 다만 기억이 빚는 현실뿐입니다. 그것이 역사주의가 빚는 현재라는 삶의 마디가 갖는 '모든 것'입니다. 이렇게 말해도 되는지 모르겠습니다만.

이 '현대 종교'의 신도들은 모든 가치의 원천을 기억에서 찾습니다. 망각은 그것 자체로 범죄입니다. 부정적인 사실에 대한 것도 그러하고 긍정적인 것에 대한 것도 그러합니다. 지울 수 없고, 그래서 잊히지 않는 한이 서리서리 쌓이고 쌓여 시달리는 아픈 세월을 살 때, 우리는 애써 이를 '이기려' 합니다. 그때 그 신도들의 가장 고상한 덕목은 '용서하자. 그러나 망각하지 말자'는 것으로 나타납니다. 감격스러운 진술입니다. 그 덕목의 실천이 어떻게 가능한지 그 울 밖에 있는 '이방인'들은 잘 짐작할 수 없습니다. 아득한 기억, 또는 아련한 기억으로 지금 여기의 참혹한 현존을 이기려 하기도 합니다. 그래서 '성냥팔이 소녀'처럼 차디찬 보도 위에서 한 개비 성냥을 그을 때마다 피는 불꽃 속에서 지금의 추위와 굶주림을 이기려 합니다. 분명히 소원은 이루어집니다. 황홀한 현실이 펼쳐지는 듯합니다. 할머니를 만나고 풍성하고 따듯한 식탁에 앉습니다. 그 신도들의 지고한 희망은 이렇게 불꽃 되어 피어오릅니다. 감격스러운 일입니다. 그러나 사람들은 아침에 그녀의 싸늘한 주검을 확인할 뿐입니다.

일제강점기를 말합니다. 그 기억을 잃어서는 안 된다고 말합니다. 용서하되 기억하자고 말합니다. 그렇습니다. 마땅히 그래야 합니다. 그러나 그러한 담론 속에서 우리는 실제로 강점기의 의식에서 벗어나지 못하는 자신을 의식하지 못합니다. 용서하되 망각하지 말자는 도덕의 실상은 그러합니다. 고구려를 말합니다. 그 웅장한 대륙의 지평이 눈앞에 펼쳐집니다. 우리는 그 사실을 잊지 말아야 한다고 주장합니다. 하지만 그 주장의 함성 속에서 우리의 현재가 스스로 실종되고 있다는 사실은 보이지 않습니다. 그 넓은 지평에서 얻는 것은 기억이고 잃는 것은 현실입니다.

기억은 철저히 이율배반적입니다. 기억은 텅 빈 것이 아닙니다. 망각하지 않았다면 기억은 불가피하게 증오나 사랑을 담고 있습니다. 그리고 만약 용서한다면, 그래서 없던 일이 될 수 있다면, 그것은 여전한 기억을 비우는 일이 아니라 기억 자체를 없애야 비로소 가능한 일입니다. 기억한다면 그것은 결코 지워지지 않는 경험을 지닙니다. 지우려면 기억조차 하지 말아야 합니다. 그리고 기억을 통해 지금 없는 꿈을 지닌다면, 그래서 기억만이 생동한다면 그것은 현실 지우기를 강요당하는 것과 다르지 않습니다. 기억은 빈 것이 아니기 때문입니다. 이미 가득 차 있는데 지금 여기가 거기 담길 까닭이 없습니다.

우리는 현실을 살아갑니다. 지금 여기에서 나는 삶의 주체입니다. 그렇게 느끼고, 그렇게 판단하고, 그렇게 행동합니다. 하지만 살펴보면 뜻밖에 우리는 그렇게 비참하게 느껴지는 망각을 살고 있는 것이 아니라 온갖 잊히지 않는 일들로 가득 찬 기억 속에서 살고 있습니다. 그래서 우리는 우리 자신의 의식과 상관없이 참으로 엉뚱한 짓을 하며 살아갑니다. 기억에 의한 증오가 그러하고, 기억에 의한 사랑이 그러합니다.

역사주의, 그 '현대 종교'가 지닌 에토스는 현재를 확보하지 못하는 것으로 특징지어집니다. 그렇게 말하고 싶습니다. 이를테면 우리는 어떤 사람을 만납니다. 그의 현재는 지금 여기에 내가 만난 그러한 모습으로 지금 여기의 일을 가지고 이렇게 내 앞에 있습니다. 하지만 그러한 타자로 내가 만나는 사람을 '인식'하면 나는 갑자기 무식하고 파렴치한 '역사의식이 없는 사람'이 됩니다. 나는 서둘러 그를 역사의 맥락에 넣어 되 더듬어 와야 합니다. 그와 '아무런 상관 없다고 판단해도 좋을' 그가 속한 역사에 대한 우리 경험의 어떤 부정적인 기억을 떠올립니다. 그 순간 나는 그를 신뢰하지 않습니다. 그를 증오하기조차 합니다. 기억은 이렇게 자신의 증오를 지닙니다. 그리고 기억하는 한, 우리는 그 증오를 지금 여기에서 살아갈 수밖에 없습니다. 민족과 민족의 편견, 종교와 종교 간의 갈등 등은 이렇게 실은 현실이 빚는 '악'이 아니라 기억이 짓는 범죄라고 해야 더 정확할지도 모릅니다.

다시 도식적인 반복이지만, 내가 만난 긍정적인 사실에 대한 기억도 구조적으로 조금도 다르지 않습니다. 과거의 영광에 대한 향수를 지니지 못하고 지금 여기의 현실에 대한 냉혹한 인식을 요청하는 일은 참담한 자기비하로 지탄을 받아 마땅한 일이 됩니다. 그래서 나는 애써 내 나라의 역사를 탐합니다. 그 영광과 그 찬란함을 누립니다. 기억이 이를 가능하게 해 줍니다. '세계 제일'이라는 수식은 그러한 의식이 즐기는 어휘입니다. 우리는 행복해지기조차 합니다. 우리는 그러한 사실을 기억할 수 있다는 사실에 스스로 감격합니다. 우리는 열심히, 그리고 진심으로, 그 기억된 사실을 사랑합니다. 그러나 현실은 전혀 그렇지 않습니다. 기억은 사랑할 수 있어도, 다시 말해서 기억을 통해 사랑할 수는 있어도, 현실은 사랑할 수 없을 때, 다시 말해서 현실을 통해 사랑할 수 있는 것이 없을 때, 기억은 더욱 스스로 지닌 사랑을 강화합니다. 그런데 아무리 강화되어도 기억이 하는 사랑은 실은 아무것도 사랑하지 않는 것인지도 모릅니다. 지금 여기에서 사랑할 수 있는 어떤 현실성 있는 것도 없기 때문입니다.

그러나 더 심각한 것은 이른바 '주체의 상실'입니다. 기억이 주체가 될 때 지금 여기의 나는 책임질 아무것도 없습니다. '기억의 증오'가 현실적으로 벌어지지만 그것을 책임질 주체는 이미 기억 속에 있습니다. 그렇다고 주장합니다. '기억의 사랑'이 현실적으로 벌어지지만 그것을 책임질 주체도 이미 기억 속에 있습니다. 기억이 저지르는 범죄도, 기억이 저지르는 어쩌면 결과적인 기만도, 책임질 사람은 '이미' 없습니다. 결국 기억은 지금 여기를 정당화하는 자기변호의 이념과 논리로 활용됩니다. '현대 종교'는 그렇게 자신의 교리를 전파하고 있습니다.

그런데 '기억의 관리학'이 지니는, 그러니까 '현대 종교'인 역사의식이라는 담론이 지니는 가장 심각한 딜레마는 기억이 스스로 자신의 기억을 기억하지 못한다는 데 있습니다. 망각의 실상은 그러합니다. 어떤 사실을 잊는 것이 '문제'는 아닙니다. 다시 회상할 수 있으면 됩니다. 하지만 자신이 무엇을 기억하고 있었는지 기억할 수 없다면 그것은 회상할 수 없음을 뜻하는 것과 다르지 않은데, 그것을 다시 다르게 표현한다면 이는 기억할 수 있는 존재라는 자의식의 상실과 다르지 않습니다. 그러므로 기억은 이 맥락에서 스스로 자기 성찰을 할 수가 없게 됩니다. 관성으로 작용하는 의식의 메커니즘을 기억이라고 이름 지을 뿐, 이에 대한 '성찰'은 불가능해집니다. 그리고 성찰이 불가능한 의식은 이미 인간의 의식은 아닙니다. 현재를 파기한 기억에의 집착, 미래에다 스스로 자기 자리를 마련해 주지 않으면서 기억을 통해 이를 재단하려는 또 다른 집착은 이렇게 이루어진 의식이 낳는 '현실'입니다.

그렇다면 이제 우리가 할 수 있는, 그리고 어쩌면 해야 한다고 할 수 있는 일은, 그것이 무엇이든 기억을 용서하는 일일지도 모릅니다. 기억이 기억하는 것을 미워하거나 자랑하는 것이 아니라 그렇게 기억을 기억하는 기억이 범할 수 있는 오만과 자의(恣意)를 참회해야 하는 것이 우리의 과제일지도 모르겠다고 말하고 싶어집니다. 부끄러움도 없이 기억을 빙

자한 증오나 사랑으로 자기의 참상을 가리는 일은 기억 자체에 대한 성찰을 통해서만 치유될 수 있는 것이 아닐까 하는 생각이 들기 때문입니다.

우리는 아무래도 '기억이 미워하는 죄'나 '기억이 사랑하는 죄'의 사슬에 너무 단단히 묶여 있지는 않은지 살펴보고 싶습니다. 이런저런 일상 속에서 자꾸 건망증에 빠지는 자신이 '안타까워' 이런저런 생각을 해 보았습니다. 참 죄송합니다. 오늘 밤 잘 자고 나서 내일 아침이 환하게 동트면 이제까지 드린 말씀을 다 잊고, 사뭇 다른 생각을 하며 살지도 모릅니다. 그런데도 이렇게 말씀을 드려 거듭 송구스럽습니다. 아무쪼록 존엄을 잃지 않기 위한 기억, 기억을 용서할 수 있는 기억을 누리면 얼마나 좋을까 하는 생각을 그저 말씀드려 보았습니다.

엘리아데의 책 몇 권

살면서 자기가 묻고 싶은 것을 물을 수 있다는 것은 참 행복한 일입니다. 대학 생활을 하면서 저는 대학이란 그러한 곳이리라고 생각했고, 지금도 그렇게 되어야 마땅하다고 생각합니다. 하지만 그것은 그야말로 '허망한' 꿈이었습니다. 묻고 싶은 것을 묻는 일은 뜻밖에 어려웠습니다. 아니, 거의 불가능했다 해도 좋을 듯합니다.

지금은 그 경험이 철저히 제 어리석은 무지 탓이라고 여깁니다만 그때는 그렇게 생각하지 않았습니다. 저는 무릇 사람이라면 그 누구나 적어도 자기가 겪는 삶이 직면하는 문제들을 얼마든지 '스스로 물을 수 있는 것'이라고 여겼습니다. 내가 사는 것인데, 그래서 어떤 문제가 있다면 그것은 바로 나로부터 비롯하고 나에게 귀결하는 것일 터인데, 그렇다면 그 문제를 풀기 위해 문제 자체를 투명하게 하는 것은 그 문제에 대한 해답 이전에 마땅히 자신이 해야 하는 일이라고 여긴 것입니다. 따라서 문제나 물음을 '배워 묻는다'는 것은 자연스럽지 못할 뿐만 아니라 있어서는 아니 될 일이라 생각했습니다.

하지만 그것은 제 착각이었습니다. 대학은 '내'가 '내 물음'을 자유롭게 묻게 하기보다 물어야 할 물음과 물어서는 아니 될 물음을 뚜렷하게 구분하고 있었습니다. 그러면서 대학은 '준비된 물음'을 가르쳤고 저는 그것을 배워야 했습니다. 마침내 물음을 배워 가르침받은 물음을 '바로 그것이 제 물음입니다' 하고 발언하게 되면 '그것 봐, 그것이 네 문제야!' 하는 반응이 일었고, 이어 그 물음에 대한 해답이 기막히게 포장되고 다듬어진 모습으로 우아하게 제 앞에 펼쳐졌습니다.

가르치시는 분들은 늘 이렇게 말씀하셨습니다. '지적 모험을 감행해라. 모르면 물어라. 물음은 부끄럽지 않은 거다. 그래야 큰다.' 하지만 그것이 자신이 가르치는 물음을 잘 학습하도록 하는 레토릭이라는 것을 제가 터득하는 데 별로 오래 걸린 것 같지 않습니다. 또 이런 말씀들도 하셨습니다. '너는 네가 물은 것만을 알 수 있다. 그리고 네가 물은 만큼만 알 수 있다. 네가 묻지 않은 것은 알 수 없다. 그러므로 물음을 묻는 법을 배워야 한다.' 그런데 이 말씀들도 실은 자신의 문제를 이식(移植)하시려는 정교한 장치 같은 것이라는 것을 터득하는 데도 별로 오래 걸린 것 같지 않습니다.

따는 생각해 보면 그 가르침들은 한결같이 옳고 바릅니다. 실상 학문이라는 이름의 지적(知的) 노작들은 물음과 그 물음에 대한 해답으로 구조화되어 있습니다. 따라서 학문적인 탐구란 이미 해답을 생산한 물음을 학습하는 것으로 이루어진 것이었습니다. 대학의 지적 풍토나 학문이라는 이름의 이른바 어떤 삶의 모습만이 그러하지 않았습니다. 둘러보니 온통 인류의 문화라는 것이 그러했습니다.

그러고 보면 이른바 지적 전통이란 축적된 해답입니다. 그러나 그것이 해답으로 인식되기 위해서는 그 해답을 낳은 물음이 무엇인지 알지 않으면 아니 됩니다. 그러므로 해답으로 점철된 문화가 곧 우리가 직면하는 지적 전통이라 할지라도 그것을 내게 의미 있는 것, 곧 해답으로 승인하기 위해서는 그 해답을 출산한 모태로서의 물음을 알지 않으면 아니 됩니다. 따라서 학문의 자리가 물음을 가르치는 것이라는 것은 옳은 주장입니다. 무엇을, 왜, 어떻게 묻느냐 하는 것이 해답을 누리는 열쇠가 되는 것이기 때문입니다. 그래서 물음을 가르치고, 물음을 배워 묻는 학문의 세계는 '장엄한' 권위를 지닌 것이었습니다. 저는 그 권위를 우러러보았고, 그 그늘에서 내 성숙을 성취할 수 있으리라 믿었습니다.

그런데 삶은 알 수 없는 것입니다. 제 어떤 경험들은 마땅히 겸손해야 하고 순종적이어야 할 그 지엄한 권위 앞에서 저도 모르게 '배운 물음'이 아닌 '내 물음들'을 그 그늘에서 낳고 있었습니다. 역모(逆謀)를 꿈꾸는 태도라 해도 변명할 수 없는 이러한 모습이 저도 견디기 힘들었지만 스스로 지울 수는 없었습니다. 서서히, 그리고 점점 짙게, 그러한 불경(不敬)한 사색이 저 자신의 정직성일지도 모른다는 확신에 이르렀고, 마침내 저는 저 자신의 물음이 지엄한 권위라고 일컬어지는 '거대한 힘'에 의하여 무참하게 짓밟히고 있는지도 모르겠다는 음험한 생각을 하기 시작했습니다. 그리고 그렇게 생각하기 시작하자 그 생각은 현실에 대한 바른 인식에서 비롯한 오히려 '사실 인식'의 당연한 모습이라고 여겨지기조차 하였습니다.

그 상황은 유치하리만큼 단순했습니다. 예를 들면 이러합니다. 부활은 기독교만이 전유(專有)한 '사건'으로 가르쳐지는 정황에서 저는 동명성왕(東明聖王)의 조천(朝天)의 기록이 왜 부활의 개념에 들지 못하느냐는 물음을 물었습니다. 이에 대한 대답이 그러했습니다. '그렇게 묻는 것은 바른 물음이 아니야. 그것은 이단들의 질문이야!'

봉쇄당한 질문이 스스로 잦아들 거라는 짐작은 불안합니다. 현명한 사람은 그렇게 하지 않습니다. 물음을 열어 놓든지 아예 물음을 해체합니다. 한번 일기 시작한 물음은 스스로 해답에 이르기 전에는 사라지지 않습니다. 하지만 이 계기에서 많은 물음 주체들은 체념을 삼킵니다. 그것이 현실입니다. 그리고 더 부지런하게 '가르치는 물음들'을 배우려는 성실한 몸짓을 하게 됩니다. 생존의 긴박함에 대한 본능적인 반응이 그렇게 하게 합니다.

저는 많은 물음들을 그렇게 체념할 수밖에 없었습니다. 제 대학에서의 종교학 공부가 그러했습니다. 기독교를, 불교를, 유교를, 그리고 여타 종교들을 이미 발해진 그 종교들에 대한 전통적이고 정통적인 물음을 배우면서, 그 물음들에 대해 이미 산뜻하게 마련된 해답들을 배우면서, 학습한 물음이 곧 내 물음이라는 자기 확인을 애써 다지면서, 그 물음 끝에 이르는 해답을 누리면서, 그렇게 종교를 '연구'했습니다. 저는 '진리'를 향해 그것을 얻고 그것에 이르려는 진지한 길 위에 있는 모습으로 다른 이들에 의하여 인지되었습니다. 스승, 선배, 동료들이 칭찬과 격려와 선망의 눈으로 저를 부추겨 주었습니다. 하지만 그렇게 될수록 저는 견딜 수 없는 고통에 시달려야 했습니다. 무의식적인 자기기만이 아니라 의식적인 자기기만을 하고 있다는 자의식을 견뎌야 하는 고통보다 더 무서운 아픔은 없습니다.

'특정 종교의 자기 설명의 논리로 인류의 종교 경험을 설명할 수는 없다'는 투의 내용을 읽은 경험은 저에게 '개안(開眼)'과도 같은 것이었습니다. 저는 그것을 엘리아데(Mircea Eliade 1907~1986)의 『종교사론(*Traité d'Histoire des Religions*』(1949)[*Patterns in Comparative Religion*(1958) ; 『**종교형태론**』(1996)]에서 처음 만났습니다. 1959년 가을 일입니다. 루마니아에서 태어나 파리에서 지내다 미국의 시카고 대학에서 생을 마감한 그는 그 책에서 종교를 이야기하고 있었지만 기독교나 불교를 말하고 있지는 않았습니다. 다시 말하면 저는 그의 이 저서를 통하여 특정 종교를 이야기하지 않고도 종교를 논의할 수 있다는 사실을 발견했습니다. 그것은 저에게 마치 '성상 파괴(iconoclasm)'와 다르지 않았습니다. 물음 학습의 규범이 벗겨지고 나 자신의 정직한 물음을 물을 수 있다는 가능성을 확인하게 하는 것이었습니다. 인식을 위한 '다른 범주'의 출현, 그것은 다른 물음과 다른 해답의 출현 가능성에 대한 확인과 다르지 않았습니다. 저는 거의 몸마저 떨리는 두근거림을 겪었습니다. '치사하지' 않게, 그래서 정직하게 공부할 수 있다는 새로운 지평의 전개를 확인하는 것이기도 하였습니다. 이단(異端)은 '학습된 물음의 노예'이지 않은 한 실재하지 않습니다.

흔히 지금 말씀드린 그러한 투의 논리를 펴면 반응은 한결같습니다. 개개 종교를 이야기하지 않고 인류의 종교 경험을 이야기해야 한다는 주장은 곧바로 '보편과 특수'의 척도로 다루어집니다. 그러나 엘리아데가 주장하는 것은 다릅니다. 이른바 '보편과 특수'는 우리가 익히 학습해 온 '배운, 전승된, 이미 규범화된 물음'에서 가능한 매우 도식적인 범주입니다. 그러나 엘리아데는 보편과 특수의 개념이 아예 도출되지 않을 '다른 물음'을 묻습니다. '왜 인간은 사물을 보편과 특수의 범주를 전제하고 이해하려 하느냐?' 하는 물음이라고 해도 좋습니다. '그것을 아예 무시하고 다른 인식 범주를 예상할 수는 없는 것이냐?'고 묻는 물음이라고 해도 옳습니다. 그래서 이른바 '종교들'을 서술하는 그의 앞의 저서는 '엉뚱한' 장절(章節)로 이루어져 있습니다. 힌두교, 이슬람, 불교, 유교, 그리스도교 등으로 이루어져 있지 않습니다. 그의 주요 개념들은 이러합니다. 히에로파니(聖顯, hierophany), 상징, 신화……

이 책을 만난 두근거림은 그의 다른 저서 『성(聖)과 속(俗) : 종교의 본

성』(1983)[*The Sacred and the Profane: The Nature of Religion*(1959)]을 읽으면서 꽤 차분해질 수 있었습니다. 성과 속을 인류의 문화를 읽는 새로운 서술 범주로 삼는 것인데, 이를 통해 읽혀지는 인간의 삶은 일상성과 비일상성, 사실과 의미, 실재와 상상 등으로 겹겹이 쌓인 것으로 파악됩니다. 그러므로 그에 의하면 이 모든 중첩성을 담은 성과 속은 단절된 대립 개념도 아니고, 두 다른 실재의 변증법적 전개를 서술하기 위한 분리 개념도 아닙니다. 그것은 그대로 실재를 묘사하는 현상학적 개념입니다. 종교를 그는 그렇게 읽어 갑니다. 따라서 인류의 문화는 종교를 따로 마련하고 있는 것이 아닙니다. 그 겹쌓인 삶이 곧 사람살이인데 그 두드러진 모습을 종교라 이름 지은 것은 매우 후대의 분석적 인식 틀이 낳은 편의라고 말합니다. 따라서 그에 의하면 종교 아닌 것도 없고 종교인 것도 없습니다. 종교란 인간이 다만 종교적인 존재(homo religiosus)로 읽히는 과정에서 등장한 개념어일 뿐입니다.

특정 종교의 울이 분명한데도 저는 그의 저서에서 저 자신의 물음이 메아리치는 것을 겪으며 이 종교 저 종교 나들이가 얼마나 편했는지 모릅니다. 특수성이 사라진 보편성의 자리에 들어선 것이 아닙니다. 그 범주가 전혀 '무의미'해지는 다른 삶을 겪는 자유라고 하면 좋을지 모르겠습니다. 아니면 기독교는 기독교다워서 좋고, 불교는 불교다워서 좋다고 말씀해도 되겠습니다. 그것도 아니면 사람들의 현실과 꿈, 동서고금을 망라한 인간의 현실과 꿈을 넘나든 흥분을 지녔었노라고 해도 괜찮을 듯합니다. 아예 이렇게 말씀드리겠습니다. 종교를 묻는 것은 인간을 알기 위한 것이라는 것을 새삼 확인했다고 말입니다.

그런데 제가 저 자신의 물음에 정직하려는 '욕심'을 채우고도 남은 책은 그의 또 다른 저서인 『영원회귀의 신화(*Le Mythe de l'éternel retour, archétypes et répétition*』(1949)[*Cosmos and History: The Myth of Eternal Return*(1952) ; 『**우주와 역사: 영원회귀의 신화**』(1975)]입니다. 저는 퍽 오래전부터 '역사'를 잘 견디지 못합니다. 누가 '역사!'라고 발언만 하면 꼼짝 못하고 마는 것이 근대 이후의 인간의 의식이 되었다고 말하고 싶기도 합니다. 역사적 진실, 역사의 심판, 역사의 증언, 역사의식, 역사적 진보, 역사 창조 등등은 근대 이후 인간의 인식을 '지배'하는 절대적인 힘입니다. 그것은 근대 이전의 신적인 존재(divine being)의 자리를 차지하고 있다고 해도 지나치지 않습니다. 역사는 현대의 신이라고 말해도 좋을 듯하고, 역사주의는 현대의 종교라고 해도 좋을 듯합니다. 역사학자들은 모두 현대의 사제(司祭)들이기도 합니다. 저는 왜 그런지 그것을 견딜 수 없었습니다. 더구나 역사가 연대기에 집착하고 있는 모습을 보면 질식할 것 같았습니다. 지금도 별로 다르지 않습니다. 제가 지닌 과거란 사실이 아니라 사실의 구조라고 여기기 때문인지도 모릅니다.

그런데 그 책은 바로 제 물음, 감히 무식하고 의식 없는 자의 문제들을 그대로 담고 있었습니다. 그는 엉뚱한 이야기를 합니다. 시간은 가역적(可逆的)이라고 말합니다. 시간은 단절된다고 말하기도 합니다. 시간은 되지어지는 것이라고 말하기도 합니다. 끝은 처음이고 처음은 끝이기도 하다고 하면서 역사주의가 기초하고 있는 직선적 시간관을 부정해 버립니다. 그렇다고 하는 것을 보여 주는 것이 '인류의 역사'라고 말합니다. 그것이 또한 종교의 참 모습, 그러니까 인간의 삶의 참 모습이라고 주장합니다. 이에 대한 '아니오!'가 얼마나 폭력적으로 닥칠까를 그는 모르지 않습니다. 이에 대해 그는 이렇게 말합니다. '역사주의가 건재하는 한, 인간이 어떻게 시간의 공포로부터 자유로울 수 있을 것인가?'

제가 이 책을 1975년에 번역해 출판했을 때, 어느 귀한 학자께서 친절하게도 이 책과 이 책을 옮긴 저를 당신의 논문 속에서 언급해 주셨습니다. 대충 그분의 논지는 이러했습니다. '엘리아데는 역사의 진보를 부정하는 전근대적인 수구적 학자이다. 그의 주장을 좇는 사람은 매판적(買辦的)인 지식인이다.' 그분이 지금도 그렇게 생각하시는지는 알 수 없지만 인간으로 하여금 자기 자신의 물음을 정직하게 발언할 수 없게 하는 메커니즘은 학교 안에만 있는 것이 아니었다는 사실을 확인하는 것은 씁쓸한 일이었습니다.

이제 엘리아데의 주장은 이런저런 비판 앞에서 상당히 깨지고 있습니다. 그러나 그가 물은 물음은 저에게 학문의 정직성, 학문성, 아니, 학문한다는 인간의 삶, 그리고 도대체 인간에 관하여 정직할 수 있는 태도란 어떤 것인가 하는 것을 늘 새삼 살펴보게 합니다. 그리고 저는 가끔 그가 왜 소설을 쓰고, 희곡을 쓰고, 그 여러 권의 자서전을 썼는지 알 것 같은 생각이 듭니다. 정직하게 학문하려는 몸부림이 그렇게 표현되지 않을 수 없음이 제 속 깊이 와 닿기 때문입니다.

南風會 菽麥同人

郭光秀(茱丁) 金璟東(浩山) 金明烈(白初) 金相泰(東野) 金容稷(向川)

金在恩(丹湖) 金昌珍(南汀) 金學主(二不) 李相沃(友溪) 李相日(海史)

李翊燮(茅山) 鄭鎭弘(素田) 朱鐘演(北村)

* 가나다 순, ( ) 속은 자호(自號)

지난지난 세기의 표정으로

초판 인쇄 · 2015년 12월 4일
초판 발행 · 2015년 12월 14일

지은이 · 곽광수, 이익섭, 김경동, 김명렬, 김상태, 김학주,
　　　　김용직, 김재은, 김창진, 이상옥, 정진홍
펴낸이 · 한봉숙
펴낸곳 · 푸른사상사

주간 · 맹문재 | 편집 · 지순이, 김선도 | 교정 · 김수란
등록 · 1999년 7월 8일 제2−2876호
주소 · 서울시 중구 충무로 29(초동) 아시아미디어타워 502호
대표전화 · 02) 2268−8706~7 | 팩시밀리 · 02) 2268−8708
이메일 · prun21c@hanmail.net
홈페이지 · http://www.prun21c.com

ⓒ 곽광수, 이익섭, 김경동, 김명렬, 김상태, 김학주,
　 김용직, 김재은, 김창진, 이상옥, 정진홍, 2015

ISBN 979−11−308−0589−4　03810
값 20,000원

내지 삽화 : 김경동

지난지난 세기의 표정으로